Não era pra ser uma história de amor

O Arqueiro

Geraldo Jordão Pereira (1938-2008) começou sua carreira aos 17 anos, quando foi trabalhar com seu pai, o célebre editor José Olympio, publicando obras marcantes como *O menino do dedo verde*, de Maurice Druon, e *Minha vida*, de Charles Chaplin.

Em 1976, fundou a Editora Salamandra com o propósito de formar uma nova geração de leitores e acabou criando um dos catálogos infantis mais premiados do Brasil. Em 1992, fugindo de sua linha editorial, lançou *Muitas vidas, muitos mestres*, de Brian Weiss, livro que deu origem à Editora Sextante.

Fã de histórias de suspense, Geraldo descobriu *O Código Da Vinci* antes mesmo de ele ser lançado nos Estados Unidos. A aposta em ficção, que não era o foco da Sextante, foi certeira: o título se transformou em um dos maiores fenômenos editoriais de todos os tempos.

Mas não foi só aos livros que se dedicou. Com seu desejo de ajudar o próximo, Geraldo desenvolveu diversos projetos sociais que se tornaram sua grande paixão.

Com a missão de publicar histórias empolgantes, tornar os livros cada vez mais acessíveis e despertar o amor pela leitura, a Editora Arqueiro é uma homenagem a esta figura extraordinária, capaz de enxergar mais além, mirar nas coisas verdadeiramente importantes e não perder o idealismo e a esperança diante dos desafios e contratempos da vida.

Não era pra ser uma história de amor

ARQUEIRO

Título original: *Mrs. Nash's Ashes*

Publicado mediante acordo com a autora, através de Baron International, Inc., Armonk, Nova York, EUA.

tradução: Cláudia Mello Belhassof

preparo de originais: Melissa Lopes Leite

revisão: Priscila Cerqueira e Rachel Rimas

diagramação: Gustavo Cardozo

capa: Fernanda Nia

impressão e acabamento: Bartira Gráfica

CIP-BRASIL. CATALOGAÇÃO NA PUBLICAÇÃO
SINDICATO NACIONAL DOS EDITORES DE LIVROS, RJ

A185n
Adler, Sarah
Não era pra ser uma história de amor / Sarah Adler ; tradução Cláudia Mello Belhassof. - 1. ed. - São Paulo : Arqueiro, 2023.
304 p. ; 23 cm.

Tradução de: Mrs. Nash's Ashes
ISBN 978-65-5565-543-8

1. Ficção americana. I. Belhassof, Cláudia Mello. II. Título.

23-84962 CDD: 813
CDU: 82-3(73)

Gabriela Faray Ferreira Lopes - Bibliotecária - CRB-7/6643

Rua Funchal, 538 – conjuntos 52 e 54 – Vila Olímpia
04551-060 – São Paulo – SP
Tel.: (11) 3868-4492 – Fax: (11) 3862-5818
E-mail: atendimento@editoraarqueiro.com.br
www.editoraarqueiro.com.br

Para Houston:
Você estava certo; era
para ser este.

Nota sobre o conteúdo

Embora tenha um final feliz e provoque muitas risadas, este livro também contém trechos que abordam assuntos como capacitismo; morte, inclusive de pai ou mãe (no passado, fora da narrativa principal); luto; homofobia; objetificação de garotas e mulheres; e relacionamentos tóxicos. Se algum desses temas for potencialmente sensível para você, leia com cautela.

1

ROSE MCINTYRE NASH MORREU EM PAZ enquanto dormia, aos 98 anos, e agora carrego uma parte dela comigo aonde quer que eu vá. Não estou falando em sentido figurado. Ela está numa caixinha de madeira dentro da minha mochila neste momento. Não ela *toda*, obviamente. Geoffrey Nash não iria entregar a avó inteira para a garota esquisita que morava no quarto vago dela. Mas Geoffrey fez a gentileza de me dar três colheres de sopa das cinzas de Rose (de novo, não é modo de dizer: ele de fato pegou essa quantidade com uma colher medidora na cozinha). Provavelmente não era o pedido que ele estava esperando quando me perguntou se eu queria alguma coisa para me lembrar dela, mas não pareceu se importar muito. Acho que ficou bem aliviado por eu não querer o aparelho de jantar Fiestaware radioativo, considerado um item de colecionador hoje em dia.

Nossa, estou parecendo biruta. Juro que não sou. Sei que é exatamente isso que uma pessoa biruta diria, mas é sério: sou só uma pessoa mais ou menos normal que por acaso está viajando para Key West, na Flórida, com uma pequena quantidade de restos mortais.

Estou contando isso do jeito errado. Deixe-me começar do início.

A Sra. Nash morava no apartamento 1B havia quase setenta anos quando o meu namorado e eu nos mudamos para o apartamento 1A. Graças à regulação dos preços dos aluguéis em Washington, D. C., ela pagava uns cinco dólares por mês pelo apartamento de dois quartos entre os bairros Dupont Circle e Logan Circle. E ficamos amigas muito rápido, porque eu sou um verdadeiro encanto de pessoa, e ela também era. Assim, quando Geoffrey e o restante da família começaram a se preocupar com o fato de ela morar sozinha, mais ou menos na mesma época em que as coisas com Josh desandaram, eu me mudei para o apartamento da Sra. Nash. Era o arranjo perfeito: Geoffrey me deixava morar lá por praticamente nada; eu só precisava limpar, cozinhar, resolver coisas na rua, acompanhá-la às consultas médicas e cuidar das necessidades gerais da avó dele. Mas o que a Sra. Nash mais queria era amizade, algo que eu oferecia com o maior prazer, já que também precisava disso.

Bem, certo dia, mais ou menos três meses atrás, estávamos na sala de estar: eu deitada no tapete persa com um livro sobre a Guerra de 1812 que estava lendo para o trabalho e a Sra. Nash sentada com os olhos fechados na poltrona esfarrapada preferida dela, com o sol cobrindo como um lençol seu corpo pequeno e rechonchudo. Ela parecia estar cochilando, mas, de repente, os olhos azul-violeta tremularam e ela se sentou mais ereta.

– Millie – disse ela com uma urgência na voz que fez uma descarga de pânico subir pelo meu corpo.

Fiquei aliviada – embora momentaneamente confusa – quando ela continuou:

– Eu quero te contar sobre o amor da minha vida. Nós nos conhecemos durante a guerra. O nome dela era Elsie.

Enfim, essa é a versão ultrarresumida de como eu vim parar aqui, sentada de pernas cruzadas no chão do aeroporto nacional de Washington, esperando para embarcar num avião para Miami com um pouquinho da Sra. Nash na mochila. Tem muito mais história para ser contada, é óbvio, mas neste momento estou distraída demais para fazer isso de maneira adequada – um homem do outro lado do saguão de embarque fica me olhando quando acha que não estou vendo. Como se achasse que me conhece de algum lugar e estivesse tentando descobrir de onde. Isso não é novidade; as pessoas ainda me reconhecem de vez em quando, embora eu não apareça na TV desde que tinha 14 anos. Não vejo problema quando isso acontece, já que sou bastante extrovertida.

Em geral, essa situação se desenrola com a pessoa me abordando e dizendo alguma coisa do tipo: "Ei, você não é aquela garota daquela série?" Aí eu respondo: "Se você está se referindo ao seriado infantojuvenil meio problemático do início da década de 2000 sobre a ruiva viajante do tempo e seu companheiro lagarto de computação gráfica malfeita, sim, sou eu. Millicent Watts-Cohen, também conhecida como Penelope Stuart em *Penelope volta ao passado*."

Aí a pessoa diz, meio acanhada: "Isso mesmo. Essa série era incrível, e você estava ótima."

Só que eu sei que a pessoa está mentindo, porque a série era *horrível*. A história que ela ensinava era imprecisa, na melhor das hipóteses, e totalmente ofensiva, na pior. Os efeitos especiais eram péssimos e eu era só um rostinho bonito com uma boa memória, não uma atriz talentosa. Às vezes a pessoa menciona um episódio de *Penelope* e diz que era o preferido dela, mas em geral é uma mescla de dois ou mais episódios ou até de uma série totalmente diferente. Eu nunca me dou ao trabalho de corrigir, apenas sorrio e aceno.

Normalmente concordo em tirar uma selfie quando a pessoa diz: "Ai, meu Deus, meu amigo/irmão/namorado/periquito não vai acreditar!" Até porque isso impede que elas tirem escondido uma foto horrorosa minha comendo uma salsicha empanada alguns minutos depois e também evita os boatos que surgem nos tabloides de dois em dois anos dizendo que eu morri cheirando cola.

É possível que esse cara seja um fã; ele parece ter mais ou menos a minha idade, e pessoas com cerca de 30 anos fazem parte do grupo demográfico em questão. Só que alguma coisa no jeito como ele está me olhando parece familiar. Como se talvez me reconhecesse da vida real.

Acho que também o reconheço. Mas não consigo saber de onde. Será que estudamos juntos? Não na pós – meu programa de mestrado era pequeno e absurdamente fechado –, mas talvez na graduação. Estou folheando um catálogo mental das várias turmas em que estudei ao longo dos anos, na esperança de que ele apareça na minha lembrança de uma delas, quando uma voz masculina interrompe a minha pesquisa:

– Ei, você é...?

Eu me viro e vejo um cara quase afrontosamente musculoso usando uma regata, uma escolha estranha para um dia que não passou de 18 graus. O cabelo desgrenhado queimado de sol escapa pelo boné de aba reta do Washington Nationals com o adesivo iridescente ainda colado. Os bíceps dele são do tamanho e da cor de um tênder inteiro assado com mel. Ele está usando óculos escuros num dia nublado – em local fechado. Se uma rata de praia e um marombeiro tivessem um filho de 30 e poucos anos, seria esse cara.

Meu "sorriso para fãs" automaticamente gruda no meu rosto quando eu me levanto.

– Penelope Stuart, de *Penelope volta ao passado* – digo. – Sou eu. Millicent Watts-Cohen.

– Uau, achei mesmo que fosse você. Que irado! Mal posso esperar pra contar pro meu amigo Todd. O cara não vai acreditar. – Ele pega o celular e o ergue. – Posso tirar uma selfie?

– Claro – respondo.

Nós nos aproximamos, e ele inclina o celular para enquadrar nossos rostos. A proximidade agride o meu nariz com o aroma de cerveja e uma quantidade excessiva de colônia almiscarada. Mesmo depois de ele tirar algumas fotos e guardar o celular no bolso do short, mantém o sorriso.

– Todd e eu vimos todos os episódios de *Penelope volta ao passado* tipo um milhão de vezes naquela época.

– Que ótimo. É sempre bom ouvir que as pessoas gostavam da série – digo.

– Ah, não, a série em si era meio caída, sem querer ofender.

Meu sorriso desaparece em reação a esse desdobramento surpreendente. Não que eu me sinta ofendida (quero dizer, eu concordo plenamente com ele), mas falas assim não fazem parte do roteiro esperado nesse tipo de interação.

– Você era a garota mais gostosa da nossa idade que a gente já tinha visto. Ainda mais naquele episódio em que a sua família estava de férias no México. Sabe, aquele em que você voltou pra época dos astecas? Estava usando um biquíni amarelo pequenininho e os seus, você sabe…

Não faz isso, eu penso. *Não faz isso.* Mas ele leva as mãos ao peito e apalpa seios invisíveis, depois os imita balançando enquanto corre em câmera lenta sem sair do lugar.

– … quando você teve que escapar do sacrifício humano.

Ele ri e me cutuca com o cotovelo.

– Ah, você sabe o que eu quero dizer. Você sabe.

Ai, meu Deus.

Não é que eu não tivesse consciência, até este momento, de que o meu corpo esquisito de 14 anos houvesse estrelado várias fantasias sexuais precoces dos adolescentes. É que a maioria das pessoas mantém essa merda na internet, onde podem dizer coisas nojentas anonimamente, sem esfregá-las na minha cara. Esse é um dos principais motivos para eu não usar redes sociais. Aprendi, muito tempo atrás, que não posso impedir que o mundo me objetifique, mas posso tomar a decisão de proteger o meu cérebro de absorver o que existe de pior nele. Por sorte (e, talvez, de maneira surpreendente), esta é a primeira vez em anos que alguém é tão descarado ao me conhecer. Porém, por mais que eu queira repreender esse babaca pelo que ele disse, estou paralisada e boquiaberta, e infelizmente ele está entendendo isso como um estímulo para continuar vomitando sua sequência de pensamentos repugnantes.

– Uau. Eu tive muitos sonhos com você de biquíni amarelo naqueles tempos, você não faz ideia.

Ele solta outra risada. Meu rosto fica quente com uma combinação horrível de vergonha e fúria.

– Aliás, você continua mandando bem.

O homem levanta os óculos escuros, e os olhos passeiam pelo meu corpo feito um juiz de desfile de cachorros analisando um poodle antes de dar uma olhada mais atenta nos dentes do bichinho.

– *Muito* bem – reforça ele.

Uma mão quente segura o meu ombro, e eu me encolho antes de perceber que o toque está vindo de algum lugar atrás de mim. De alguém que até agora não comentou sobre o estado atual ou passado dos meus peitos e, portanto, é muito bem-vindo na conversa.

– Ah, você está aí – diz uma voz quando a mão solta o meu ombro e desliza pelo meu braço, espalhando um calor estranhamente reconfortante pela minha pele. – Sei que você falou que tinha colocado as informações do hotel na minha mala, mas não consigo achar e preciso do número do telefone. Pode me ajudar aqui?

Olho para o meu salvador enquanto ele me entrega a minha mochilinha de couro e segura a alça da minha mala de rodinhas. É o sujeito de antes, aquele de quem eu me lembrava mas não sabia de onde. Só que, agora que ele está mais perto, vejo suas feições com nitidez: cabelo castanho-escuro, despenteado de um jeito descolado que não dá para saber se é deliberado ou se ele acabou de levantar da cama; pele levemente morena; lábios carnudos, cercados pelo tipo de barba rala que consegue estar sempre presente apesar de não ter nenhuma aspiração de se tornar uma barba de verdade. E eu não me esqueceria desses olhos nem em um milhão de anos – um azul-acinzentado e o outro castanho da cor do conhaque, me encarando por trás de óculos redondos com armação de tartaruga. Tenho certeza de que esses olhos diferentes um do outro já me encararam antes.

– Ah, claro.

Eu abraço a minha mochila – e a Sra. Nash – e murmuro um rápido "Prazer em te conhecer" para o fã, embora não tenha sido nem um pouco prazeroso.

– Desculpa te interromper, cara – diz o meu novo companheiro ao me conduzir para longe. Em seguida, ele acrescenta rápido, como se simplesmente não conseguisse se controlar: – Mas, porra, vê se aprende um pouco sobre limites.

A lembrança se consolida como um vídeo acelerado de um quebra-cabeça sendo montado. O ar gélido do final de setembro no meu rosto, esfriando as minhas lágrimas enquanto elas escorriam pelas minhas bochechas. O barulho do trânsito da cidade que substituiu o falatório do restaurante quando pisei no lado de fora. Uma voz de homem – *deste* homem – saindo das sombras e perguntando: *Ei, você está bem?*

Hollis Hollenbeck. Do grupo de mestrado em belas-artes do meu ex, focado em escrita. Um daqueles amigos eruditos de quem Josh falava e a quem sempre se comparava, mas com quem só me permitia trocar apresentações apressadas e cumprimentos rápidos em festas. Hollis estava lá naquela noite terrível oito meses atrás, encostado na parede de tijolos ao lado da entrada do restaurante, a luz da lamparina antiga suspensa acima dele destacando as cores diferentes dos olhos.

Agora, Hollis me conduz até a fileira de cadeiras em frente aos janelões enquanto um avião passa pela pista à distância. A bolsa de viagem azul dele está esperando na frente do assento que ele vagou para me salvar. Penso em perguntar se ele não viu nenhum dos mil avisos para jamais deixar malas desacompanhadas num aeroporto, mas, em vez disso, digo:

– Obrigada. Aquilo estava ficando… grosseiro.

Estou grata, é lógico, pela intervenção dele. Mas também não posso ignorar a leve pontada de vergonha nas minhas entranhas, como se parte de mim sentisse que o que aquele cara falou é minha culpa de algum jeito, que eu deveria ter calado a boca dele ou evitado aquilo ou ter conseguido escapar sem a ajuda de Hollis.

– Ficando? O cara já tinha ultrapassado a grosseria e beirava a aberração.

A expressão no rosto dele é quase cômica, o modo como a boca se abre num arco perfeitamente simétrico. Como um cartão-postal do portal de St. Louis.

– Ei, eu te conheço, né? – falo.

Suas sobrancelhas grossas se erguem, questionadoras.

– Conhece?

– Você conhece o Josh Yaeger, certo?

Por algum motivo meu sorriso continua animado e não se afeta com o nome que acabou de sair da minha boca.

– Sim. E você… também conhece o Josh.

Ele não diz isso no sentido: “Uau, isso é muito constrangedor, porque você namorou o meu amigo por três anos e provavelmente estaria noiva dele a esta altura se ele não tivesse traído a sua confiança.” É mais tipo: “Imagino que seja por isso que você me conhece, mas não tenho a menor ideia de quem você é.” Então talvez ele não estivesse me olhando porque se lembrava de mim, no final das contas.

– Hum. Nós namoramos por um tempo – digo.

– Certo.

– Em setembro… na festa de lançamento do livro do Josh naquele restaurante em Georgetown… você me levou pra casa – explico, na esperança de refrescar a memória dele. – Provavelmente te devo um agradecimento por aquilo também.

– Ah. A gente…? – pergunta ele, acenando com o dedo entre nós dois.

– O quê? Não. Você nem subiu, só esperou pra ver se eu tinha entrado no prédio direitinho e foi embora.

– Então você deve ter se confundido. Não é a minha cara fazer isso.

Não entendo o jogo que ele está fazendo, por que está lutando contra a boa impressão que causou em mim.

– Bem, pelo pouco que sei, ajudar uma mulher a sair de uma situação desagradável é muito a sua cara.

– Não mesmo. – Ele balança a cabeça. – Eu nunca faço nada por pura bondade.

– E o que foi aquilo ali um minuto atrás?

– Puro egoísmo. Se eu tivesse que ouvir mais uma palavra sobre os sonhos eróticos daquele cara, um tsunâmi de vômito teria escapado da minha boca e inundado este terminal.

A imagem mental me faz dar risada, mas a expressão dele continua séria.

– Não importa – digo. – Mesmo assim, eu queria te agradecer de algum jeito, por hoje e por aquela noite.

Eu me arrependo imediatamente do convite implícito na minha oferta quando as sobrancelhas dele se erguem de novo, mas ele balança a cabeça.

– Não precisa. Como eu disse, só estava sendo egoísta. Agora, sem querer ser rude, eu fui até lá pra interromper uma conversa, não pra me meter em outra. Então, se me der licença…

Hollis contorna a própria bolsa de viagem e afunda no assento. Ele tira uma caneta preta e um caderninho vermelho em espiral do bolso da frente da bolsa. Pela maneira como se concentra nas páginas enquanto escreve, deixa nítido que não pretende mais me dar atenção. E tudo bem, porque ele está sendo meio babaca.

Fico ali em pé, procurando um lugar no terminal aonde eu possa ir para deixar Hollis sozinho e não dar a entender àquele ser bizarro que quero retomar a conversa. Tem mais ou menos uma dezena de funcionários da companhia aérea reunidos ao redor do balcão (o que, sinceramente, parece um exagero, mas quem sou eu para saber). Talvez, se eu me sentar perto deles, eu possa me misturar ao grupo…

Hollis solta um suspiro pesado e ergue o olhar para mim. Eu o encaro de volta. Ele move os olhos de mim para a cadeira ao lado dele várias vezes, me orientando, sem falar nada, a me sentar e parar de perturbá-lo.

Preciso admitir que continuar na pequena bolha de proteção e aparente irritação de Hollis não é um sacrifício. Ainda mais agora que estou sentada ao seu lado e percebo que o cheiro dele é muito bom. Reconfortante. Como a versão aromática de ler meu livro preferido numa poltrona de couro surrada com uma xícara de chá Earl Grey enquanto a chuva tamborila na janela.

– Já que insiste... rolinhos de canela – diz ele abruptamente.

– O quê?

Estou prestes a lhe explicar que, embora sejam deliciosos, eles não se encaixam na vibe da cena que estou imaginando quando ele completa:

– Aceito o pagamento na forma de rolinhos de canela.

Hollis aponta com a cabeça para um quiosque perto do nosso portão.

– Quer que eu compre um rolinho de canela para você?

– Isso. Não... na verdade, dois.

Em resposta à minha sobrancelha erguida, ele diz:

– Ei, foi você que disse que eu te ajudei duas vezes. Sendo assim, dois rolinhos de canela e estamos quites.

Eu reviro os olhos, mas tem um sorriso no meu rosto outra vez. Não sei se uma guloseima por uma boa ação é a taxa de câmbio mais adequada, mas, se é isso que vai fazer Hollis se sentir valorizado, é isso que ele vai receber. Além do mais, não estou botando muita fé nessa encenação de "ah, eu só estava sendo egoísta". Aposto que ele próprio é um rolinho de canela disfarçado – só está escondendo isso por baixo de uma camada grossa de... torrada queimada por algum motivo.

Depois de fazer a compra e pegar o nome do artista que fez a tatuagem de sereia maneiríssima da moça do caixa no caso de eu superar o meu medo de agulhas, volto até Hollis com um monte de guardanapos e uma caixa em cada mão. Ele ainda está sentado em frente aos janelões, com a expressão de alguém que nunca soltaria um muxoxo mas que está sempre pensando em fazer isso.

– Aqui – digo, estendendo as caixas. – Mais uma vez, obrigada.

Mas ele só pega o garfo e um rolinho de canela, deixando o outro na minha mão.

– Mas e o...?

– Eu não gosto de comer sozinho – declara ele, acenando devagar com o garfo na direção do assento ao lado. – Senta.

– Hum. Obrigada. – Eu me acomodo na cadeira ao lado dele, depois me levanto num salto. – Ah, mas eu só peguei um…

Hollis me devolve o garfo de plástico preto, se levanta e põe a caixa na cadeira dele. Um minuto depois, volta com outro garfo e se acomoda de novo ao meu lado.

Mais uma vez, fico impressionada com as facetas da personalidade dele. Hollis não é muito simpático, mas é muito *gentil.*

– Meu nome é Millicent – digo, percebendo que ele não deve se lembrar. – A maioria me chama de Millie.

– Millicent. Certo. – Ele enfia o garfo no rolinho de canela. – Meu nome é Hollis. Hollis Hollenbeck.

– Eu sei.

Ele levanta o garfo com um pedaço gigantesco que é quase cobertura pura.

– Saúde – diz ele, mal fazendo contato visual antes de enfiar o pedaço na boca.

Para alguém tão mal-humorado, ele é incrivelmente fofo.

Ficamos em silêncio por um tempo enquanto comemos. Bem, tirando os ocasionais gemidos de satisfação de Hollis. Depois ele me pede um guardanapo, e vejo nisso uma abertura para puxar papo.

– Tá indo pra Miami? – pergunto.

– Aham – responde ele, com a boca cheia.

– A trabalho ou passeio?

– As duas coisas.

Fico achando que isso é tudo que vou conseguir, mas, depois de terminar de mastigar, ele continua:

– Prometi ao meu agente o manuscrito final do meu novo projeto até o fim do próximo mês, mas… hum… ultimamente não tenho conseguido colocar as palavras no papel. Então espero que uma semana… relaxando com a minha… hum… amiga possa acabar com esse bloqueio. Ela já me… ajudou no passado. A relaxar.

Tiro os hums e as pausas até a fala fazer sentido.

– Você está indo até Miami pra um compromisso sexual?

– Eu não usaria essa expressão. – Os olhos dele disparam na minha direção por um instante antes de voltarem para o rolinho. – Mas… sim.

– E acha que isso vai curar o seu bloqueio criativo?

Ele deixa o garfo de lado e me dirige toda a sua atenção pela primeira vez desde que nos sentamos. Recebo um olhar demorado e direto o suficiente para perceber que o olho castanho-conhaque não é totalmente castanho, só uns oitenta por cento; tem uma parte azul no topo à direita, como o mar se encontrando com a areia.

– Não é um bloqueio – protesta Hollis. – É uma… pequena obstrução. Nada que uma semana com uma mulher linda numa casa de praia não consiga resolver.

– Bem, espero que seja… satisfatório.

– Obrigado – diz ele, pegando outro pedaço.

Ele faz uma pausa, com os olhos fechados, encontrando muito mais prazer naquilo do que qualquer pessoa encontraria numa comida de aeroporto. Depois, os olhos se abrem, sugerindo que o momento de êxtase chegou ao fim.

– E você? Vai fazer o que em Miami?

– Nada de mais. Vou ficar só uma noite e dirigir até Key West logo cedo na manhã seguinte.

– Férias?

– Não exatamente. Estou indo com uma pessoa – digo.

Hollis olha ao redor do terminal como se quisesse descobrir o paradeiro da minha companheira de viagem.

– Vai se encontrar com ela lá?

– Não, não. A Sra. Nash está morta e dentro da minha mochila.

A parte de mim que deveria ter registrado que isso é uma coisa estranha de se dizer parece ter tirado uma folga. Bem, o negócio já tinha escapado da minha boca, o que eu podia fazer?

Ele quase engasga com a mordida seguinte. Talvez eu devesse ter lhe comprado uma garrafa de água.

– Hum. Eu… sinto muito pela sua perda.

– Obrigada. Tô levando três colheres de sopa das cinzas dela até Key West pra reuni-la com o amor da sua vida. Pra que tenha o "felizes para sempre" que ela merece.

– Ah, sim. Eu mesmo nunca saio de casa sem a minha carteira, as chaves, o celular e uma sacolinha de restos cremados.

Olho para ele e vejo que a expressão combina com o tom impassível.

– Isso não está me ajudando em nada, né? Tenho certeza de que o Josh contou pra todo mundo um monte de histórias sobre minhas esquisitices.

– Ah, com certeza. E disse que foi por isso que terminou tudo.

Então Josh anda dizendo que foi ele que terminou comigo. Eu sabia, desde o instante em que o deixei na festa de lançamento do livro, que ele ia distorcer a história desse jeito. Que diria para todo mundo que ele foi a parte ferida, totalmente inocente, e que eu o afastei por ser difícil e esquisita demais. Mas saber que alguém provavelmente está falando de você pelas costas e ouvir que alguém *com certeza* está fazendo isso são coisas diferentes. Josh colocar a culpa do término na minha personalidade em vez de admitir o que fez não deveria me magoar, mas magoa.

– Não que eu acredite muito em nada do que o Josh Yaeger fala – continua Hollis. – Nunca conheci alguém tão cretino. Se ele atropelasse o gatinho de uma criança, ia contar a história como se a verdadeira vítima fosse ele.

– Que jeito estranho de falar do seu amigo – comento, mesmo que suas palavras me levem a crer que ele esteja me vendo com os próprios olhos, e não com as lentes de Josh.

– Eu não diria que somos amigos. Somos mais...

Eu me lembro das coisas que Josh costumava dizer sobre Hollis e a escrita dele. *Não passa de um jornalista gonzo endeusado. Não seria nem aceito num programa de mestrado em belas-artes se o pai não fosse um acadêmico literário importante.*

– Amigos e rivais? – sugiro.

– Conhecidos que competem – retruca ele.

– Hum. Irmãos na aversão.

Hollis revira os olhos.

– Algumas pessoas têm habilidade com as palavras, Millicent, e você parece ser o caso oposto.

Ele provavelmente quis que isso fosse um insulto, mas, por algum motivo, me pareceu um elogio. Algo me diz que Hollis Hollenbeck está relutantemente me achando divertida, e esse é o meu pseudopoder preferido sobre as pessoas. Como seria fazê-lo sorrir? Como um sorriso ficaria nesse rosto bonito mas duro como pedra? Eu adoraria descobrir o que é necessário para isso antes de embarcarmos no voo e nos separarmos.

Talvez eu tente uma piada do tipo "toc, toc".

Uma comoção repentina me distrai dos esforços para me lembrar do final de uma piada que alguém me contou no ônibus na semana passada, porque exclamações e xingamentos tomaram conta de todo o terminal.

– O que está acontecendo? – pergunto a Hollis.

– Não sei... – responde ele, esticando o pescoço para ver mais adiante. – Ah, merda. Voo cancelado.

Por que as pessoas que estão esperando outros voos estão irritadas com o cancelamento do nosso? Espera, não é só o nosso? Olho para trás, checando as janelas, no caso de o tempo ter virado de repente, mas, além de umas poças que sobraram da tempestade de ontem à noite, ainda é um dia seco do fim de maio.

– Por quê? – pergunto, como se Hollis soubesse mais que eu sobre o que está acontecendo.

– Não sei – responde ele um pouco irritado, ainda olhando na direção do painel de chegadas e partidas em frente ao nosso portão. – Mas parece que aconteceu... com a maioria dos voos.

Os funcionários da companhia aérea que estavam reunidos ao redor do balcão se dispersaram e estão de pé como guardas no terminal, preparando-se para a batalha contra um monte de clientes irados. Isso não é um bom sinal.

– *Boa tarde* – diz uma voz feminina pelo sistema de alto-falantes, mas mal dá para ouvir por causa da barulheira. – *O sistema do serviço de compra e reserva de passagens usado por várias companhias aéreas está fora do ar em todo o país. Para sua segurança, os voos afetados vão permanecer em solo até o sistema ser restaurado. Os passageiros devem falar com o serviço de atendimento ao cliente de cada companhia sobre reembolsos e remarcações.*

Outra explosão de barulhos irritados preenche o terminal quando o anúncio é repetido. Hollis joga a caixa vazia de rolinho de canela na lata de lixo perto do assento dele sem tirar os olhos do celular.

Meu coração acelera de ansiedade e examino as minhas opções. Primeira: ficar aqui e esperar que eles resolvam o problema logo ou que eu consiga um assento com uma companhia aérea que não foi afetada. Improvável, já que estamos no feriadão do Memorial Day; já foi difícil conseguir esse voo em cima da hora. Segunda: pegar um trem? Será que esse problema também afeta as reservas de trem? E quanto tempo dura uma viagem de trem daqui até a Flórida, afinal? Terceira: posso tentar pegar um ônibus. Não sei se tem uma linha direta de Washington até Miami, mas deve ter uma que vai pelo menos um pouco para o sul, e isso já é um progresso. Quarta...

– Que beleza – diz Hollis, batendo as mãos nas coxas e se levantando. – Vou cair fora e pegar a estrada antes que comece um êxodo em massa.

Ele olha para o relógio preto no pulso.

– Talvez eu consiga atravessar a Virgínia até a hora do jantar. Foi bom te ver de novo, Millicent. Boa sorte com esse negócio de transportar a senhora morta.

Hollis e sua bolsa de viagem estão se afastando antes que o meu cérebro consiga terminar de processar as palavras dele.

– Espera!

Pego a minha mochila e a minha mala. Meus passos mais curtos e uma rodinha torta me atrasam, mas acabo conseguindo alcançá-lo alguns portões depois.

– Você tem carro? – consigo dizer, apesar da minha respiração ofegante.

– Tenho.

– E vai dirigindo até Miami?

Eu me esforço para acompanhar o passo dele. Hollis provavelmente tem 1,80 metro, mas eu só tenho 1,55, nos melhores dias. Minhas perninhas curtas precisam dar dois passos a cada passo dele, e o meu corpo não gosta de ser obrigado a fazer exercício aeróbico.

– Não vejo nenhuma outra opção – diz ele. – Não vou desperdiçar o meu tempo limitado de folga esperando as companhias aéreas consertarem a merda delas. De acordo com pessoas do setor de aviação no Twitter, pode levar horas, talvez até dias. E depois ainda ter que lidar com a burocracia de conseguir remarcar a passagem? No fim de semana de um feriado, quando todo mundo está brigando por passagens limitadas? Ah, não, ir de carro com certeza vai ser uma dor de cabeça menor. E vai me dar tempo pra pensar.

– Deixa eu ir com você.

– O quê?

– Deixa eu ir com você – imploro. – Por favor. A gente pode até se revezar no volante.

Hollis balança a cabeça.

– Só eu dirijo meu carro.

Pelo que me lembro, Hollis dá aula de inglês numa escola. Ou talvez seja professor numa das faculdades comunitárias da região. Enfim, é alguma coisa que Josh criticava como se fosse inferior, mas que, no fundo, invejava. É pouco provável que Hollis esteja nadando em dinheiro.

– Eu te pago pelo aborrecimento. Me fala o seu preço. Sério, eu estou desesperada pra chegar à Flórida o mais rápido possível.

– Desculpa. Não existem rolinhos de canela suficientes no mundo.

– Uau. *Uau.*

Paro de andar e ponho as mãos nos quadris.

Eu meio que espero que Hollis continue andando, me deixando para trás sem pensar duas vezes, mas ele para e se vira para mim com um suspiro audível.

– Olha, não leva pro lado pessoal, Millicent. Aposto que você é uma companhia agradável. Mas essa viagem tem dois objetivos pra mim: sexo selvagem e inspiração. E, a menos que você possa me dar um desses ou os dois, os benefícios da sua presença dificilmente vão superar o incômodo.

Ele estende a mão e me dá um tapinha na cabeça.

– Desculpa, garota. Boa viagem.

O gesto é tão condescendente que me faz querer pular nas costas dele enquanto se afasta, grudando em Hollis Hollenbeck feito um carrapato e me recusando a sair até ele concordar em me levar. Só que a logística de fazer isso enquanto estou segurando a mochila e a mala é muito complicada, então olho para a placa acima da minha cabeça e sigo a seta que aponta para as locadoras de automóveis.

2

MIKE PARECE LEGAL. Veja bem, eu sei que muitas pessoas *parecem* legais, mas não são. Provavelmente existem assassinos em série por aí que parecem muito legais. Mas quais são as chances de eu ter me aproximado de um assassino em série que parece legal no meio de todas as pessoas que estão esperando o carro alugado no aeroporto nacional de Washington? Não estudo estatística nem nada assim, mas os números com certeza estão a meu favor nessa situação. Além do mais, nós nos conhecemos há dez minutos, e Mike já me mostrou umas cem fotos da esposa com quem é casado há vinte anos e dos três pugs velhinhos: Rockem, Sockem e Robot. Ele é grande e parece fofo. Uma vibe de ursinho de pelúcia, desde que o ursinho esteja usando um terno listrado bege. Ele provavelmente tem 50 e tantos anos e não deve fazer a menor ideia de que eu já estive na TV. Meu instinto me diz que Mike é bem inofensivo. E o mais importante é que ele reservou um dos últimos carros alugados da região metropolitana e está disposto a aceitar quatrocentos dólares em troca de uma carona até Charlotte, na Carolina do Norte.

Enquanto esperamos os funcionários sobrecarregados da locadora procurarem a chave do nosso Hyundai Sonata, meu novo amigo me lança um olhar genuinamente preocupado.

– E você me garante que não está fugindo da lei nem nada assim, né? Nada que vai me causar problemas?

– Não, não. Eu só estou numa missão muito importante.

– "Uma missão divina", é? Eu adoro o filme *Os irmãos cara de pau.* – Ele dá uma risadinha. – "São 170 quilômetros até Chicago, temos um tanque cheio, meio maço de cigarros, está escuro e estamos usando óculos de sol." Estou brincando, nós vamos pra Charlotte, não se preocupe. Se bem que Chicago tem uns cachorros-quentes muito bons. Ei, já te mostrei o vídeo do Rockem e do Robot brigando por causa de um cachorro-quente?

Viu? Inofensivo.

Mas, só para garantir, eu deveria avisar a alguém que vou pegar carona. Não quero botar medo nos meus pais. Eles nem sabem que estou fazendo essa viagem, para começo de conversa; ficam estressados sempre que viajo sozinha e inevitavelmente me enchem de culpa a ponto de eu ligar a cada meia hora para assegurar que estou viva e bem. "Liga, Millie, não manda mensagem. A gente precisa ouvir a sua voz." Sem falar que o meu pai alertaria todos os parentes e velhos amigos que temos no estado da Flórida para avisar que vou estar "na área", me fazendo parecer uma pessoa horrível por não dirigir cinco horas fora do meu trajeto para visitá-los.

Meu irmão mais novo está estudando na Dinamarca, e tenho quase certeza de que, se eu não entrar em contato, ele nem lembra que eu existo. Não é uma pessoa que ia notar se eu sumisse. E, embora exista um monte de gente que gosta da minha companhia em pequenas doses (ou que talvez saia comigo porque curte poder dizer que conhece alguém que já foi famoso), eu não tenho nenhum amigo de verdade. Só a Sra. Nash, e ela se foi.

Assim, pego o celular e mando uma mensagem para a minha prima preferida e menos crítica, Dani: *Eu estava indo pra Flórida de avião, mas o voo foi cancelado, então vou pegar uma carona até a Carolina do Norte. Se você não tiver notícias minhas até a meia-noite de hoje, diz pra polícia que eu fui vista pela última vez com Mike Burton, de Charlotte. Cinquentão, negro, careca, bem alto e muito abraçável.*

Em poucos segundos, Dani me manda um emoji de polegar para cima.

Mike está vasculhando o celular, ainda procurando o vídeo de Rockem e Robot com o cachorro-quente, quando a moça da locadora aparece com a chave. Mas, assim que me viro na direção da escada que temos que subir até o segundo andar do estacionamento do Terminal A, Hollis aparece atrás de mim, com os braços cruzados.

– Oi de novo – digo.

– Oi. – Hollis aponta com o queixo para Mike. – Quem é esse cara?

– Hollis, esse é o Mike. Ele trabalha num hospital e está voltando pra casa, na Carolina do Norte, depois de um congresso. Mike, esse é o Hollis, um escritor mal-humorado com bloqueio criativo que está a caminho de um compromisso sexual em Miami.

Mike lança um olhar intrigado para Hollis, mas diz:

– É um prazer conhecê-lo.

– Igualmente – responde Hollis.

– Mike teve a gentileza de me oferecer uma carona até Charlotte.

– Mas você está indo pra Key West. Charlotte não fica nem na metade do caminho.

– Obrigada, Sherlock Holmes – retruco. – Eu sei qual é a distância. Mas é o que temos pra hoje. Vou dar um jeito. Talvez o tráfego aéreo já esteja normalizado quando a gente chegar lá ou eu consiga alugar um carro, ou outro desconhecido simpático...

Hollis passa as mãos pelo cabelo e emite um ruído entre o suspiro e o grunhido.

– Tá. Pega as suas malas, Millicent.

– Quê?

– Pega as suas malas. Você pode ir comigo até Miami.

Ponho as mãos na cintura. Eu provavelmente deveria ficar feliz por ele ter mudado de ideia, mas neste momento estou apenas irritada. Se Hollis ia ceder e me deixar ir com ele, por que não fez isso antes? Já perdemos muito tempo, um tempo que eu não tenho.

– Achei que você tivesse dito que, a menos que eu pudesse oferecer sexo ou inspiração, você não me queria por perto.

Os olhos de Mike se alternam entre nós dois. É igual ao vídeo que ele me mostrou do Sockem vendo uma partida de tênis no parque. Aparentemente, os pugs são bem populares no TikTok.

– Com licença, pode nos dar um minutinho? – diz Hollis para Mike enquanto me conduz para o canto a fim de continuarmos a discussão com alguma privacidade. – Se a escolha é entre ter a sua bagagem no meu porta-malas ou as suas partes desmembradas no porta-malas de outra pessoa, fico com a primeira opção.

– Como é que é? O Mike é uma simpatia e nem um pouco assassino.

Hollis olha para Mike, que está sorrindo para o celular e cantarolando "Soul Man".

– Não estou preocupado com o Mike. Ele provavelmente é um cara legal. Mas é uma viagem longa de Charlotte até Miami, e você parece ter pouquíssimo medo de pedir carona pra desconhecidos. Então me desculpe se prefiro ter certeza de que você vai chegar à Flórida em segurança, inteira e com todos os seus membros intactos.

– Uuuuh, desconhecidos perigosos– digo, balançando os dedos no ar. – Você esqueceu que também é um desconhecido, Hollis?

– Não sou um desconhecido. Nós dois já nos conhecemos.

– Você nem se lembrava de mim.

A testa dele se franze um pouco mais.

– Bem, *eu* sei que você está segura comigo. E, já que estou fazendo isso pela *minha* paz de espírito, é tudo o que importa.

– Ah, sim. Tá certo. Porque você só faz gentilezas por egoísmo.

– Por que está falando isso desse jeito? – pergunta ele.

– De que jeito? Como é que eu estou falando?

Sorrio para ele, vendo uma veia saltar em seu pescoço. Hollis me achar divertida é ótimo e tal, mas tenho que admitir que ele me achar irritante também tem certo encanto.

– Hum... É... Desculpa interromper – diz Mike, aparecendo ao nosso lado.

Meu rosto fica vermelho quando percebo que Hollis e eu estávamos nos encarando pelo último minuto e meio.

– Eu preciso me mandar se quiser chegar em casa hoje à noite. Millie, você ainda vai pegar carona comigo ou...?

– Ah, desculpa, Mike. Por mais que eu quisesse ser o Joliet Jake do seu Elwood, provavelmente faz mais sentido eu ir com o Hollis, já que ele vai mais para o sul. Sinto muito por te atrasar. Então, hum, aqui.

Tiro a carteira da mochila e pego duas notas de cinquenta.

– Fica com uma parte do que eu te prometi, pra compensar pela inconveniência.

– Ah, não precisa, querida.

No entanto, depois que insisto, Mike junta as notas num clipe de dinheiro e guarda no bolso da calça.

– Obrigado, Millie. Mas, só pra constar, eu teria sido o Jake. O Belushi canta melhor.

Ele solta uma risada, que termina com um sorriso largo.

– Se cuida, hein. Boa viagem.

– Pra você também – digo. – Tudo de bom pra Carla e pros filhotes.

– Filhotes, sei – resmunga Hollis enquanto nos dirigimos para a saída.

– Mike e a esposa são tutores orgulhosos de pugs.

Hollis suspira e revira os olhos, mas não diz nada, seguindo na minha frente. Depois de uma caminhada curta e silenciosa, chegamos ao carro dele no estacionamento do Terminal B. Dadas as circunstâncias – eu chorando porque tinha acabado de ficar solteira –, não reparei no carro dele na noite em que ele me levou para casa, mas suponho que esse sedã azul-marinho da Volvo seja o mesmo que ele tinha alguns meses atrás. Hollis joga a minha bagagem no porta-malas ao lado da bolsa de viagem dele. Eu me acomodo no banco do carona, com a mochila no chão entre os meus pés. Quando Hollis liga o carro, ele bufa de um jeito contrariado que pode ser direcionado a mim ou talvez ao mundo em geral.

– Obrigada por mudar de ideia – digo.

– Não tive muita escolha.

– Nem começa. Eu teria ficado muito bem com o Mike.

Ele aperta o volante com tanta força que os dedos perdem a cor. Há um segundo de silêncio, e meu cérebro faz uma constatação.

– Hum – digo.

– Quê?

Espero até ele ter saído de ré da vaga em segurança. Conforme ele previu, há um tráfego fora do normal no estacionamento por causa dos cancelamentos em massa.

– Bem, eu só estava pensando... Tem uma coisa que eu não entendo.

– Ah, parece que tem muita coisa que você não entende. Tipo o básico da autopreservação.

– Por que você estava lá, Hollis? Perto dos quiosques das locadoras? Ali fica o estacionamento do Terminal A, e o seu carro estava estacionado aqui, no B.

Observo o perfil dele, esperando uma resposta. Como ela não vem, eu continuo:

– E você tinha saído antes. Mais ou menos vinte minutos antes. Se tivesse vindo direto até o seu carro, já estaria rodando pela estrada 95 quando eu conheci o Mike. Mas você estava lá, se esgueirando pelos quiosques das locadoras de automóveis...

– Eu não estava me esgueirando.

– Estava fazendo o quê, então?

Ele não responde.

– O que eu acho – digo – é que você estava na metade do caminho até o estacionamento quando se deu conta de que as pessoas deviam estar se estapeando pra conseguir alugar um carro. E a sua consciência pesou por ter me abandonado, por isso você ficou por perto pra saber o que ia acontecer comigo.

– Sorte a sua que eu fiz isso – rebate Hollis. – Vai saber a enrascada em que você ia se meter entrando no carro de um desconhecido.

Numa pessoa mais encantadora, isso seria dito com um sorrisinho presunçoso. Mas a expressão de Hollis está completamente séria, como se ele não percebesse a ironia.

– Admite: você é um rolinho de canela por baixo desse disfarce ridículo de torrada queimada.

– Hein? Se está tentando insinuar que no fundo eu sou legal, não sou. Continuo sendo apenas egoísta. Acha que eu ia querer lidar com policiais aparecendo na minha porta dizendo "Sr. Hollenbeck, gostaríamos de fazer algumas perguntas. Parece que o senhor foi a última pessoa a ver Millicent Watts-Cohen viva"?

– Lógico. Não tem nada a ver com o fato de você ser uma boa pessoa. Me desculpa por sugerir isso.

– Eu não sou uma boa pessoa, Millicent, e é melhor acreditar nisso. Sou um grande canalha. Uma maçã podre em todos os aspectos.

Dou risada.

– Tá falando igual ao Pee-Wee Herman.

– Como é?

– Não a sua voz, mas tipo... você sabe. "Você não quer se envolver com um cara como eu. Sou um lobo solitário, Dottie. Um rebelde."

– Não tenho a menor ideia do que você está falando.

Solto um suspiro intencionalmente melancólico que sei que vai irritá-lo.

– Aposto que o Mike teria entendido as minhas referências.

– Já chega desse Mike. Caramba.

Hollis bate os dedos no volante e morde a bochecha.

– Você ia mesmo pagar quatrocentos dólares pra viajar seis horas com aquele homem pro Sul?

Ué, ele não tinha falado "Já chega desse Mike"?

– Eu teria dado muito mais. Já te falei: estou desesperada.

Por uma fração de segundo, ele tira os olhos da estrada e olha para mim.

– Essa viagem significa tanto assim pra você?

Aperto a mochila entre os tênis, dando uma espécie de abracinho na Sra. Nash, lembrando-me da promessa de encontrar Elsie. Foi logo depois que ela me contou a história das duas.

– Eu só queria ter me despedido direito dela, falado quanto eu ainda a amo – sussurrou minha amiga, assoando o nariz no lenço que guardava enfiado na pulseira elástica do relógio prateado. *– Mesmo depois que ela se foi, nunca morreu para mim. Até hoje.*

– E se eu conseguir descobrir onde ela foi enterrada? – perguntei. *– Aí a gente pode visitá-la.*

– Ah, Millie, mas qual seria o sentido disso?

– Eu poder conhecê-la.

Lancei um sorriso para a Sra. Nash de onde eu estava, no chão.

– Você é uma coisinha muito boba – disse a Sra. Nash, retribuindo o meu sorriso. Ela me chamava de "coisinha boba" com tanta frequência e com tanto afeto que valia mais que qualquer termo carinhoso comum. *– Bem, acho que, se você tiver tempo para procurar nessa sua internet...*

– Eu arrumo tempo – garanti. *– Quero reunir você e a Elsie de novo, mesmo que seja simbolicamente.*

É óbvio que eu não arrumei tempo até já ser tarde demais. A Sra. Nash morreu em março, e eu nunca pude dizer a ela que o amor da sua vida não tinha morrido na Coreia, no final das contas.

No entanto, agora Elsie está de fato vivendo seus últimos dias sob cuidados paliativos num asilo em Key West, e não posso me dar ao luxo de me atrasar. Foi por isso que peguei o dinheiro que ganhei com a série *Penelope volta ao passado* – "Isso é pra sua aposentadoria!", eu quase consegui ouvir o meu pai gritando enquanto eu transferia os fundos para a minha conta-corrente – para pagar uma passagem de avião e um quarto de hotel absurdamente caros durante o feriado em vez de esperar até a semana seguinte.

– Significa mais que qualquer outra coisa – digo a Hollis.

– Acho que mil dólares é um valor justo, então.

– Quê?

– Como pagamento. Pra eu te levar até Miami.

– De jeito nenhum – digo. – Eu me ofereci pra te pagar e você recusou. Não existem rolinhos de canela suficientes no mundo, lembra?

– Eu acabei de te salvar de ficar desamparada em Charlotte. Ou coisa pior. Acho que mereço uma compensação por te ajudar mais uma vez.

– Eu nunca te pedi ajuda. E o Mike era um homem muito legal. Eu ficaria perfeitamente segura com ele.

– Repetindo: eu estava mais preocupado com quem você ia encontrar depois do Mike. – Hollis agita a mão direita no ar. – Esses seus olhos arregalados e crédulos praticamente gritam: "Ei, vem me matar e me esfolar!"

Suspiro.

– Você sempre pensa o pior das pessoas?

– Sempre. Você sempre pensa o melhor?

– Em geral, sim.

– Faaantástico – diz ele por entre os dentes.

A palavra funciona como uma pontuação, indicando que a conversa chegou ao fim, pelo menos na cabeça dele.

No entanto, eu não lido bem com o silêncio.

– Então... – digo. – O que você escreve?

Os escritores são praticamente obrigados por lei a responder a essa pergunta.

– Em geral, livros de não ficção. Meu primeiro livro vai ser publicado em novembro. É sobre um esquema de pirâmide que provocou vários tipos de escândalo numa cidadezinha em Minnesota.

– Livros de não ficção? Tipo *A sangue-frio*?

Ele reflete sobre a comparação, depois diz:

– O meu tem menos assassinatos e mais pratos típicos, mas é basicamente isso.

– Uau. Parece ótimo. Vou querer comprar na pré-venda.

Para minha surpresa, Hollis sorri. É o menor sorriso que já vi em alguém, visível apenas nos cantos da boca, mas já é alguma coisa. Se ele sabe que essa é a frase que eu sempre usava quando conhecia autores, aperfeiçoada enquanto estava namorando Josh, não parece disposto a comentar a respeito.

– E você? – pergunta ele. – O que Millicent Watts-Cohen faz quando não está se defendendo de gente bizarra nem entrando em carros de pessoas aleatórias?

– Tenho feito uns trabalhos de consultoria em história como freelancer pra TV e pro cinema nos últimos meses. Realizei umas pesquisas pra ajudar uma amiga diretora enquanto terminava o mestrado. Ela me indicou pra outras pessoas da área. Tem muito mais demanda do que eu esperava. Aparentemente, os profissionais de Hollywood ainda me consideram um deles e gostam de manter tudo em família, digamos assim.

– Seu mestrado é em história?

– É. Eu sempre me interessei por isso. Sem contar que me parecia necessário reparar de algum modo os sacrilégios cometidos em *Penelope*. E foram muitos. Tipo, tem um episódio que se passa em Appomattox e não se sustenta *de jeito nenhum.*

Ele não faz qualquer comentário.

– Você via a série? – pergunto.

– Minha irmã via.

– Mas você não?

Ele dá de ombros de um jeito preguiçoso.

– Eu via uns trechos de episódios aqui e ali, mas não era a minha praia.

É um alívio saber que Hollis provavelmente não está fazendo nada disso porque sou um pouquinho famosa nem porque ele tem esperanças de realizar uma fantasia sexual esquisita da adolescência. Eu sou basicamente uma subcelebridade ou talvez até uma subsubcelebridade, se é que isso existe, mas você se surpreenderia se soubesse quantas pessoas só têm interesse em mim por causa disso. Tipo Josh, no final das contas.

Pensar no meu ex me faz lembrar do que Hollis disse sobre ele, que Josh falou para os amigos – e rivais, pelo que entendi – que nós terminamos porque eu sou impossível, estranha e carente demais. E isso me causa aquela sensação de angústia que vem quando percebo que existe alguém no mundo que não gosta de mim. Nunca é divertido, mas é muito pior quando é alguém com quem eu achava que um dia iria me casar.

Buscando uma distração, ligo o rádio e uma voz aveludada e empostada preenche o carro, comentando sobre o tumulto do cancelamento de voos.

– O que é isso? – indago.

– Rádio universitária.

Torço o nariz.

– O que você tem contra? – pergunta ele.

– Nada – digo. – Estações de notícias são ótimas. Tenho o maior respeito por elas. Mas são uma péssima trilha sonora pra uma viagem de carro.

– Sinto muito por não ter uma playlist com curadoria perfeita pra acariciar os seus ouvidos exigentes.

– Tudo bem. – Tiro o celular do bolso da frente da minha mochila. – Deixa comigo.

Vasculho até encontrar o meu cabo auxiliar e, em pouco tempo, "Eye in the Sky", do Alan Parsons Project, começa a tocar. Abro a boca para cantarolar a letra, mas não sou uma cantora talentosa – na verdade, sou bem ruim –, e provavelmente é cedo demais para sujeitar Hollis a isso. Fazer o ouvido de alguém sangrar não é uma boa maneira de demonstrar gratidão. Então me contenho, preferindo me balançar no banco. É claro que, quando chegamos ao refrão, já estou balançando o corpo e a cabeça com os olhos fechados.

– O que está acontecendo aí? – pergunta Hollis. – Já precisa fazer xixi?

– Estou dançando.

– Aham.

A playlist que eu fiz para dirigir de Miami até Key West está tocando no modo aleatório, mas, quando a música seguinte começa, fico bem satisfeita com as escolhas do aplicativo.

– Meu Deus, como eu amo Steely Dan – comento, me embalando num ritmo mais lento ao som de "Dirty Work". – Achei esse álbum em vinil numa loja de discos em Silver Spring na semana passada. – Comprei mesmo sem ter um toca-discos; a filha do Geoffrey ficou com o da Sra. Nash.

– Quando concordei em te deixar vir, não percebi que você era o meu tio Jim de saias – resmunga Hollis.

– Aposto que o seu tio Jim não tem o meu suingue.

Eu me remexo no banco no ritmo do solo de saxofone.

Hollis me observa pelo canto do olho, aquele que é azul-acinzentado.

– Isso ele não tem.

"Dreams", do Fleetwood Mac, toca em seguida, mas, antes do final da primeira estrofe, Hollis diz:

– Argh. A gente pode ouvir outra coisa?

– Por acaso você tem alguma coisa contra a Stevie Nicks?

– A voz dela me irrita.

Fico sentada num silêncio aturdido, tentando encontrar uma reação adequada a essa blasfêmia. Acabo dizendo apenas:

– Como ousa? Como *ousa*?

Hollis desliga o rádio.

– Ei! – exclamo, minha voz subindo uma oitava por causa da indignação.

Acho que vejo um movimento sutil da boca dele formando um sorriso de novo, e isso só me irrita ainda mais. Como ele ousa desrespeitar Stevie Nicks e meio que dar um sorrisinho debochado depois? Que *audácia*.

– Me fala mais sobre essa sua missão – diz ele.

Cruzo os braços, fazendo beicinho.

– O que quer saber?

– Tipo... por quê? Está claro que voltar pra esse amor antigo não era prioridade pra sua amiga.

– Mas era – digo. – Minha amiga queria muito se reencontrar com ela. Mas eu só comecei a procurar quando a Sra. Nash morreu.

– *Ela?*

A sobrancelha acima do olho azul se ergue.

– Isso. Elsie. Elas se conheceram durante a guerra.

– A guerra? – pergunta ele. – Do Vietnã?

– Segunda Guerra Mundial.

Hollis solta um assobio por entre os dentes.

– Caramba. Isso aconteceu há muito tempo.

– É. Bem – digo –, muitas outras coisas aconteceram há muito tempo.

– Fico me perguntando se um assunto que passou tantos anos mal resolvido não deveria continuar assim.

– Pra começar, ela não queria deixar mal resolvido. A Sra. Nash e a Elsie mantiveram contato no início, depois que a guerra acabou. Elas trocaram milhares de cartas. Mas depois... é complicado.

– Millicent, nós vamos ficar horas confinados juntos no carro. Eu prefiro ouvir uma história longa e complicada a ouvir músicas de homens de meia-idade o tempo todo. Vai em frente.

– Toda ela?

Eu sei essa história de cor. Na verdade, penso nela todo dia desde que a Sra. Nash me contou como ela e Elsie se conheceram. Mas nunca precisei contá-la a outra pessoa até agora. É intimidador. E se eu não fizer justiça à história? E alguma coisa me diz que Hollis Hollenbeck não é exatamente uma pessoa romântica. Eu juro que, se ele desrespeitar a Sra. Nash e a Elsie como ele desrespeitou a Stevie Nicks...

– Bem, por que não começa pelo início e a gente vê até onde vai?

– Tá bom – digo. – Então...

Key West, Flórida
Novembro de 1944

ESTAR BASEADA EM KEY WEST parecia uma recompensa celestial. Rose McIntyre tinha enfrentado vinte invernos frios e escuros do Wisconsin, mas, no final de novembro de 1944, a Marinha dos Estados Unidos deu a ela mais sol e calor do que ela conseguia aproveitar. Nem o fato de passar a maior parte do tempo limpando ninhos e jogando cocô de aves numa vala mantida atrás do pombal exclusivamente para isso – "vivendo a vida glamourosa de uma novata", como ela descreveu os primeiros dias na Estação Aérea da Marinha dos Estados Unidos em Key West – conseguia diminuir a liberdade prometida por um lugar abençoado com um verão eterno.

No primeiro dia de folga, Rose recusou o convite da colega de beliche para andar de bicicleta ao longo do quebra-mar com outras voluntárias e foi em direção aos costões rochosos da praia de Boca Chica. Ela achava que os sons cadenciados do mar a ajudavam a afastar da mente as frustrações e as decepções com o serviço. Concentrar-se na água turquesa que se estendia até o infinito aliviava a saudade de casa, embora o lugar fosse muito diferente de sua gélida cidade natal no Meio-Oeste.

Era isso que ela estava fazendo quando viu a sereia pela primeira vez. Rose não estava delirando; ela sabia que sereias não existiam. Apesar disso, não conseguiu encontrar outra explicação para a facilidade com que a criatura deslizava pela água como se tivesse nascido entre as ondas espumosas. Rose ficou observando, tentando captar um lampejo de escamas reluzentes ou a ponta de uma nadadeira, mas, de longe, só conseguiu distinguir o cabelo claro e a pele bronzeada que parecia cintilar quando ficava coberta de gotas de água.

– Chega mais perto – sussurrou Rose. – Chega mais perto pra eu te ver melhor.

Talvez a brisa tivesse levado o recado, porque ela só precisou esperar um instante até a sereia nadar em direção à areia.

Obviamente foi uma humana que emergiu, não um ser mitológico. Se Rose ainda tivesse alguma dúvida, ela foi anulada quando viu duas pernas compridas saindo da arrebentação.

– Olá – disse a mulher, com um sorriso, ao passar por onde Rose estava sentada com as pernas cruzadas na areia.

Rose virou a cabeça e viu que uma toalha estava pendurada num pedaço arqueado de madeira trazida pelo mar. Ela se sentiu meio boba por ter achado que a mulher sobrenatural tinha nadado direto até ela, como se fossem ímãs atraídos um pelo outro, porque com certeza foi a toalha que a trouxera até ali.

– Olá – respondeu Rose, tentando, sem sucesso, desviar o olhar enquanto a desconhecida secava a água salgada respingada na barriga firme.

De perto, ela viu que o cabelo encharcado grudado nos ombros nus tinha o tom de mel – devia ser quase louro platinado quando seco. Conforme o olhar flutuava para as inconfundíveis pontas dos mamilos aparecendo por baixo do material fino e molhado do biquíni dela, passou pela mente de Rose um pensamento que ela só havia considerado uma ou duas vezes antes – e que só tinha sido suscitado pela melhor amiga, Joan, na segurança do seu quarto escuro em Oshkosh.

Rose despertou do devaneio quando a mulher se agachou ao lado dela.

– Ah, eu adoro este lugar. E você? – perguntou ela, com a voz melódica e um leve sotaque. Talvez ela fosse do Missouri ou de algum lugar não exatamente no Sul nem no Oeste.

– É lindo – comentou Rose.

Perguntou-se se a mulher a tinha flagrado reparando no corpo dela e pensou em ir embora para não ter que inventar um elogio inocente sobre o traje de banho da desconhecida que explicasse o comportamento esquisito.

– Engraçado não termos nos encontrado aqui antes.

– Eu cheguei tem poucos dias – disse Rose. – Esta é minha primeira semana na base.

– Enfermeira ou voluntária? – perguntou a mulher.

– Voluntária. Pombeira. E você?

– Enfermeira.

Os lábios rosados da mulher se abriram, e sua língua tratou de umedecê-los antes de ela voltar a falar:

– O que é uma…? – Ela riu, e era como ouvir a harpa de um anjo. – O que é uma pombeira? Alguém que cuida de pombos?

– Exatamente. Cuidamos da saúde e do cruzamento deles, e também os treinamos para entregarem mensagens. Somos oito na base.

– Deve ser um trabalho fascinante.

– Pelo menos é melhor do que datilografar.

Na verdade, Rose não estava certa de que varrer a mistura de milho, arroz e excrementos que caía no piso do pombal depois do frenesi de dez minutos de alimentação dos pombos duas vezes por dia era de modo algum superior a se sentar em frente a uma máquina de escrever enquanto um almirante andava de um lado para outro da sala, mas seu orgulho se recusava a admitir que ainda não confiavam nela para nenhuma das tarefas mais interessantes das pombeiras.

– As aves provavelmente não têm a mão-boba dos oficiais da Marinha – comentou a mulher, dando uma piscadela.

Alguma coisa dentro do peito de Rose se apertou de um jeito desconfortável que mais uma vez a fez pensar em ir embora.

– Meu nome é Elsie Brown. Sou de Elgin, Oklahoma.

– Rose McIntyre. Oshkosh, Wisconsin.

O cumprimento foi breve, e Rose não conseguiu ignorar a sensação de perda quando a outra mulher afastou a mão da sua.

– É um prazer conhecê-la – disse Elsie.

As duas ficaram sentadas em silêncio por um instante, e o coração de Rose começou a bater de um jeito que provavelmente preocuparia a enfermeira caso ela pudesse ouvi-lo. Rose se mexeu para se levantar e fugir da estranha atração por Elsie Brown, mas uma mão segurou o seu ombro antes que ela conseguisse se pôr de pé.

– Me fala, Rose McIntyre, pombeira. O que você vai fazer pelo resto da tarde? Tenho uma caixa de chocolates embaixo da cama e estou morrendo de vontade de dividir com alguém antes que eles derretam.

3

– É UMA BELA CANTADA – DIZ HOLLIS.

– Quê?

– Essa dos chocolates. É uma bela cantada. Vou ter que usar em algum momento.

– Não foi uma cantada. A Elsie não... Por que estou me dando ao trabalho de explicar isso pra você? Você nem deve acreditar em amor e romance. Só em luxúria e sofrimento e... e...

– É, você está certa. Luxúria e sofrimento, basicamente isso.

– Eu não entendo como você pode ouvir o que estou contando e só conseguir extrair: "É uma bela cantada."

– Eu nunca disse que só extraí isso. Eu também aprendi que tinha um lance de ser pombeiro na Segunda Guerra Mundial e que Elsie Brown era uma gostosa lá em 1944.

Os cantos da boca dele se curvam para cima.

– Olha, eu não sei o que mais você quer que eu diga – continua ele. – Por mais linda que a história possa ser, o amor não existe. Pelo menos não esse tipo romântico e duradouro de que você está falando. Do tipo que se prolonga setenta e tantos anos. A paixão acaba, as pessoas ficam entediadas e seguem em frente. Elas esquecem. Quero dizer, como saber se a Elsie *se lembra* da Sra. Nash? Ou, caso se lembre, se ela vai querer um saco de sanduíche com as cinzas dela? O que exatamente você espera que ela diga quando lhe entregar as cinzas? "Obrigada por me trazer um pó que um dia foi uma paquera do passado"? Você precisa entender que esse plano de reencontro é extremamente pretensioso, Millicent.

Lanço um olhar bem irritado para ele enquanto meu estômago afunda como se estivesse cheio de concreto.

– Você não sabe do que está falando. Não sabe de *nada*. Você é amargo porque... porque te falta coragem emocional.

Mesmo enquanto protesto, fico pensando se Hollis está certo. E se for eu a pessoa que tem medo demais de processar o mundo ao meu redor e chegar a uma nova conclusão? Talvez a minha ideia seja *mesmo* ridícula e pretensiosa.

– Eu prometi à Sra. Nash que ia encontrar a Elsie – digo, recusando-me a admitir a menor ponta de dúvida. – Que elas ficariam juntas de novo, de algum jeito. Se ela estivesse viva, se eu tivesse encontrado a Elsie antes...

As lágrimas se acumulam em meus olhos. Solto um gemido, porque o esforço para contê-las faz o meu nariz arder. Quando a sensação diminui, eu prossigo:

– A questão é que o amor romântico verdadeiro e duradouro existe, quer *você* acredite nele, quer não. Eu sei que existe porque era o que a Sra. Nash tinha com a Elsie. E é só isso.

Só que eu sei, no fundo, que não é bem assim.

É lógico que estou fazendo isso pela Sra. Nash, porque prometi a ela e porque eu a amava. Ela era minha melhor amiga. Mas, agora que eu tive um tempo para processar tudo, para desacelerar e analisar... preciso admitir que posso estar fazendo isso também por mim mesma. Porque, se eu consegui estar tão errada em relação a Josh, no que mais posso estar enganada?

E se eu tiver sido uma boba ingênua a vida inteira, colocando a minha fé em coisas como "felizes para sempre" e a bondade inerente e generalizada da humanidade? Eu preciso de uma confirmação de que não é idiotice acreditar que duas pessoas podem se amar e continuar se amando a vida inteira, por mais que surjam obstáculos no caminho. Que ter a esperança de encontrar alguém que nunca vai desistir de mim não é sem sentido como pareceu algumas vezes nos últimos tempos. Tão sem sentido quanto Hollis parece achar que é.

– Parece que você quer me dar um soco – diz ele, olhando para mim.

Esse pensamento nem passou pela minha cabeça. Mas, agora que ele mencionou, quero, sim. De verdade.

– É, talvez você mereça.

– Talvez. Mas segura a onda enquanto eu estiver dirigindo. Vamos ter que parar no posto na próxima saída. Aí você vai poder me acertar, se quiser.

O impulso atipicamente violento é ofuscado por outros quando saímos da rodovia e paramos no posto em algum lugar a oeste de Fredericksburg. Antes eu estava realmente dançando, mas agora preciso muito fazer xixi.

Quando saio da loja de conveniência, Hollis está encostado no carro. Ele entrelaça os dedos e estica os braços em direção ao céu. O alongamento faz a camiseta listrada por baixo do casaco de moletom preto aberto subir, expondo uns centímetros de pele e uma faixa de pelos escuros que deve continuar para cima e para baixo. Por mais mal-humorado e grosso que ele seja, não posso negar que Hollis é gato.

Em termos físicos, ele é exatamente o meu tipo. Na verdade, agora que estou pensando nisso, ele se parece um pouco com Josh, só que uma versão melhorada. Como se Josh fosse a primeira tentativa de desenho de um artista e Hollis fosse a centésima. E provavelmente esse é um dos motivos para eles serem rivais, e não amigos. Aprendi tarde demais que Josh não consegue gostar de verdade de alguém a menos que tenha certeza de ser superior à pessoa em todos os sentidos. E, considerando que Josh poderia ser o modelo da mediocridade do homem branco, sobram pouquíssimas pessoas para ele gostar.

Hollis pega o celular no bolso e digita alguma coisa rápido. Provavelmente está avisando à sua amiga colorida de Miami que não vai chegar na hora combinada. Parte de mim tenta imaginar como é a musa dele. Mas a maior parte de mim não quer saber absolutamente nada sobre ela. Porque, se eu souber qualquer coisa, vou começar a formar uma opinião sobre ela. Vou começar a compará-la a mim, porque é assim que funciona o ser humano. E, se eu acabar tendo sentimentos negativos em relação à mulher que não fez nada contra mim, isso não será justo. Nem com ela nem comigo.

Enfim, a Mulher de Miami sem dúvida está decepcionada porque Hollis não vai estar na cama dela hoje à noite. Olha, sinceramente? Eu também. Não que eu queira isso ativamente, é só que... Bem, tipo, se as coisas fossem diferentes... e ele não fosse um babaca estranhamente gentil. E se ele já não estivesse planejando transar com outra pessoa até cansar assim que puder. E se ele não conhecesse Josh. E se, e se, e se... Aí eu ia querer. Eu ia querer com certeza.

Os olhos de Hollis estão fixados em mim. Há quanto tempo ele está me vendo encará-lo nesse estado esquisito meio malicioso, meio cabeça no mundo da lua? Que constrangedor. Dou meu sorriso mais luminoso para ele por não saber o que fazer e recebo uma testa franzida exagerada em troca.

– Oi. Desculpa incomodar, moça.

Eu me viro e vejo um homem parado perto de mim. Então talvez a careta de Hollis não fosse para mim, afinal. O sujeito é mais velho, talvez na casa dos 60. Provavelmente não é um fã de *Penelope* (embora sempre possamos nos surpreender).

– Oi – digo. – Posso ajudar?

– Espero que sim, moça. Devo ter perdido a minha carteira quando parei uns trinta quilômetros atrás, mas não tenho gasolina suficiente pra voltar lá, e o meu celular morreu. Eu só preciso de...

Pego a carteira na mochila.

– Acho que eu só tenho uma nota de vinte. Serve?

Os olhos dele se arregalam e a boca fina se abre um pouco. Eu me pergunto quantas pessoas se recusaram a ajudá-lo antes que me encontrasse. Ele sorri quando entrego o dinheiro.

– Serve. Serve, sim. Muito obrigado, moça. Você é uma alma gentil. Obrigado de coração.

– Por nada. Espero que encontre a carteira.

– Deus te abençoe – diz ele, depois se vira e entra na loja de conveniência.

Nesse momento, percebo que Hollis está ao meu lado, ainda com a cara fechada.

– Ele te enganou.

Eu me viro e olho para dentro da loja.

– Ele está pagando a gasolina no caixa. – Olho de volta para as bombas. – Aposto que aquela caminhonete na três é a dele.

Embora não seja possível enxergar exatamente o que o homem está fazendo no balcão, Hollis diz:

– Ou ele está comprando cigarros, cerveja e uma revista de mulher pelada, tudo às suas custas.

Dou de ombros.

– E daí? Vinte dólares não vão me deixar mais rica nem mais pobre, mas, se fizer a diferença entre um dia de merda e um dia feliz pra ele, que assim seja.

Hollis esfrega o rosto, visivelmente irritado, e os óculos redondos com armação de tartaruga ficam temporariamente inclinados quando ele passa os dedos por baixo.

– Já conheci bebês mais safos que você, Millicent.

O homem sai com uma lata de chá gelado Arizona. Ele acena para nós com a cabeça e agradece de novo rapidamente.

– Você tem uma mulher boa aí – diz ele para Hollis. – Boa de verdade.

– É – retruca Hollis, meio sem pensar, e dá um sorriso.

É bizarro, mal-humorado e obviamente forçado. O sorriso real dele *precisa* ser melhor do que isso, e a minha determinação para fazê-lo aparecer aumenta, no mínimo para apagar essa coisa da minha memória.

– Viu? Ele comprou alguma coisa – afirma Hollis depois que o homem está fora de alcance.

– É uma lata de Arizona, cara. Custa quanto? Noventa e nove centavos? Longe de ser uma extravagância. E, olha, ele está indo pra bomba três abastecer. Eu te falei.

Volto para o carro e Hollis me segue.

– Mesmo assim, não significa que ele precisava do dinheiro. Deve ter pilhas de dinheiro na mansão dele, igual ao Tio Patinhas, isso porque engana mocinhas simpáticas pra elas pagarem as despesas diárias dele.

Reviro os olhos.

– Aham. É. Aposto que é exatamente isso, Hollis. Me parece um estilo de vida supereficiente.

O homem acena para mim de dentro da cabine da caminhonete ao se afastar.

Já estamos na estrada quando Hollis volta a falar.

– Eu não entendo como você vive desse jeito, confiando que todos são quem dizem ser e querem o que dizem querer. Nunca dá errado?

– Quase nunca. Mas às vezes, sim. – Faço um som que deveria ser uma risadinha, mas acaba saindo meio triste. – Com certeza deu com o Josh.

– Ah – diz Hollis. – Eu não quis… A gente não precisa falar disso.

– Tudo bem. Agora estou mais bem-resolvida com relação a isso.

De verdade. Ainda fico pasma com boa parte da canalhice que não percebi ao longo dos três anos que passamos juntos, mas não fico mais remoendo isso.

– Nada como descobrir que o seu namorado fingia ser você on-line pra te fazer perceber que você está melhor sem ele.

– Espera. Ele fez *o quê*?

– Foi por isso que a gente terminou, por isso que eu saí da festa tão perturbada naquela noite. Uma das conhecidas do Josh me contou que *amava* o meu Instagram. Só que eu não tenho conta no Instagram. Na verdade, eu faço questão de ficar longe de todas as redes sociais, porque, como você deve ter notado, as pessoas têm muitos sentimentos em relação à Penelope que eu, Millie, prefiro não saber. Então eu confrontei o Josh, e ele confessou que tinha aberto uma conta no meu nome uns seis meses antes. Queria me fazer voltar aos holofotes pensando que isso ia ajudá-lo a vender mais livros. Achava que eu devia alguma coisa a ele por "me aturar" ou qualquer coisa assim.

O que Josh disse enquanto me encurralava numa parede no corredor que levava aos banheiros do restaurante foi: "*Se você vai ser uma esquisita de merda, Millie, devia pelo menos ser uma esquisita de merda famosa de novo. Assim eu não fico com você à toa.*" Foi naquele momento que me dei conta de que o nosso relacionamento tinha acabado e que ele não me amava. Provavelmente nunca amou. Mas, apesar de saber, no fundo, que aquelas palavras falam muito mais sobre ele que sobre mim, não quero contar toda a verdade para Hollis. Fico constrangida. É como a vergonha que passei no aeroporto – às vezes não consigo deixar de me sentir meio responsável quando os homens são escrotos comigo, mas depois me sinto culpada por ter caído nessa armadilha. E aí o resultado é o mesmo: eu me sentindo mal por causa dos meus sentimentos.

– Então ele, tipo… postava fotos de você? Não sei se entendi.

– É. Centenas de fotos. De mim, de nós dois, do nosso apartamento. A maioria eu nem sabia que ele tinha tirado. Mas fazia legendas como se fosse eu postando. Dez mil pessoas curtindo e comentando e... Ele deu às pessoas acesso à minha vida, a *mim*, sem que eu soubesse.

– Nossa. Isso é muito perverso.

Ele não está olhando para mim, já que está dirigindo, e ainda está com a mesma cara fechada de quando estávamos no posto de gasolina, então não sei dizer se o sentimento é genuíno.

– É.

Não conto a ele a pior parte: depois Josh me revelou que iria me pedir em casamento naquela noite, na frente de todo mundo na festa. E eu teria aceitado, sem perceber que era tudo uma grande jogada de marketing.

Há uma pausa na conversa enquanto Hollis se concentra na estrada. Estamos chegando perto de Richmond. O trânsito da hora do rush na interestadual 95 é sempre ruim, mas, agora que também inclui as pessoas que estão indo para a praia passar o feriado prolongado, estamos andando a trinta quilômetros por hora. De vez em quando, alguém pisa no freio com força, só por diversão, imagino.

Estamos parados quando Hollis volta a falar:

– Quer dizer que você é completamente contra redes sociais? Porque vi você tirar uma foto com aquele idiota no aeroporto. Sabe que ele provavelmente postou no Insta, no Twitter, no Facebook, em tudo que é canto, né? Ou preciso ir atrás do cara e quebrar o celular dele?

Não consigo definir se isso é uma oferta simpática ou se Hollis só odiou muito aquele cara. Eu não o julgaria se fosse a segunda opção.

– Ah, não. Tudo bem. Eu não quero participar, mas não me importo de aparecer aqui e ali. Além do mais, não dá pra evitar completamente. Gostando ou não, ter sido uma atriz mirim significa que sempre serei considerada propriedade pública de certa maneira. Se eu não posar pras fotos, eles tiram escondido. Prefiro pelo menos aparecer com dignidade. Escolher quais partes de mim o público pode consumir. Isso é muito importante pra mim. E é por isso que o que o Josh fez foi tão desrespeitoso.

– Faz sentido – diz Hollis, ligando a seta para mudar de pista.

– Quero dizer, *eu* acho isso. Mas, durante a briga, Josh disse que deixar outras pessoas postarem selfies comigo não é diferente do que ele fez.

Hollis balança a cabeça. Ouço-o resmungar algo que parece muito com "Babaca de merda".

– O que foi? – pergunto.

Porque eu quero que ele fale isso mais alto, para saber se está mesmo do meu lado e não do lado de Josh, embora a lealdade dele devesse estar depositada no idiota do meu ex. Provavelmente. Não conheço o código de lealdade entre conhecidos que competem.

– Eu falei que ele é um babaca de merda.

Ele pronuncia secamente cada sílaba, como uma versão mais ríspida dos correspondentes da rádio que ele gosta de ouvir. Não consigo conter um sorriso.

– O problema é a falta de controle sobre a sua imagem – continua ele. – Posar pra uma foto com alguém é uma coisa. Mas alguém tirar fotos de você e postar, ainda por cima fingindo que é você que está postando? Ou ele é o ser humano menos inteligente do planeta ou é só um babaca. E, apesar do que eu penso do intelecto de Josh Yaeger, fica óbvio que é a opção B nessa situação.

Um calor de esperança aquece o meu peito. Isso é diferente de Dani me garantindo várias vezes, depois do término, que eu fazia bem toda vez que ligava para ela aos prantos às três da manhã. E da raiva encantadora da Sra. Nash – depois de eu explicar que diabos é Instagram – por Josh fazer uma coisa dessas. É diferente porque Hollis não tem nenhum envolvimento pessoal nessa história. Ele não se preocupa com a minha felicidade. Eu não sei nem se ele *gosta* de mim. Então, só posso concluir que esse pequeno discurso e o modo como o maxilar dele está travado e os dedos estão apertando o volante revelam uma indignação genuína a meu favor. Eu não deveria me importar se Hollis liga para o fato de Josh ter me magoado, mas me importo. Muito.

Antes que eu consiga dizer alguma coisa em resposta, o aperto de Hollis no volante diminui, liberando os dedos para tamborilar um pouco.

– Ei – diz ele. – Tá com fome?

4

– JOSÉ NAPOLEONI'S RIO GRANDE TRATTORIA?

É isso que diz a placa, então não sei por que saiu da minha boca como uma pergunta. Talvez porque eu esteja confusa com o conceito da fusão entre comida mexicana e italiana, ainda mais num lugar à beira da estrada que nitidamente já foi uma Pizza Hut.

– É isso ou fast-food – diz Hollis. Antes que eu consiga provocá-lo por ser esnobe, ele acrescenta: – Eu não me importo de comer fast-food, se você quiser. Meus gostos não são nem um pouco refinados. Mas acho que aqui a gente pode fazer hora até o trânsito melhorar.

Ele tem razão. Fast-food seria mais rápido, obviamente. Mas a hora do rush não vai desaparecer por milagre, e eu vou pensar menos nas horas passando se estiver comendo uma refeição decente em vez de sentada impotente no banco do carona sem nada para fazer além de esperar e imaginar o pior.

Só tem três carros no estacionamento do restaurante, o que não é um bom sinal. Por outro lado, esta não é exatamente uma região movimentada – onde quer que a gente esteja na Virgínia –, então talvez três carros seja muita coisa perto da hora do jantar numa quinta-feira. Pesquiso o lugar na internet e descubro que foi inaugurado mês passado e, portanto, tem incríveis quatro avaliações, sendo uma delas, inexplicavelmente, em polonês.

Hollis espia o meu celular, depois joga a cabeça para trás no banco.

– Meu Deus. Você é tão… tão…

– Tão o quê?

– Tão peculiar, Millicent.

– Obrigada – digo, ainda concentrada nas avaliações.

Talvez eu consiga ler em polonês se encarar o celular por tempo suficiente. Quero saber por que deram uma estrela ao José Napoleoni, já que as três outras avaliações foram de cinco estrelas e sem comentários, mas não o suficiente para usar o Google Tradutor.

– Você entra num carro com um desconhecido qualquer que conheceu no aeroporto, mas, na hora de experimentar um restaurante novo, fica toda: "Ah, não sei, é melhor eu fazer uma pesquisa antes de decidir."

– Escuta.

Viro o corpo no banco para dar atenção total a Hollis, porque é importante ele entender isto, já que vamos passar um tempo significativo juntos.

– Eu nunca disse que fazia sentido como pessoa. E eu gostaria muito que você parasse de comentar as minhas idiossincrasias como se tivesse pegado um erro de continuidade meu.

A testa franzida dele se suaviza.

– Você está certa. Desculpa.

Inclino a cabeça e estreito os olhos, confusa. É como se Hollis estivesse falando comigo numa língua morta.

– Espera – digo. – Isso foi um pedido de desculpas. Um de verdade, sem "mas" ou "é só porque" depois.

– É. Precisa me recriminar desse jeito? Eu fiz uma coisa que te chateou. Não quero isso. Não sou *tão* babaca. Então pedi desculpas e vou parar de fazer essa coisa. Não é um bicho de sete cabeças.

– É, parece que não – digo.

Você consegue julgar bem uma pessoa pela maneira como ela pede desculpas, me lembra a Sra. Nash numa recordação de quando descobri que alguém da minha turma da faculdade estava fazendo exibições de *Penelope volta ao passado* para os outros colegas de turma. Solto o ar, afastando o luto que ameaça me envolver como uma névoa densa.

– Mas você não me chateou. Só me irritou um pouquinho.

– Ah. Bem, nesse caso retiro meu pedido de desculpas. Porque você me irritou um pouquinho nas últimas duas horas e meia, então estamos quites.

– Enfim, vamos comer.

– Vamos – diz Hollis, soltando o cinto de segurança.

José Napoleoni, prepare seus tacos de espaguete. Estamos chegando.

NÃO FICO SURPRESA COM A PALETA DE CORES vermelha, verde e branca do restaurante – é uma escolha óbvia, não é? Mas fico surpresa com o enorme urso empalhado usando um *sombrero* ao lado do balcão do recepcionista, e acho que a pose deveria sugerir um rugido, porém parece mais um bocejo. E, de repente, tudo que eu quero é enfiar os dedos na boca do urso empalhado e sentir como é lá dentro. Mas, mesmo que eu fique na ponta dos pés, acho que ainda vão faltar uns seis centímetros para alcançá-la.

Antes que eu tenha tempo de pedir uma mãozinha a Hollis, um homem baixinho com cabelo preto cheio de gel e pele morena aparece ao lado do cartaz que diz "Por favor, esperem para serem acomodados".

– *Hola* e *buonasera* – diz ele, com um sorriso cheio de dentes sob um bigode impressionante com as pontas enroladas. – Bem-vindos à José Napoleoni's Rio Grande Trattoria. Meu nome é José, e vou cuidar de vocês hoje à noite. Por favor, me acompanhem.

Hollis e eu nos sentamos em lados opostos do reservado, e um garçom jovem com pelos pretos e ralos acima do lábio superior vem até nós com dois copos de água com gelo.

– Focaccia e molho – diz José para ele. – Meu filho – explica, com um sorriso orgulhoso, enquanto o adolescente caminha com uma falta de urgência impressionante até a cozinha. – Agora, o que querem beber?

– Só água pra mim, obrigado – responde Hollis, com o rosto colado no cardápio.

Estou adorando este lugar. Primeiro, o inesperado urso sonolento. Agora encontro meu drinque preferido de todos os tempos no cardápio, e com *refil grátis*.

– Quero um Shirley Temple.

– Um Shirley a caminho. Ah, obrigado, Marco. – José pega a cesta de pães da mão do filho e a coloca no meio da toalha xadrez vermelha e branca. Marco põe uma tigela de molho espesso ao lado. – Focaccia de sal grosso e coentro com *pico de gallo* fresco – explica José. – Bom apetite.

– Isso é bem interessante – declara Hollis, mergulhando o pão no molho.

Observo enquanto ele o leva até a boca e os dentes desaparecem na focaccia macia. Ele tem uma boca bem bonita quando não está me repreendendo.

– É tipo… uma bruschetta mexicana? – arrisca ele.

– Hum. – Dou uma mordida. – Nada mau.

– O que você vai pedir? – pergunta ele, voltando os olhos para o cardápio.

– Não faço ideia. Costumo entrar em pânico quando tenho que fazer um pedido, então é mais fácil eu não decidir nada.

Ele baixa o cardápio, e as sobrancelhas escuras estão formando um V acima dos olhos. A heterocromia dele não é tão evidente sob a luminária vermelha e verde pendurada acima do nosso banco.

– Você entra em pânico?

Faço que sim com a cabeça e uso a colherzinha na tigela do molho para pôr mais tomate e cebola no meu pão.

– Às vezes, quando tenho muitas opções, entro em pânico na hora de me comprometer e escolho uma coisa completamente diferente. Tipo, eu quero o frango, mas acabo pedindo a carne. E tudo bem. Eu não sou seletiva nem nada. Mas depois sempre me arrependo de não ter pedido o frango. Então, se eu nunca decidir que quero o frango logo de cara, não vou ficar tão decepcionada se não pedir.

Ele fecha o cardápio e o põe sobre a mesa.

– Essa deve ser a coisa mais ridícula que eu já ouvi.

– Acho difícil acreditar nisso, já que te falei, menos de três horas atrás, que estou numa missão pra entregar os restos mortais na minha mochila pra uma idosa em Key West.

O braço de Hollis se estende sobre a mesa e seus dedos compridos abrem meu cardápio de novo.

– Descobre o que você quer – diz ele.

Eu bufo. Que ótimo. Mais um homem que acha que pode me tornar mais normal me dizendo *Apenas aja como uma pessoa normal* e *Veja só como é fácil.*

– Hollis, eu acabei de te dizer...

– Descobre o que você quer – repete ele. – Depois me diz o que é. Aí eu peço por você, pra não ter que se preocupar em entrar em pânico.

– Ah.

E lá está de novo. Aquela bondade. Uma brasa de ternura se agita pela minha caixa torácica feito um vaga-lume.

– Não interpreta errado. É só porque eu não quero te ouvir reclamar pelas próximas três horas que queria ter pedido outra coisa.

– Tá certo, lógico – digo, com um sorriso se espalhando pelo meu rosto. – Você só está sendo egoísta de novo.

– Isso.

O cardápio é bem eclético. Assim como a focaccia com *pico de gallo*, tudo é uma mistura de clássicos mexicanos e italianos. Meus olhos são atraídos para a seção de aperitivos, que tem uma foto de raviólis fritos arrumados como uma estrela num prato vermelho grande. *Combo de raviólis fritos: uma porção variada de raviólis de queijo, linguiça, carne moída e frango, fritos bem douradinhos, com um trio de molhos.* Eles parecem empanadas minúsculas, e eu anseio por eles com uma paixão ardente.

– Combo de raviólis fritos – anuncio, fechando o cardápio com estrépito.

– Combo de raviólis fritos, então.

José traz meu Shirley Temple.

– Peço desculpas pela demora – diz ele. – Eu me empolguei um pouco com a decoração.

Ele não está brincando: o copo que coloca na minha frente tem três daquelas espadinhas de plástico no topo, cada uma delas furando cerejas e fatias de laranja. Lembro quando a Sra. Nash e eu ficamos ligeiramente bêbadas tomando Mai Tai na noite de ano-novo e vimos um monte de tutoriais no YouTube de como dar um nó nos cabinhos de cereja com a língua. Ela passou horas rindo das minhas tentativas fracassadas enquanto fazia um nó perfeito atrás do outro.

– Agora – diz José, me distraindo da sensação desconfortável que a lembrança evoca, como centenas daquelas espadinhas de plástico me apunhalando várias vezes no coração –, vocês têm alguma dúvida?

Fico tentada a perguntar sobre a origem do urso empalhado, mas suponho que ele esteja falando de dúvidas relacionadas ao cardápio.

– Não, acho que estamos prontos pra fazer o pedido – diz Hollis. – Queremos o combo de raviólis fritos e o *capellini* com almôndegas. Pode trazer tudo junto. Obrigado.

Entregamos os cardápios para José, e ele os passa para Marco antes de sair apressado para a cozinha. Marco encara os cardápios nas mãos e solta o suspiro mais adolescente que já ouvi antes de largá-los numa mesa aleatória.

– Obrigada – digo a Hollis.

Ele dá de ombros.

Olho ao redor do restaurante. Além de nós, os únicos clientes são dois homens bebendo e vendo um jogo de futebol no grande bar em forma de U no centro do salão.

Hollis arregaça as mangas do moletom e, ah, não, eu não consigo parar de encarar os antebraços dele. Dão a impressão de que ele escreve os livros à mão com um lápis de quinze quilos. E tem uma pelugem castanho-escura cobrindo tudo, e eu me lembro do urso na frente do restaurante, e agora não sei se quero enfiar os dedos na boca do urso ou na de Hollis. Ele tem uma boca bem bonita...

– Millicent – diz ele, enfiando a cabeça no meu campo de visão. – Tá me ouvindo?

Meus olhos saltam para encontrar os dele.

– Sim, desculpa. O que foi?

Os lábios dele fazem aquele negócio de se curvarem só nos cantos.

– Eu disse que você devia me contar mais sobre a Sra. Nash e a Elsie enquanto a gente espera.

Isso expulsa o restante dos meus devaneios. Meus punhos se fecham embaixo da mesa, desejando ter aceitado sua oferta de me deixar fazer um pequeno estrago físico nele no posto de gasolina. Por algum motivo, esse homem faz a minha sede de sangue há muito adormecida borbulhar e vir à tona.

– Por quê? Por que eu ia querer te contar mais depois do jeito que você reagiu?

– Me desculpa por aquilo. Não cabia a mim dizer aquelas coisas.

– Não mesmo.

– Juro que não vou deixar a minha… como foi que você chamou? Falta de coragem emocional?

– Acho que foi isso que eu disse, sim.

Os lábios dele se curvam mais. Não consigo decidir se me sinto ofendida ou seduzida.

– Juro que não vou deixar a minha falta de coragem emocional interferir na história desta vez. – As sobrancelhas de Hollis se erguem, e ele olha bem nos meus olhos. – Juro – repete ele.

– Argh. Tá bem. Onde é que eu estava?

– Elas se conheceram na praia. A Elsie atraiu a Rose pro quarto dela com chocolates.

José me traz outro Shirley Temple (com menos enfeites desta vez) e retira o primeiro copo, que nem me lembro de ter esvaziado.

– Certo. Então…

Key West, Flórida
Dezembro de 1944

A CHUVA CASTIGAVA O TELHADO num ritmo persistente, deixando os braços e pernas de Rose parecerem frouxos e o cérebro, sonolento. Ela e Elsie tinham escalas semelhantes, o que pareceu uma sorte absurda até Elsie confessar, com um sorriso atipicamente encabulado, que fora ela quem havia organizado para que ficasse daquele jeito. As duas mulheres tinham passado a aproveitar a maior parte do tempo livre juntas na praia onde haviam se conhecido, relaxando sob o sol e fitando os aviões que voavam baixo, até a inquietude de Elsie inevitavelmente arrastar as duas para as ondas do mar.

Nos raros dias de clima ruim, como aquele, quando o céu jogava um balde de água atrás do outro sobre Key West como se esquecesse que deveria estar no meio da estação seca, Rose e Elsie se esticavam no carpete felpudo na área de estar do alojamento das enfermeiras e jogavam buraco. Elsie era péssima nos jogos de cartas, sempre cheia de energia demais para se concentrar, mas isso não a impedia de começar todas as partidas com a certeza absoluta de que iria vencer.

– Meu azar finalmente está acabando, posso sentir – disse Elsie, embaralhando as cartas.

Rose acariciou o gatinho malhado deitado ao seu lado. Sorriu ao ver o nariz de Elsie se enrugando enquanto ela começava o próximo jogo determinada a se concentrar mais.

Mais uma vez, Rose ganhou.

– Eu não tenho chance. Você é inteligente demais – afirmou Elsie.

Rose pensou em usar de falsa modéstia para inflar o ego da amiga, mas Elsie estendeu a mão para Rose e ajeitou uma mecha de cabelo atrás da orelha dela com o cuidado de uma pessoa apaixonada.

– Sou grata por você continuar me agraciando com a sua beleza e o seu cérebro, apesar de eu jogar cartas tão mal.

Não era a primeira vez que Elsie elogiava Rose daquele jeito, enaltecendo a aparência e a inteligência dela. Embora Rose ficasse radiante de orgulho por aquela mulher fascinante achá-la digna da sua atenção e do seu tempo, também ficava um pouco desconcertada. Elsie não fazia ideia do efeito das próprias palavras e dos toques displicentes, não sabia como aquilo aquecia o sangue de Rose e a fazia desejar coisas que não podia ter. Teria sido quase cruel se fosse deliberado – Rose tinha certeza de que não era.

Elsie levantou o indicador, depois desapareceu no corredor que levava aos quartos. Voltou rapidamente com a caixa de sapato onde guardava o estoque de chocolates. Ela a estendeu para Rose e ofereceu alguns chocolates recheados com creme de menta que uma prima distante tinha mandado da Pensilvânia. Rose sorriu ao escolher um na caixa, depois pegou outro para mais tarde; aquele tinha se tornado seu doce preferido.

Elsie se sentou de novo no chão e jogou um chiclete na boca, o rosa-claro combinando perfeitamente com seus lábios.

– O que vai fazer quando a guerra acabar? – perguntou Elsie.

Rose engoliu o doce, saboreando o frescor da menta na língua. Lambeu um pouco do chocolate da ponta dos dedos. Quando ergueu o olhar, as sobrancelhas de Elsie estavam franzidas de um jeito que Rose não conseguiu interpretar.

– Acho que vou voltar pra Oshkosh – disse Rose, omitindo como tinha chorado quase toda noite desde que chegara à Flórida, com uma saudade tão intensa de tudo e de todos que havia deixado para trás que parecia uma doença. Os únicos momentos em que não sentia saudade de casa, agora que refletia sobre isso, eram aqueles que passava com Elsie. – Meus pais moram lá, e a maioria dos meus irmãos também.

– Você vai se casar? Ter filhos?

Aquele era o plano. Rose tinha prometido à mãe – defensora ardorosa de famílias grandes e, portanto, preocupada com a filha perdendo alguns dos anos mais férteis na Marinha – que se casar e formar uma família seriam sua prioridade quando ela voltasse para casa. Fora o único jeito de a mãe dela concordar em dar a bênção a Rose quando ela confessou que planejava falsificar a própria data de nascimento para poder se alistar como voluntária nove meses antes de estar tecnicamente qualificada para servir. Rose não era ambiciosa como algumas garotas. Na verdade, todo mundo ficou um tanto surpreso por ela querer se alistar e sair do Wisconsin. Portanto, ela não tinha visto nenhum motivo para se opor à ideia de voltar para casa depois da guerra.

– Acho que sim – respondeu Rose, de repente percebendo que cumprir aquela promessa não seria tão fácil quanto ela pensara. – Eu sempre quis ser mãe.

A mais velha numa família de sete filhos, Rose passou boa parte da infância ajudando a cuidar dos irmãos e irmãs. Apesar disso, não era seu desejo lotar uma casa de fazenda com bebês gritando, e esperava que o futuro marido se contentasse com dois ou três. A mãe dela não aprovaria uma família tão pequena, é lógico, mas Rose achava que aquilo seria mais que suficiente para mantê-la ocupada.

– Você vai ser uma mãe incrível – comentou Elsie.

Ela parecia sincera, embora o tom não combinasse com o sorriso estranho e rígido no rosto.

– E você? Também vai se casar e ter filhos? – indagou Rose.

Elsie riu como se Rose tivesse contado uma piada. Ela balançou a cabeça, fazendo o cabelo iluminado pelo luar dançar sobre os ombros.

– Não planejo ter tempo pra cuidar de filhos. Pretendo fazer faculdade de medicina e ser cirurgiã. Quero estar *no comando* da sala de operações em vez de receber ordens de idiotas arrogantes. E, sinceramente, nunca vi graça em pezinhos barulhentos andando pela casa quando eu poderia estar com a mão enfiada até o cotovelo nos intestinos de alguém.

Ela abafou uma risada, bem consciente, àquela altura da amizade, de que Rose tinha sido amaldiçoada com uma imaginação poderosa e um estômago fraco.

– Talvez – disse Rose, depois que o enjoo passou – você possa ver graça nas duas coisas com a pessoa certa. Se tiver alguém que apoie os seus sonhos.

De algum jeito, o sorriso de Elsie pareceu um pouco mais triste que qualquer outra expressão que Rose tivesse visto no rosto dela nas poucas semanas desde que as duas se conheceram.

– É. Talvez – repetiu Elsie.

Ela se obrigou a dar um sorriso simpático e voltou a embaralhar as cartas.

5

A COMIDA É MARAVILHOSA. Meu combo de raviólis é igual ao da foto do cardápio – com o pratão vermelho e tudo –, e Hollis fica soltando uns gemidos guturais a cada colherada da sopa de capellini e almôndegas. Estou achando ao mesmo tempo incrivelmente esquisito e incrivelmente excitante.

– Você sempre come com tanto… gosto? – pergunto.

– Quê?

– Parece que você está quase gozando.

Hollis se esforça para engolir a colherada seguinte e pega o copo d'água.

– Nada a ver.

– Humm – digo, imitando-o. – Humm. Humm. Ahhh. Humm.

Vou aumentando o volume a cada repetição. Os homens que estão no bar se viram para ver que diabos está acontecendo na nossa mesa.

– Estou ensaiando pro remake de *Harry e Sally* – explico.

Os homens assentem e voltam a dar atenção às suas garrafas de cerveja. Trechos de uma conversa sobre Hollywood estar sem ideias chegam do bar até a nossa mesa.

– Pra alguém que gosta de privacidade, você não se importa nem um pouco de chamar a atenção – alfineta Hollis num sussurro ríspido.

– Eu? Não sou eu que estou ficando excitada com o jantar.

Ele põe a colher na tigela, produzindo um som estridente quando o metal atinge a cerâmica, recosta-se no banco e cruza os braços. A linguagem corporal de Hollis diz *Eu também sei brincar disso*, e sinto a pele esquentar sob o olhar dele.

– Faz muito tempo que você não tem uma boa refeição, Millicent?

E, merda, ele *sorri*. Um sorriso de verdade, não aquela coisa forçada e apavorante que ele exibiu no posto de gasolina nem os sinais quase imperceptíveis de diversão no carro. Esse é genuíno e faz com que dois parênteses profundos delimitem a boca dele. Como se ele quisesse me deixar ciente do prazer que está sentindo com a conversa.

– Não tenho do que reclamar – digo.

Como é possível sentir a garganta seca e a boca molhada ao mesmo tempo? Engulo em seco, e ele deve ter percebido, porque o sorriso aumenta.

– Mas quem cozinha pra você?

É totalmente inaceitável ele me provocar com esse rosto lindo e essas frases de duplo sentido. Mas eu também sei brincar. Ele vai ver só.

– Ah, tenho preferido comer sozinha ultimamente. Caso contrário, acabo saindo da mesa ainda com fome.

Penso em piscar um olho, mas no meu caso essa é sempre uma aposta arriscada, já que na metade das vezes acabo piscando os dois. Estou tentando parecer brincalhona e sexy, não desesperada ou como se tivesse um cisco. Então pego uma das espadas de plástico do meu Shirley Temple e passo a ponta da língua pelas cerejas antes de deslizar todas elas para dentro da boca.

O efeito desejado acontece; o pomo de adão de Hollis se movimenta. Ele pigarreia e se recompõe, e o sorriso volta quando ele dispara:

– Talvez você só não tenha encontrado alguém que sabe se virar bem na cozinha.

– Bom, nem todos temos chefs particulares esperando por nós em Miami – rebato, mordendo um dos raviólis.

E isso acaba com tudo. O sorriso desaparece do rosto dele, deixando a boca numa linha perfeitamente reta, sem nenhum parêntese à vista. É lógico que parte de mim se arrepende de ter encerrado as provocações, mas a maior parte está feliz, porque essa conversa não chegaria a lugar nenhum e, na verdade, eu não tenho uma boa... refeição... desde Josh. Desde antes, na verdade. Ele achava que cozinhar era abrir uma lata de comida pronta. Muitas vezes ele nem tirava a tampa toda antes de tentar me jogar numa panela.

Isso está fugindo do controle. A questão é que Josh era ruim de cama, eu não estive com ninguém desde que terminamos em setembro e o flerte com Hollis não parece justo, já que ele está a caminho de passar uma semana na cama com outra pessoa.

– Millicent – diz Hollis. – Eu não estava tentando... – Ele faz uma pausa, então estreita os olhos e o maxilar fica visivelmente tenso. – Aquilo ali é um violão?

Levanto o olhar que estava concentrado no meu prato e vejo cinco homens de terno preto e gravatas-borboletas vermelhas enormes se aproximando de nós com instrumentos na mão. O violonista está dedilhando os acordes iniciais de uma música. Quando eles chegam ao nosso reservado, a música para, o homem no centro respira fundo e solta, numa voz de tenor:

– *En Nápoles, donde el amor es rey...*

Hollis olha fixamente para a própria comida quando um trompete começa a soar, e o maxilar dele fica ainda mais tenso.

Enquanto eles tocam, eu reconheço a melodia, mas não a letra. Solto uma gargalhada enquanto uma versão mariachi de "That's Amore" enche o restaurante quase vazio.

A banda chega ao fim da canção, e eu aplaudo com fervor.

– Muito obrigada – digo – por me darem uma coisa que eu nem sabia que faltava na minha vida.

O tenor sorri.

– Mais uma canção, *señorita*?

– Não – responde Hollis, um pouco veemente demais. – Nós... nós estamos bem assim. Mas obrigado. Muito obrigado.

A banda de mariachis sai para cantar em outra mesa, para a qual José acabou de levar uma família com duas crianças pequenas.

– Não se pode dizer que José Napoleoni não se dedica de corpo e alma ao conceito de fusão do restaurante dele – comento.

Falando no diabo ítalo-mexicano, o proprietário vem ver se queremos alguma coisa.

– O cardápio de sobremesas está ali, quando vocês quiserem – diz José, apontando para um folheto dobrado em três partes apoiado entre o adoçante e o conjunto de saleiro e pimenteiro. – Temos uma promoção especial pra comemorar a nossa inauguração. Se vocês postarem uma foto nas redes sociais usando a hashtag JoseNapoleoni, a sobremesa é por conta da casa. Queremos aumentar a divulgação.

Ele lança uma piscadinha antes de ir até a outra mesa para anotar o pedido.

Hollis dá uma olhada nas sobremesas e arregala os olhos quando vê alguma coisa que deve achar especialmente interessante. Parece que temos uma formiguinha aqui.

– *Sopaipillas* com creme de *cannoli* – diz ele, com a voz repleta de nostalgia.

– Você tem conta no Instagram? – pergunto.

Ele parece não ter certeza quando responde.

– Sim?

– Tá bom, então vamos tirar a foto e postar pra mostrar ao José quando ele voltar.

Eu me sento ao lado dele no banco.

Hollis se afasta em direção à parede para que as nossas pernas não se toquem.

– Não, tudo bem. A gente pode pagar os oito dólares. Sei como você se sente com essas coisas de redes sociais.

– Mas estou te devendo uma. Você fez o pedido por mim pra garantir que eu comesse os raviólis, e parece que a sua moeda de gratidão preferida é o açúcar. Além do mais... o Josh provavelmente te segue, né? Se ele vir uma foto de nós dois, vai ficar maluco.

– Ah, entendi – diz Hollis, virando-se para me encarar. – Me usar pra chegar à Flórida não é o suficiente. Você também vai me usar pra se vingar do seu ex.

O sorriso que surgiu no meu rosto ao imaginar a irritação de Josh desaparece.

– Tô brincando. – As palavras de Hollis saem apressadas, como se ele percebesse que soou meio rude. – Foi só uma piada. Além disso, agora que eu sei o que o Josh fez com você, topo qualquer coisa que possa deixar o cara com raiva.

– Mesmo que isso possa fazer vocês virarem inimigos de verdade em vez de amigos e rivais?

– Melhor ainda.

– Tá bem. Legal – digo, tentando não deixar a aparente aliança com Hollis fazer com que eu me sinta mais que apenas levemente satisfeita. – Vamos ganhar uma sobremesa.

Hollis vira a câmera do celular para nós. Aproveito a oportunidade para apoiar a cabeça no ombro dele. Para a decoração do restaurante aparecer melhor na foto. *Não* porque o cheiro dele parece a materialização humana do jeito perfeito de passar um dia.

– Xis!

Dou um sorrisinho e olho para a tela, esperando que ele se junte a mim. Mas ele continua parecendo uma criança que ganhou um pedaço de carvão no Natal.

– Não – digo entre os dentes, como uma ventríloqua tosca. – Você tem que sorrir, senão vai parecer que estou te fazendo de refém.

– Você meio que está, né?

– Rá rá, muito engraçado. Culpa a sua consciência por não me abandonar no aeroporto.

– Você teria ficado muito feliz se fosse parar numa lista de pessoas desaparecidas, tenho certeza.

Outra tentativa de foto. Outro sorriso de ex-estrela de TV da minha parte e nada da parte dele.

– Hollis. Por favor. Um sorriso. Ou eu vou ter que te fazer cócegas.

– Você não teria coragem.

– Tem certeza? – pergunto. – Você não me conhece.

Ai, meu Deus, lá vem aquela *coisa* de sorriso com careta de novo. É como as pessoas dos tempos medievais quando tentavam desenhar leões sem nunca terem visto um e criavam aberrações que não se pareciam nem um pouco com um leão. Só que Hollis consegue fazer isso com os lábios e os dentes. Como pode um rosto tão lindo se transformar numa coisa tão assustadora em tão pouco tempo?

– Ah! Não. Tá pior ainda. Caramba. Me dá isso aqui.

Tiro o celular da mão dele e seguro na nossa frente.

– Beleza – digo. – Piadas de tiozão do pavê. Lá vamos nós. Qual o nome do vinho que não tem álcool? Ovinho de Páscoa.

O Hollis que está na tela do celular só parece mais mal-humorado.

– Sabe por que colocaram um trampolim no polo norte? Pro urso *polar*.

Nada. Nem uma mexidinha no canto da boca, embora essa piada seja *hilária*.

– Cara, você é muito difícil. Hora de pegar mais pesado. O que o cogumelo assaltante disse quando chegou ao banco? Ninguém *shimeji*.

Olha só! Uma reaçãozinha, de leve, mas já serve. Tiro a foto na fração de segundo antes de ele apagar do rosto qualquer evidência de que achou graça.

– Pronto – digo, devolvendo o celular. – Foi tão difícil assim, Sr. Ranzinza?

Hollis me ignora e se concentra em digitar uma legenda.

– O que você acha? – pergunta ele, mostrando o celular.

Jantar extraordinário com a minha viajante do tempo ruiva preferida. #JoseNapoleoni

Minha preferida. As palavras são como um abraço surpresa – acolhedoras e providenciais, mas um pouco desconcertantes. Só que essa categoria é extremamente específica...

– Ah, quer dizer que sou a sua viajante do tempo ruiva preferida, mas não a sua viajante do tempo preferida no geral?

– Ah, poxa. Tem o Scott Bakula. O elenco todo do filme *A ressaca*. E aquele cara daquele seriado que durou pouco, que encontra a filha do Paul Revere...

– Tá, tá – digo. – Já entendi a mensagem. Ficou ótimo, mas...

Pego o celular dele de novo e acrescento *#PenelopeVoltaAoPassado*, *#MillicentWattsCohen*, *#viagemdecarro* e um monte de emojis de carinha com corações nos olhos.

– Agora está perfeito.

– Não precisa exagerar tanto. Vamos conseguir a sobremesa com uma hashtag, e aposto que você não quer a atenção que o seu nome vai atrair pro post.

– Em geral eu não ia querer mesmo, mas... acho que hoje eu quero. Vai dar mais visibilidade pro José, e eu adorei este lugar. Além do mais, o Josh vai sentir muito ciúme quando vir isso. Ele vai morrer quando souber que estou usando a minha fama pra te ajudar. E ele sabe que eu adoro esses emojis, então vai perceber que ajudei a escrever o post. O que ele roubou de mim eu estou dando de graça pro concorrente dele.

Os olhos de Hollis percorrem o meu corpo, e as cores diferentes se destacam de novo, agora que estamos sentados lado a lado.

– Ora, ora, acho que tem uma tempestade se formando por baixo de tanto sol – diz ele.

E, por uma fração de segundo, a voz dele assume uma cadência diferente, um jeito arrastado que não tinha aparecido ainda. Ou talvez eu esteja imaginando. Não sei. Estou distraída demais pelo fato de que ele está sorrindo de verdade outra vez.

QUANDO SAÍMOS, LANÇO UM OLHAR NOSTÁLGICO para o urso empalhado e para o bocejo dele.

– Ele não combina muito com o restante da decoração – aponta Hollis, seguindo o meu olhar.

– Eu quero saber como é dentro da boca dele.

– Como é?

– Desde que a gente chegou aqui estou me perguntando como é dentro da boca dele. Tipo, você acha que tem dentes de verdade? E a parte de dentro das bochechas é mole ou de plástico, ou será que tem tecido lá dentro? Será que é seda? Feltro? Eu tenho muitas perguntas e acho que, se eu enfiasse a mão lá dentro, conseguiria responder quase todas elas.

Hollis balança a cabeça e suspira.

– Tá, vai lá. Eu não vou te impedir. Mas vai rápido, pra não termos que explicar pro José porque estamos importunando o urso empalhado dele.

– Mas eu não consigo – digo, e demonstro a minha incapacidade de alcançar a boca do urso. – Sou baixinha demais. Acho que, como em tantas coisas na vida, eu simplesmente vou ter que aceitar que nunca vou saber.

– Pelo amor de Deus.

O corpo de Hollis de repente está colado ao meu. Só que as partes estão mal alinhadas – o meu quadril está no peito dele, seus braços estão apertando a parte de trás das minhas coxas. E, ah, os meus pés não estão no chão.

– Agora – diz ele –, anda logo.

– Você está... Você me pegou no colo pra eu literalmente enfiar a mão na boca de um urso?

– Não, estou treinando pra uma competição de levantamento de baixinhas. O campeonato nacional é em Albuquerque este ano.

Não sei dizer se ele está mais irritado que o normal comigo ou se as sobrancelhas dele só estão parecendo mais sérias daqui do alto.

– Tem mais alguma pergunta idiota ou vai enfiar os dedos na boca do maldito urso pra gente poder ir embora?

Levantada desse jeito, o urso e eu ficamos praticamente da mesma altura. Tenho que admitir que é meio desconfortável fitar esses olhos vazios de vidro.

– Me desculpa pela invasão, senhor. Vou levar só um minutinho.

Aperto delicadamente os dentes envernizados, passo os dedos na língua de plástico duro e enfio a mão mais fundo, onde estaria a garganta em circunstâncias normais, mas só encontro um fundo macio e frio.

– Obrigada pela sua cooperação – murmuro rapidamente, com partes iguais de satisfação e nojo, depois tiro a mão e a coloco no ombro de Hollis. – Acabei aqui.

Nada acontece.

– Ei, eu acabei.

Baixo a cabeça e o encontro olhando direto para a frente, exatamente onde está o meu peito.

– Espero que não esteja esperando ganhar mais sobremesas por isso – digo.

– Hein?

– Acho que estar tão perto dos meus peitos pelos últimos trinta segundos é pagamento suficiente por essa boa ação.

A cabeça de Hollis se inclina para cima, e os olhos finalmente encontram os meus. Ele pisca duas vezes.

– É justo – diz ele. – Vem, vamos embora. A minha amiga está me esperando amanhã, e você tem uma velhinha em Key West pra importunar.

Meus pés voltam para o chão antes que eu possa responder. Uma pequena parte de mim estava esperando escorregar de um jeito demorado e delicioso pela frente do corpo dele. Mas uma descida sem graça provavelmente foi a melhor opção. Hollis está certo: eu estou numa missão e não posso esquecer que o tempo é crucial.

6

LEVO QUASE VINTE MINUTOS PARA CONVENCER Hollis a deixar tocar a minha playlist de viagem de carro e então durmo quase no mesmo instante com a melodia reconfortante e repetitiva de "Year of the Cat", de Al Stewart. Meus olhos tremulam e se abrem algum tempo depois em resposta a uma redução constante da velocidade. Parece que estamos entrando no estacionamento de uma parada rodoviária. Quando saímos do José Napoleoni, ainda estava nublado, mas agora o cor-de-rosa e o laranja riscam o céu.

Arqueio as costas no banco para alongar a coluna.

– Onde estamos?

– Na Virgínia – responde Hollis.

– Ainda? – resmungo. – Eu dormi umas seis horas!

– Você dormiu tipo *uma* hora.

– Argh. Quando foi que o estado da Virgínia ficou tão grande?

– Não sei. No século XVIII? Você, que é historiadora, que tem que me dizer.

Hollis para o carro.

– Vai descer? – pergunta ele.

Ainda estou meio sonolenta, e a ideia de me mexer parece um incômodo enorme. Mas então a minha bexiga me lembra de que bebi três Shirley Temples no restaurante, além daquele que o José me deu gentilmente num copo descartável quando estávamos saindo.

– Vou – respondo.

Desconecto o celular do cabo, pego minha mochila de couro e saio do carro.

– É só uma paradinha, Sra. Nash – digo. – Depois a gente retoma o caminho até a Elsie.

– Não sei por que estou surpreso de você conversar com ela – murmura Hollis enquanto andamos até as portas duplas de vidro do prédio de tijolos.

– Eu também não sei.

Você pode achar que ela me responde, mas não é o caso. Quando ela morreu, eu tinha a esperança de que ela pudesse continuar a existir na minha cabeça, e ela meio que continua. Eu a vejo com nitidez, mas ela nunca fala, a menos que seja numa lembrança. Porque sou eu que tenho que gerar o que ela diz agora, e sei que qualquer palavra que eu colocar na boca da Sra. Nash não vai ser dela. Seria só a minha palavra disfarçada. Por algum motivo, isso é mais deprimente do que ela não falar nada.

Hollis não está lá quando volto para o carro, mesmo eu tendo demorado um tempo vergonhosamente longo tentando fazer o mecanismo da privada parar de trocar as capas protetoras antes mesmo de conseguir me sentar. Talvez meu companheiro tenha decidido, no meio do xixi, que nada disso vale a pena e tenha começado a voltar a pé para casa. Ah, mas ali está ele, perto de um bosque, encarando o celular de novo. Provavelmente atualizando a Mulher de Miami. E isso me lembra que não contei a Dani que estou com Hollis. Até onde ela sabe, ainda estou a caminho de Charlotte com Mike. E, embora ela seja bem tranquila em relação a quase tudo, com certeza vai ligar para a polícia – ou, pior ainda, para os meus pais – se não tiver notícias minhas. Pego o celular e mando uma mensagem rápida.

MILLIE: Mudança de planos. Agora estou indo pra Miami com Hollis Hollenbeck, que eu meio que conheço por intermédio do babaca. Uns 30 anos, branco, cabelo castanho lindamente desgrenhado, 1 olho azul + 1 castanho, mais ou menos 1,80 de altura, belos antebraços.

DANI: Você quer transar com ele, né?

Minha prima tem o dom de ler nas entrelinhas.

MILLIE: Mesmo que eu quisesse, ele está a caminho de um compromisso sexual.

DANI: Diz pra ele que a sua vagina tá disponível mais cedo.

Rá!

– Qual é a graça?

Levanto a cabeça de repente ao ouvir a voz de Hollis.

– Ah. Oi. Nada.

– Um conselho pra você: nunca jogue pôquer se não estiver disposta a perder todo o seu dinheiro – diz ele. – Você mente muito mal.

Penso em responder que minto muito bem, mas seria esquisito insistir nisso. E, para ser sincera, eu não sei mentir. Provavelmente esse é outro motivo para eu nunca ter tido sucesso depois de *Penelope volta ao passado*.

– Você se entrega porque fica vermelha. Aqui.

Ele cutuca a minha bochecha, bem onde tenho uma covinha quando sorrio – que a minha tia Talia chamava de "buraquinho de um milhão de dólares" quando comecei a fazer comerciais, aos 6 anos.

– E aqui.

O dedo vai até o topo do meu esterno, logo abaixo do meu pescoço. Aquele negócio de boca molhada e garganta seca acontece de novo, mas não posso engolir em seco sem ele perceber. Em vez disso, solto um ganido constrangedor, parecido com um balão esvaziando. Eu deveria ter engolido em seco, porque isso foi muuuuuito mais esquisito.

O ruído bizarro faz Hollis lembrar que ainda está me tocando. Ele enfia a mão direita no bolso, como se a estivesse colocando na prisão das mãos para puni-la pela transgressão, e levanta a esquerda para me mostrar o celular.

– Josh comentou no nosso post. Achei que você ia gostar de saber.

– Ah, e o que foi que ele disse? Deixa eu ver.

Aparentemente, Hollis tem mais influência do que eu imaginava. O post tem um zilhão de curtidas e comentários. Vou descendo rapidamente por eles, admirada com a quantidade e perdendo o de Josh no processo.

– Você é tipo um influencer nas redes sociais? – pergunto, tentando achar o comentário sem ler nenhum outro, no caso de serem repulsivos.

– Hum, no Twitter, talvez. Ganhei um monte de seguidores novos lá quando publiquei um artigo na *The New Yorker* que fez sucesso umas semanas atrás. Mas tenho só uns cem seguidores no Insta. Não conheço a maioria dessas pessoas. Elas devem ter achado a foto por causa das hashtags.

– Ah.

Rolo a tela com mais pressa, porque essa revelação abre mais possibilidades de alguns dos comentários serem coisas que prefiro não ver. Mesmo tentando não ler nada, vejo várias menções ao famoso biquíni amarelo e estou começando a me arrepender de ter acrescentado as hashtags MillicentWattsCohen e PenelopeVoltaAoPassado quando encontro o que estou procurando.

A cara idiota de Josh me encara na foto pequenininha ao lado do nome de usuário. Ele está usando um suéter bege de tricô que comprou depois de ver *Entre facas e segredos*. Quando voltei dos Arquivos Nacionais para casa e o encontrei na mesa da cozinha com uma tesoura, cortando estrategicamente a lã para fazer buracos como os do suéter que Chris Evans usou no filme, perguntei o que ele estava fazendo, e ele respondeu, de um jeito muito sério: "*A autenticidade é muito importante para mim.*" E agora eu não tenho nenhum arrependimento de nada, muito menos de ter costurado correndo os buracos com uma linha laranja fluorescente no dia em que saí de casa.

Josh_Yaeger

Isso é algum tipo de pegadinha?

Ah, ele está com raiva. E isso é maravilhoso. Irritar Josh é como uma droga, e eu me esqueci de como sou viciada nisso.

– Podemos postar mais uma? – pergunto, dando pulinhos de empolgação.

– Isso vai me fazer conseguir mais *sopaipillas*?

– Provavelmente não.

– Então não.

– Você não tem senso de humor – digo.

– Isso mesmo, garota. Nunca se esqueça disso.

Hollis tira o celular da minha mão e contorna o carro até o lado do motorista.

– Não me chama de "garota" – resmungo, me sentando no banco do carona. – Tenho quase 30 anos. E você tem o quê? Uns 32, 33 no máximo?

– Trinta e um. E me desculpa se às vezes esqueço que, apesar de ser baixinha, ingênua e ter um péssimo controle dos seus impulsos, você não tem 8 anos.

– Rá rá rá. Que engraçadinho.

– É. Um engraçadinho sem senso de humor. É isso que eu sou.

Hollis põe as mãos atrás da cabeça, me oferecendo uma visão fabulosa do tríceps direito dele, fecha os olhos e fica parado assim.

É tentador encará-lo por um tempo, só para me torturar, eu acho. Mas nós não temos tempo a perder.

– O que você está fazendo? – pergunto.

– Tirando um cochilo rápido – responde ele sem abrir os olhos. – Não dormi bem ontem à noite e estou cansado.

– Por que não me deixa dirigir por um tempo pra poder descansar?

– Ninguém além de mim dirige o meu carro.

– Você tem problemas de controle.

– Não, o que eu tenho é um seguro. E prefiro manter assim. Me dá quinze minutinhos e depois a gente volta pra estrada.

– Não – digo.

Hollis me lança um olhar mortal.

– Não?

– Desculpa. Não. Inaceitável. Não temos tempo a perder. Cada minuto faz diferença, e já desperdiçamos muitos.

– Meu Deus. Que pressa é essa? A Sra. Nash não vai a lugar nenhum.

– A Elsie está morrendo!

O volume da minha voz é alto demais para o espaço confinado e faz Hollis se sentar mais ereto no assento. Abraçando a minha mochila, respiro fundo e explico:

– Ela está sob cuidados paliativos numa instituição pra idosos. Não me deram detalhes porque não sou da família, mas a recepcionista que falou comigo quando liguei ontem de manhã disse que ela não vai resistir muito. Foi por isso que reservei um voo na mesma hora pra ir até lá, mesmo que seja um pesadelo viajar no feriado.

O que Rhoda, a mulher no telefone, disse na verdade foi:

– *Eu não posso informar nada. É a lei, sabe? Mas, se você estiver muito determinada a vê-la, quanto mais cedo, melhor. Devo dizer a ela que você está a caminho? Talvez o fato de ter uma visita pela frente possa ajudá-la a aguentar firme.*

– *Ela não me conhece* – respondi. – *Mas, hum, você pode dizer a ela... Ah. Diz pra ela que a Rose está mandando um pombo. Espero que ela lembre o que isso significa.*

– *A mente dela ainda está lúcida* – completou Rhoda. – *Com certeza ela vai entender.*

E eu já perdi tanto tempo! A meia hora no aeroporto, a lentidão do trânsito da hora do rush em pleno feriado, a hora que passamos no José Napoleoni. Meu Deus, eu parei para enfiar a mão na boca daquele urso. O que estava pensando? Como pude perder de vista com tanta facilidade a urgência de levar a Sra. Nash até Key West o mais rápido possível para que Elsie possa ter certeza de que a história de amor das duas teve um final feliz?

Hollis. O motivo foi ele. Fiquei distraída demais com os pedacinhos reluzentes que esse homem esconde sei lá por quê. Eles ficam me provocando através das frestas na sua máscara, me dando vontade de esculpi-lo para ver se ele é todo brilho lá por baixo. E também me distraio com os braços incríveis, os olhos interessantes e a boca que está franzida de novo para mim.

– Então, desculpa – digo –, mas quinze minutos podem fazer a diferença entre chegar a tempo até a Elsie ou chegar tarde demais. Você só vai dormir se estiver no banco do carona. E, se acha que não estou falando sério, que você pode fechar os olhos agora e me ignorar, bem, eu lembro que você reagiu fortemente à ameaça de cócegas mais cedo.

Meus dedos formam garras para demonstrar a disposição de lhe infligir o máximo de desconforto.

– Tudo bem – concorda Hollis depois de um suspiro irritado.

– Tudo bem o quê?

– Você pode dirigir por um tempo. Mas, se alguma coisa acontecer com o meu carro, Millicent, eu juro…

– Tá, tá – digo, praticamente pulando porta afora para correr até o lado do motorista.

Ajusto o banco e os retrovisores à minha estatura baixa, enfio o cabo de novo no meu celular e me remexo um pouco enquanto saio de ré da vaga ao som harmonioso de "So into You", do Atlanta Rhythm Section.

Hollis rosna.

– A gente precisa mesmo continuar ouvindo isso?

– Sim. Aceita que dói menos – digo.

E acho que ele aceita, porque, quando a música termina, ele já está roncando baixinho.

7

TER CARRO EM WASHINGTON SERIA UM ABORRECIMENTO, já que trabalho a maior parte do tempo na quitinete que estou sublocando agora em Cathedral Heights ou em bibliotecas e arquivos no centro da cidade, cujos estacionamentos não custam menos de vinte dólares a hora. Então, desde que me mudei de Los Angeles, há dez anos, eu tinha me esquecido de como gosto de dirigir. Escutar as minhas músicas e me perder em pensamentos conforme a estrada se estende à frente funciona como uma meditação.

Estamos na Carolina do Norte – o estado da Virgínia finalmente ficou para trás um pouco depois que assumi o volante –, e até mesmo no escuro consigo ver que os pinheiros não são iguais aos que costumo ver; os daqui são, sei lá, mais fofos? Fico me perguntando se Mike já conseguiu chegar em casa e ver Carla e os pugs.

Hollis ainda está roncando ao meu lado. O luar entra pela janela e banha o cabelo bagunçado e o perfil imponente digno de estampar uma moeda de um jeito tão lindo que eu queria poder lhe lançar olhares que durassem mais que uma fração de segundo. O celular dele está ao lado do meu no nicho do console central, e o GPS me lembra de vez em quando que vamos permanecer na interestadual 95 pelo próximo zilhão de quilômetros. Além disso, está vibrando quase o tempo todo com notificações do Instagram. Acho que eu entendia num nível teórico que, quando as pessoas postavam selfies comigo nas redes sociais, elas recebiam um pouco de atenção por isso, mas viver essa situação em tempo real é bem diferente. Ainda é desconcertante para mim o fato de alguém dar tanta importância a uma foto.

A Sra. Nash também não entendia quando eu tentava explicar por que Josh havia criado a conta no Instagram. *Embora eu esteja furiosa por você, confesso que não vejo razão para a internet precisar de tantas fotos suas*, diz a minha lembrança dela da noite da festa de lançamento do livro, quando apareci na sua porta carregando uma mochila com algumas roupas e implorando para dormir no sofá até eu encontrar um lugar novo para morar. *Você é uma moça encantadora, Millie, mas não é nenhuma Carol Burnett.* Aliás, isso foi duro. Mas justo.

Já se passaram quase três horas desde a parada rodoviária, e a minha bexiga está começando a me xingar de novo por tê-la enchido com tanto refrigerante. Mas, como já está perto das onze da noite, não existem muitas opções de parada. Finalmente vejo um outdoor de um McDonald's 24 horas logo na próxima saída. Graças aos deuses do banheiro, não vou precisar me agachar no mato.

Quando tiro a chave da ignição, Hollis se mexe um pouquinho no assento, mas não acorda. E isso é bom, porque talvez eu o estivesse comendo com os olhos. Certo, estou comendo Hollis com os olhos. Não consigo evitar! Ele pode até ser meio babaca, mas é bem gostoso. E aquela conversa sobre "comida" que tivemos no restaurante me lembrou que eu sou uma mulher cada vez mais faminta.

O celular dele grita para eu fazer um retorno, depois virar à esquerda e pegar a saída para voltar à estrada. Esse desvio para ir ao banheiro está estressando a moça que mora dentro do GPS. Pego o celular para pausar o aplicativo, mas uma notificação pula assim que toco na tela. Tudo muda. E Hollis não deve ter bloqueio na tela, o trouxa, porque, em vez de dar pausa na navegação, uma troca de mensagens com uma pessoa chamada Yeva Markarian abre do nada.

HOLLIS: Voo cancelado. Vou de carro. Devo chegar aí amanhã à noite. Desculpa.

YEVA: 😫 😫 😫

HOLLIS: Eu vou compensar isso.

YEVA: Acho bom. Não consigo acreditar que estou sozinha no nosso aniversário.

Aniversário? Como assim? Não é um compromisso sexual esperando por ele em Miami, mas uma namorada? Por que Hollis mentiu sobre isso?

O celular vibra de novo na minha mão, e outra mensagem aparece.

YEVA: Acho que vou ter que começar sem você...

Eca. Eu não deveria ler essa conversa. Deveria pôr o celular de volta onde estava, cuidar da minha vida...

Ah. Caramba. Uau.

A foto que aparece na tela é... muito mais de Yeva Markarian do que eu pretendia ver. É uma foto artística, com certeza; a iluminação é ótima. Mas não tem como não entender o que está acontecendo na foto.

– O que você está fazendo?

A voz de Hollis me assusta e me faz derrubar o celular. O aparelho bate na perna dele e cai no chão.

– Nada – digo, sentindo o rosto queimar. – Acho que você... é... tem uma mensagem da sua namorada.

– Namorada?

Ele recupera o celular entre os pés no assoalho, massageando a região perto do joelho em que foi atingido.

– Da Yeva? Ela não é minha...

– Ah, tanto faz. Não é da minha conta. Dá uma pausa no GPS, por favor. Era isso que eu estava tentando fazer.

Minha voz soa relativamente calma, acho. Mas, por dentro, meu coração está martelando no peito. Eu não deveria me importar com o fato de que a amiga colorida de Hollis aparentemente está mais para uma namorada normal. Eu não deveria me *importar*. Eu *não deveria* me importar. Só que, por alguma razão, obviamente me importo. E, antes que consiga pensar nos motivos para isso – porque simplesmente não quero –, bato a porta do carro e saio marchando até a entrada do McDonald's.

A porta de vidro se abre com mais facilidade do que espero e a maçaneta atinge a parede de tijolo, fazendo a porta quicar de volta na minha direção e me empurrar para dentro como se eu estivesse num filme mudo de comédia. Hollis observa a cena constrangedora de dentro do carro, com as sobrancelhas levantadas no que pode ser interpretado como confusão ou diversão. Ergo a cabeça e continuo andando.

A questão é que, quando terminei com Josh, me mudar para o apartamento da Sra. Nash, ao lado, foi uma faca de dois gumes. Não precisei contratar uma empresa de mudança (nem encaixotar nada), a alteração nas minhas rotinas diárias foi mínima e era fácil recuperar a correspondência que chegava no endereço antigo. O inconveniente era que o som de Josh fazendo sexo escandaloso com outra pessoa poucos dias depois do nosso término atravessava com muita nitidez a parede que dividia os apartamentos. E a sensação foi meio parecida com a de agora. Um peso no estômago do qual não consigo me livrar não importa quantas vezes diga a mim mesma que não tenho nenhum direito de sentir ciúme.

Pelo menos, essa lembrança, somada a essa sensação desagradável, me faz lembrar a reação maravilhosa da Sra. Nash quando o barulho entrou na nossa sala de estar. Assim que a origem dos sons ficou clara, ela franziu o nariz como se estivesse sentindo cheiro de algo podre.

– *Sinto muito, Millie* – disse ela. – *Sei que você deve ter gostado dele, já que ficaram tanto tempo juntos. Mas preciso dizer que esse rapaz fornica feito um gorila imitando o Elvis. E essa amiga nova dele parece uma porta rangendo.*

Eu ri de chorar. Cada grunhido exagerado e cada grito agudo que chegava aos meus ouvidos me fazia uivar de rir de novo, enquanto a Sra. Nash continuava fazendo comentários mordazes sobre eles. O negócio acabou depois de alguns minutos, e eu me recompus quando percebi que, se estávamos ouvindo Josh e a mulher misteriosa, a Sra. Nash provavelmente *me* ouvia com Josh.

– *Ah, não, Sra. Nash. Por favor, não me diga que nós apavoramos a senhora com os nossos ruídos sexuais nos últimos dois anos* – falei, segurando a mão dela.

– Sua coisinha boba. Nunca ouvi nem um pio seu. E essa foi uma das razões para eu ter ficado aliviada quando soube que você ia deixá-lo.

Estou com um sorriso no rosto quando saio do banheiro, mas ele desaparece quando vejo Hollis encostado na parede do pequeno corredor, analisando o papel de parede marrom salpicado com palavras grandes em fonte sem serifa à sua frente. Ele estende a mochila na minha direção, com a alça de cima pendurada no dedo indicador.

– Você esqueceu a Sra. Nash. E a carteira.

Pego a mochila e a coloco no ombro.

– Obrigada, mas não quero nada.

– Tá bom – diz ele. – A propósito, me desculpa.

– Pelo quê?

Cruzo os braços, esperando que ele admita que mentiu para mim. Ainda não entendo *por que* ele mentiria sobre uma coisa dessas. Por que esconder uma namorada?

– Imagino que você tenha visto a foto. Ela... hum... obviamente não era pra você.

– Certo.

Em seguida, talvez porque o dia tenha sido longo e o meu filtro entre o cérebro e a boca não seja confiável nem em circunstâncias normais, tudo o que está na minha cabeça de repente se transforma nas palavras que estou dizendo.

– Afinal, qual seria o sentido de você pedir desculpas por mentir pra mim sobre a Yeva, né? Quero dizer, eu sou só uma garota ridícula que você vai ter que aturar até a Flórida. Você não me deve a verdade. Não me deve nada.

Esse é um relato bem minucioso da realidade, então não sei por que cuspo as frases com tanto veneno.

– Estou começando a achar que "ridícula" não é a palavra certa pro que você é – declara ele, dando um passo na minha direção. – "Estranha", com certeza. Você é estranha. Mas não é ridícula.

Dou um passo para trás, e as minhas costas atingem a parede.

– Obrigada... acho.

– E eu não menti pra você. A Yeva não é minha namorada. Ela é exatamente o que eu disse que era: uma amiga com quem eu transo de vez em quando.

– Então que aniversário é esse que ela mencionou? Da primeira vez que vocês transaram?

– Hum...

Ele esfrega o lóbulo da orelha direita e baixa a cabeça, desviando os olhos dos meus. É assim que Hollis fica quando sente vergonha? Que fofo.

– Na verdade, é isso mesmo. Nós ficamos juntos pela primeira vez no fim de semana do Memorial Day cinco anos atrás, quando eu estava na cidade pro casamento de um amigo em comum. O lance do aniversário meio que virou uma piada nossa, porque sempre acabo vindo no final de maio. Não é um... acordo sentimental. É que se encaixa na agenda dos dois.

– Espera. Quer dizer que o seu compromisso sexual... acontece todo ano? Tipo, marcado no calendário e tudo?

– É. Pelo menos quando as circunstâncias permitem. No ano passado, a Yeva estava com uma pessoa, então só vim em julho, quando terminaram.

A tensão desaparece dos meus ombros, e a minha mochila escorrega pelo braço.

– Por que não me contou isso desde o início?

– Como é que eu ia saber que você queria ser informada de todos os detalhes logísticos da minha vida sexual?

Tem uma expressão nova no semblante dele. De... arrogância. Faz o rosto dele parecer ainda mais digno de um soco, porém também mais atraente.

– Eu não quero – digo. – O que você faz só interessa a você. E me desculpa por ter invadido a sua privacidade. Eu juro que só estava tentando pausar o GPS, mas a mensagem apareceu, e a notificação ficou onde estava o botão de pausar, e você não bloqueou seu celular com uma senha, algo que deveria...

– Tá tudo bem. Pelo jeito que você está vermelha, acho que está constrangida o bastante. Só toma mais cuidado da próxima vez. Não posso prometer que não vou receber outras mensagens como aquela hoje à noite.

– A Yeva entende de enquadramento – admito.

– Eu nunca disse que seriam todas da Yeva.

Antes que eu consiga pensar muito nisso, ele bate palmas.

– Agora, chega de prosa. Vamos voltar pra estrada. Ainda está bem pra dirigir?

– Sim.
– Que bom. Então vou pegar um sorvete.

– NÃO FAZ SENTIDO – RESMUNGA HOLLIS no banco do carona. – Se está aberto 24 horas por dia, deveria ter sorvete disponível 24 horas por dia. Não podem decidir arbitrariamente desligar a máquina de sorvete.

Faz quinze minutos que voltamos para a estrada, e ele ainda está se queixando disso. Não consigo evitar de sorrir com a petulância dele.

– Acho que disseram que estava desligada pra limpeza. Não foi arbitrário.

– Não importa. Sorvete sujo teria sido melhor que sorvete nenhum.

– Eca – digo. – Que nojo. Não teria sido, não.

Hollis passa as mãos pelo cabelo e faz um ruído rouco que é quase um rosnado. Isso... provoca coisas em mim. Provavelmente também provoca coisas em Yeva. Argh. Não consigo tirar aquela foto da cabeça. Não é que eu seja puritana nem nada; eu vi muitas genitálias na internet ao longo dos anos (às vezes com intenção, às vezes não). Mas uma coisa é ver algo feito para consumo em massa e outra completamente diferente é dar de cara com uma foto destinada à satisfação de uma única pessoa. E agora estou imaginando Hollis... se satisfazendo com ela. E, ai, meu Deus. Esse pensamento me faz me sentir depravada.

– O que você está pensando aí? – pergunta Hollis.

– Nada. Nada mesmo.

Minha negação parece suspeita demais até para os meus ouvidos, então procuro uma mentira e a encontro na placa da estrada logo à frente.

– Só sobre, você sabe, Eisenhower e as interestaduais.

– Ah, Eisenhower e as interestaduais te deixam acalorada e preocupada, é?

Olho para ele, me perguntando por um instante se ele lê mentes. Em caso positivo, estou perdida. Nunca tive um controle muito bom sobre os meus pensamentos.

– Como eu disse, você mente muito mal. – Ele balança a cabeça, fingindo lamentar. – Está respirando feito uma operadora de telessexo, e dá pra ver você corada até no escuro.

Eu poderia usar a minha asma como desculpa para a respiração, mas não tenho nenhuma para estar corada. Às vezes é um porre ser tão pálida a ponto de poder ser confundida com um saco de leite ambulante.

– Então, por que você e a Yeva não estão, tipo, juntos de verdade?

Eu queria mudar de assunto, mas não deveria ter levado a conversa por esse caminho, já que é basicamente a última coisa em que quero pensar neste momento. Aff. Também não tenho um controle muito bom sobre a minha boca.

Mesmo com apenas a visão periférica, percebo sua expressão irritada.

– Porque eu não quero.

– Por quê? Ela parece... hum... divertida.

– Ela é. A Yeva é ótima. – Hollis se ajeita no banco. – Não é que eu não queira ficar com ela, é só que eu não quero ficar com ninguém. Além do mais, mesmo que eu fosse capaz de ter alguma coisa mais séria, ela mora em Miami, que, você deve ter notado, não é muito perto de Washington. E eu sei que iríamos irritar um ao outro se passássemos mais do que algumas horas juntos vestidos.

– Mas todo mundo te irrita – argumento.

Ele bufa de um jeito que pode ser a versão dele de uma risada.

– É. E esse é um dos vários motivos pra eu não querer mais manter um namoro.

– Você só mantém compromissos sexuais recorrentes todo ano.

Ele bufa de novo, mas agora não consigo identificar se é mais por diversão ou por frustração.

– Eu queria muito que você parasse de chamar assim.

– Hum. Espera um segundo. Você disse "não querer mais". Quer dizer que você costumava querer? E depois parou. Ah. Alguém partiu o seu coração? É por isso que você é tão mal-humorado?

Ele bate a cabeça no encosto: *tum, tum, tum.*

– Eu sou mal-humorado porque você se recusa a cuidar da própria vida.

No entanto, por mais irritado que ele pareça estar, acho que percebo uma levantadinha bem leve do canto de sua boca. Como se estivesse gostando tanto dessa troca entre nós quanto eu.

– Merda – diz ele, de repente se sentando ereto no banco e olhando pelo para-brisa para a estrada à frente.

Quando volto a atenção para o trânsito, vejo o que o alarmou e piso fundo no freio.

NÃO SEI SE ALGUMA VEZ VI TANTOS VEÍCULOS de emergência num lugar só. As luzes piscam irritantemente dessincronizadas na nossa frente por quilômetros. Fazemos parte de uma pequena caravana que se move devagar em direção à cena do que quer que tenha acontecido. Alguma coisa gigantesca, pelo jeito. Não sei o que mais atrairia esse tipo de reação.

– É sério isso? – diz Hollis.

– O quê?

Quando olho para ele, seu rosto está iluminado pela tela do celular.

– Encontrei um perfil do trânsito local no Twitter. Diz que foi um derramamento de azeite.

– Isso é... alguma coisa além do que parece?

– Não, é exatamente o que parece. Um caminhão estava carregando uma tonelada de azeite e houve um derramamento. São quilômetros de estrada cobertos de óleo de maneira intermitente.

Ele me mostra a foto anexada no tuíte, mas, como foi tirada no escuro, não dá para ver os detalhes.

– Acho que a estrada ouviu falar dos supostos benefícios da dieta mediterrânea.

– O derramamento provocou dois acidentes, Millicent.

Ops.

– Ah. Que merda. O que é que a gente faz? Espera?

– Estou vendo aqui – responde ele, digitando no celular. – O GPS continua mandando a gente ir em frente. Acho que ainda não sabe do bloqueio na estrada. O tuíte foi publicado há poucos minutos. Vou mudar a configuração pra evitar rodovias.

Hollis altera a configuração, e o celular apita antes de anunciar que está recalculando a rota.

– Dirige pelo acostamento até aquela saída ali, depois segue as placas que indicam a 501.

O desvio nos leva por uma região de restaurantes de fast-food iluminados e quase nada mais, depois entramos na estrada 501 e atravessamos uma cidade que tem basicamente bancos, funerárias e igrejas, todos fechados por conta do horário. Os postes de rua acabam quando os prédios ficam mais espaçados e logo são substituídos por extensões de campos e florestas entremeadas com ocasionais casinhas pré-fabricadas de um só andar, bem distantes da estrada. A expressão "fim de mundo" nunca pareceu tão adequada.

Os dedos de Hollis brincam na perna como se a calça jeans fosse feita de teclas de piano. Mas ele está usando uma calça normal, entediante e não musical, então só está produzindo uns baques repetitivos que mal dá para ouvir e estão começando a me irritar.

– Por que as suas mãos estão tão agitadas? – pergunto.

– Isso me distrai da possibilidade de você bater o meu carro nessa estrada rural e escura.

– Ah, você não está preocupado com a gente se machucando nem morrendo. O negócio é o carro! O *carro* não pode sofrer um arranhão. Dá pra ver o que é importante pra você.

É difícil dizer, porque está escuro como breu com a lua se escondendo atrás de uma nuvem, mas tenho quase certeza de que Hollis está com uma expressão contrariada.

– Calma, vou aumentar o farol.

Falo como se estivesse fazendo isso por ele, e não porque estou ficando nervosa sem a luminosidade extra. Só que, assim que aumento o farol, um carro vem na nossa direção na contramão e eu preciso baixar de novo.

– Argh. Droga.

– Vamos trocar – diz Hollis. – Para o carro.

– Não.

– Sim. O carro é meu, e fico mais tranquilo dirigindo em áreas assim à noite. Vamos trocar.

– E eu digo que não. Você precisa dormir mais, pra poder assumir o volante daqui a uma hora ou duas. Depois eu durmo um pouco, e aí a gente vai poder dirigir a noite toda e chegar a Miami na hora do café da manhã. Assim, você poderá fazer waffles de sexoversário atrasado pra Yeva como um pedido de desculpas por ter demorado, e eu ainda conseguirei chegar a Key West dentro do cronograma original.

Hollis resmunga. Pelo canto do olho, vejo a mão dele deslizar de perto do joelho até o cabelo.

– Como se eu fosse conseguir dormir preocupado com a possibilidade de você nos jogar numa vala.

– Eu dirijo muito bem no escuro, obrigada.

Acendo o farol alto de novo, mas eles parecem amaldiçoados, porque outro carro vem na nossa direção. Apago de novo.

– Droga.

Mantenha-se à direita na bifurcação, diz o celular de Hollis, agora equilibrado na coxa dele. Só que não tem nenhuma bifurcação, só a continuação da estrada à nossa frente. *Recalculando rota*, anuncia o aplicativo.

– Como assim? – digo. – Você está bêbada, moça do GPS!

Ele encara a tela.

– Acho que estamos sem sinal.

Não é nenhuma surpresa, já que estamos basicamente no meio do nada.

– Bem, ainda estou na direção certa?

– Acho que sim. O sinal deve voltar logo. – Hollis ergue o olhar do próprio colo. – Caramba, Millicent, acende o farol alto pra você conseguir enxergar mais do que um passo à frente.

– Estou *tentando* – digo. – Mas toda vez que eu faço isso vem um carro na direção contrária.

– Não tem nenhum carro vindo agora.

– Muito obrigada, estou vendo – retruco, acendendo o farol alto de novo.

Bem a tempo de a luz refletir numa pupila grande e brilhante. Piso no freio com força, e o guincho alto se junta ao som apavorante de um grito e de vidro se estilhaçando. Alguma coisa atinge a minha testa com a força de uma pedra arremessada. Tudo fica escuro – muito, muito escuro. Estou morta. Devo estar morta. Ah, espera. Não, só estou com os olhos fechados.

A voz apavorada de Hollis enche os meus ouvidos.

– Mill, você está bem? Você está...

– Estou bem – digo, abrindo os olhos trêmulos. – Eu, eu...

Estou olhando nos olhos de um cervo extremamente assustado.

8

– NÃO TINHA NADA QUE VOCÊ PUDESSE TER FEITO pra evitar isso – me garante, pela terceira vez nos últimos cinco minutos, a delegada Shonda Jones, do Departamento de Polícia de Gadsley, Carolina do Sul. – Nada mesmo. Lembra o seguinte: foi o cervo que bateu em *você*. Não foi você que bateu *nele*.

Ela dá um tapinha no meu ombro por cima do cobertor térmico aluminizado que não me esquenta mas me faz parecer uma batata assada que poderia alimentar uma família de seis pessoas.

A polícia chegou minutos depois do acidente. O veterinário local também, que se apresentou rapidamente como Dr. Gupta antes de injetar um sedativo na anca traseira do cervo. Com a ajuda de Hollis e do parceiro musculoso da delegada Jones, o oficial Anders, o Dr. Gupta removeu com muito cuidado o cervo de onde ele estava preso no carro e deitou o corpo adormecido na caçamba da caminhonete dele.

– Vamos ter bife de cervo amanhã no jantar? – brinca a delegada Jones quando o Dr. Gupta se aproxima de nós.

Ele coça a têmpora grisalha.

– Bem, eu só vou ter certeza depois que conseguir examiná-la no consultório, mas não vejo nada evidentemente fatal. Estou um tanto surpreso, considerando o estrago no carro, mas acho que ela vai sobreviver.

– Ótima notícia. Obrigada por vir a esta hora da noite, Dev – diz a delegada Jones. – Nos poupou do transtorno de tentar conseguir falar com alguém do Serviço Florestal pelo celular.

– Fico feliz em ajudar. Afinal, eu sou veterinário. Comigo não tem horário.

O Dr. Gupta dá uma risadinha e levanta as duas mãos para se despedir, entrando na caminhonete. Ajeito a bolsa de gelo que a delegada Jones me deu para colocar na testa, puxo mais o cobertor térmico sobre os ombros e observo o doutor e o cervo inconsciente desaparecerem na escuridão.

Sinto uma mão no meu ombro e me preparo para ouvir mais uma vez a lenga-lenga da delegada Jones. Não tinha nada que eu pudesse fazer para evitar isso, blá-blá-blá. Mas então minha mochila de couro aparece à minha frente.

– Encontrei no banco de trás – diz Hollis.

Solto o gelo e pego a mochila. Lá dentro, a caixa de madeira que contém o saquinho com as cinzas da Sra. Nash e o maço de cartas parece não ter sido danificada.

– Obrigada.

– Como está a sua cabeça?

Os dedos dele roçam no galo gigantesco acima da minha sobrancelha direita. O prazer do toque quase me faz esquecer a dor latejante.

– Apoiada no pescoço – digo, brincando, embora sem muito entusiasmo.

– Hein?

Hollis para de falar e se senta ao meu lado no capô da viatura de polícia. Ele passa a mão pelo cabelo, não por irritação desta vez, mas para tirar alguns estilhaços de vidro.

– Ah. Que engraçadinha.

Solto um gemido e baixo a cabeça.

– Não acredito que um cervo me deu um soco na cara.

– Podia ter sido bem pior. Eu senti o casco do bicho enquanto ajudava a tirá-lo do carro. Afiado como uma faca. Estou surpreso por você só ter se contundido e não ter sido esquartejada.

– Talvez ele não tenha me socado, então. Talvez tenha sido uma... cotovelada. Os cervos têm cotovelos?

Hollis não responde – duvido que saiba muita coisa sobre anatomia de cervos, de qualquer maneira. Ele fita o próprio carro, parado no acostamento da estrada. Definitivamente não dá para dirigi-lo. Para-brisa estilhaçado e uma janela rachada. Retrovisor lateral pendurado pelos fios. Farol quebrado. E uma mossa enorme no capô que impede que ele feche direito.

– Sinto muito pelo seu carro – digo baixinho.

Hollis dá de ombros.

– Acho que essa é aquela hora em que você deveria dizer "Ah, não foi culpa sua, Millicent", "Não tinha nada que você pudesse fazer, Millicent". Talvez até "Estou feliz por você estar bem, Millicent".

Para minha surpresa, um braço envolve o meu ombro e me puxa para perto, e o cobertor térmico faz barulho com o movimento. O rosto de Hollis se apoia no topo da minha cabeça, e isso faz a voz dele soar estranha e com eco dentro do meu crânio.

– Não foi culpa sua, Millicent. Não tinha nada que você pudesse fazer. E eu estou muito feliz por você estar bem.

– Ah – sussurro. – Muito feliz?

– Muito, muito – sussurra ele em resposta.

Inclino a cabeça para encará-lo e percebo que foi um erro assim que os nossos olhares se encontram. Nossos rostos estão perto demais, as bocas *especialmente* perto demais, e este momento atingiu onze, onze níveis de intimidade, ou seja, pelo menos uns sete além do aceitável e...

E aí ele vai embora. Não *vai embora* de verdade, obviamente. Mas ele está muito mais longe de mim do que antes.

– O reboque acabou de chegar. Vou lá falar com eles. Deve ter umas coisas pra eu assinar.

Faço uma continência com dois dedos. Ele estreita os olhos, confuso, e se afasta. Penso em informar à delegada Jones que posso ter sofrido uma concussão e preciso que ela chame a ambulância a duas cidades de distância, mas vou ser sincera: nada disso foge muito do meu comportamento habitual. Então vou ficar sentada aqui no capô, esperando novas instruções, tentando não interpretar aquele "Muito, muito".

— ESTA É A PRIMEIRA VEZ QUE ENTRO numa viatura da polícia – digo para Hollis, que está ao meu lado.

Como fui uma estrela mirim, qualquer passo em falso automaticamente vira assunto de tabloide – é só perguntar para Justin LaRue, que fazia o papel do irmão mais novo de Penelope na série e é mais conhecido pelas suas aparições nos sites de fofoca que adoram fazer aquelas listas de "15 fotos de celebridades na prisão". Por essas e outras, sempre achei mais fácil andar na linha. E, mais uma vez, sendo um saco de leite ruivo, baixinho e quase famoso, ninguém anda por aí procurando motivos para me prender.

– Parabéns.

Hollis cruza os braços.

É lógico que ele está chateado, por motivos óbvios – principalmente porque o carro dele está destruído e tem fluidos de cervo espalhados pelo estofamento todo –, mas eu também não estou feliz com essa pausa não programada. Chip Funilaria (não deve ser o sobrenome verdadeiro dele, mas foi esse que o meu cérebro educadamente lhe atribuiu) disse a Hollis que ia trabalhar o mais rápido possível para voltarmos logo para a estrada, mas sugeriu que nos organizássemos para ficar pelo menos três dias na cidade. Eu não sei se Elsie *tem* três dias. Além do mais, um cervo me deu uma cotovelada no crânio. Se alguém tem motivo para estar mal-humorada neste momento, esse alguém sou eu.

A delegada Jones e o oficial Anders estão nos levando para uma pousada. Era isso ou um hotel de beira de estrada no outro lado de Gadsley. Considerando que a última avaliação do hotel no TripAdvisor dizia que "a situação das baratas está um pouco melhor do que no ano passado", ficamos mais do que aliviados quando o oficial Anders ligou para a pousada e confirmou que tinha um quarto vago. Mas só um. Provavelmente com uma cama só. Estou tentando não pensar muito nisso.

Quando chegamos ao centro da cidadezinha, Hollis parece mais exasperado ainda.

– O que foi agora? – pergunto.

– É só... Você está com...

Ele aponta para a própria bochecha direita.

Pelo que parece uma eternidade, tento resolver o problema com o meu dedo, mas não faço nenhum progresso. Os "nãos" e os "quases" de Hollis ficam cada vez mais impacientes.

– Tira você, então – digo, num guincho frustrado.

Ele lambe o polegar e passa no meu rosto.

– Sangue – declara ele, mostrando para mim no caso de eu estar duvidando.

– Você acabou de... Não acredito que passou o seu cuspe no meu rosto. Isso é nojento, cara.

Esfrego o local com as costas da mão, mas, de algum jeito, só parece mais molhado e mais frio.

– Não parece que você tem um corte aí, então deve ser do cervo.

– Que maravilha – digo quando a viatura para em frente a um casarão vitoriano perto da rua principal da cidade. – Tenta guardar o seu DNA pra você daqui pra frente.

– Que coisa estranha de se falar – comenta ele, saindo do carro.

– Mais estranho foi você *fazer* isso, Hollis.

– Olha só pra vocês! Louvado seja! – exclama a mulher branca de cabelo grisalho que atende à porta assim que nos vê no alpendre.

Com base no meu conhecimento limitado do vocabulário sulista, suponho que Hollis e eu estejamos parecendo meio acabados. Pelo menos não estou mais com uma mancha de sangue de cervo. Acho.

– Entrem, entrem. Bem-vindos à Pousada Mansão Gadsley.

Dou um tchauzinho para a delegada Jones e o oficial Anders, para eles saberem que está tudo bem. A viatura se afasta e nós entramos num vestíbulo aconchegante com lambris de madeira. Uma escadaria ocupa o lado esquerdo todo, e de repente estou desesperada para subir e cair na cama. Qualquer cama. A primeira que aparecer. Nem me importo se estiver ocupada por outro hóspede.

– Meu nome é Connie – diz a mulher. – Cuido deste lugar com o meu marido, Bud. Vocês vão conhecê-lo no café da manhã.

Em algum lugar da casa, um relógio toca uma badalada. Meu Deus, como está tarde. E Connie está usando chinelos e um roupão.

– Desculpa por termos te acordado – digo.

– Ah, não precisa pedir desculpa. Estou feliz em poder ajudar. Era pra estarmos totalmente cheios hoje à noite, porque o festival é neste fim de semana, vocês sabem, mas tivemos um cancelamento de última hora por causa da confusão com as companhias aéreas. Então, quando o Drew Anders me ligou e contou o que tinha acontecido, bem, eu fiquei muito satisfeita de ter um quartinho disponível pra vocês. Deus age de maneiras maravilhosas – afirma ela. – E é uma dádiva quando recebemos um lembrete tão claro de que Ele sempre tem um plano.

Hollis e eu nos entreolhamos.

– Humm – diz ele. – É. Com certeza. A gente só vai ficar uma noite…

– Hein? O Chip Funilaria disse que ia levar pelo menos três dias pra consertar o carro – lembro a ele.

– Fiz uma pesquisa rápida no caminho pra cá e tem uma locadora de automóveis na cidade vizinha. Vou ligar pra eles bem cedo. – Hollis se vira para a nossa anfitriã. – Por isso, só uma noite, senhora, obrigado.

Percebo um leve sotaque na fala de Hollis. E se parece muito com o de Connie quando ela diz:

– Bem, adoraríamos que ficassem mais tempo, mas sei que vocês estão ansiosos pra pegar a estrada até… – Ela faz uma pausa, sorri e levanta um pouco o queixo. – Até o lugar aonde estão indo – termina Connie, percebendo que não estamos com vontade de conversar. – Ah. Só uma coisa antes de subirmos. Por favor, preencham os seus dados pra mim e assinem aqui. E podem pagar pro Bud quando fizerem o check-out.

Hollis segue Connie até uma mesinha perto da escada para preencher a papelada. Ele para de escrever em certo momento e me encara como se estivesse em dúvida. Talvez não saiba soletrar o meu nome.

– O que foi? – digo, sem emitir nenhum som, mas ele me ignora e volta para os formulários.

Depois que avalia as informações, Connie guarda os papéis na mesinha e bate palmas.

– Ótimo. Agora vou levar vocês pro quarto. Aposto que estão exaustos.

– Muito – completo.

Com a mochilinha pendurada no ombro, começo a arrastar a minha mala escada acima. Bato as rodinhas nos tornozelos cinco vezes até Hollis bufar atrás de mim e pegá-la.

Felizmente, Connie destranca a primeira porta no corredor do andar de cima e empurra o pesado painel de carvalho para abri-la.

– Este é o quarto Semente de Mostarda – anuncia ela, o mais orgulhosa que alguém consegue estar a uma da manhã. – É o menor que temos, mas gosto de pensar que o charme compensa o tamanho. Espero que achem confortável.

Entro e sinto dezenas de olhos em mim. As paredes amarelo-ouro do quarto estão cobertas de pinturas de... Jesus. Definitivamente é Jesus. Jesus branco. Jesus preto. Jesus marrom. E ele está fazendo várias coisas. Segurando uma criança adormecida. Demonstrando lealdade à bandeira. Salvando um homem afogado. Construindo uma mesa. Afagando um cachorrinho. E esses são apenas os que estão acima da cama.

– Uau – digo.

– É. Uau é... uau é uma boa descrição deste quarto – concorda Hollis. – A arte é especialmente... uau.

– Ah, estou tão contente que gostaram – declara Connie. – Eu simplesmente adoro pinturas numeradas terapêuticas. Não tenho feito muitas ultimamente, já que sou muito ocupada e as minhas mãos nem sempre cooperam, mas...

– A senhora pintou tudo isso? – pergunto.

– Bem, se você chama de pintura preencher com a tinta certa um desenho que já vem pronto, acho que sim.

Meus lábios se abrem para perguntar onde ela achou uma pintura numerada de Jesus no espaço, mas Hollis balança sutilmente a cabeça. Acho que ele está certo. Eu realmente não *preciso* de uma pintura de Jesus no espaço no meu apartamento. Mas, caramba, como eu *quero*. Gente, ele está *no espaço* e envolve *toda a galáxia* com as mãos!

– O café da manhã é servido das sete às nove no salão de refeições. É o salão à esquerda do local por onde entraram. Vocês vão encontrar os artigos de higiene no banheiro e tem travesseiros extras e uma coberta no baú ao pé da cama, caso queiram. Mais alguma coisa que eu possa conseguir pra vocês?

– Não, está ótimo. Obrigado, senhora – diz Hollis.

– Por nada, querido. O apartamento em que Bud e eu moramos fica no andar de cima, se precisarem de nós. Boa noite, senhor e senhora Hollenbeck.

– Ah, nós não somos...

Hollis me interrompe, jogando um braço sobre os meus ombros e me puxando na direção dele.

– Não sabemos o que fizemos pra sermos abençoados com tanta hospitalidade. Boa noite, dona Connie.

Ela lhe entrega duas chaves do quarto e depois fecha a porta. Quando o som dos passos dela some, Hollis afasta o braço. O calor de seu corpo desaparece do meu quando ele atravessa o cômodo a passos largos e joga a bolsa de viagem na poltrona de veludo verde-esmeralda no canto.

– Deixa ela pensar que somos casados – sugere Hollis. – Ela parece muito religiosa. Pode não gostar de saber que vamos dividir o quarto se souber que somos apenas amigos.

Muito religiosa é quase um eufemismo cômico, considerando a quantidade de imagens de Jesus nos encarando, mas não é isso que chama a minha atenção na fala dele.

– Ahhhh. Você disse que nós somos amigos.

Hollis massageia as têmporas.

– Foi um dia longo, Millicent. Não faz um escarcéu sobre isso. Não estou no clima.

A rabugice dele não me distrai do fato de que ele não tentou negar a nossa amizade. Isso é um… progresso?

Meus olhos desviam de Hollis e vão até a cama. Olho com anseio para os travesseiros macios e para o edredom de estampa floral verde-sálvia e amarelo-mostarda.

Hollis deve ter percebido.

– Precisamos jogar Pedra, Papel e Tesoura pra ver quem vai dormir na poltrona ou podemos agir como adultos em relação a isso? – questiona ele.

– Eu não me importo de dividir a cama se você não se importar.

– Por mim tudo bem.

Ele bota uma camiseta cinza embaixo do braço e vasculha a bolsa de viagem buscando os outros itens de que precisa.

– Hollis – digo, e espero até ter a atenção dele. – Eu lamento muito, tá? Pelo carro.

– Não foi culpa sua – retruca ele.

Mas o tom que ele usou e o resmungo sussurrado com certeza dão a impressão de que pensa o oposto.

– Então por que está com raiva de mim?

Ele solta um suspiro pesado.

– Eu não estou com raiva de você, Millicent.

– Mas você está... irritado.

– É só a minha personalidade.

– Bem, o que eu posso fazer? – pergunto.

Hollis dá uma risadinha, mas não há humor nela.

– Pra mudar a minha personalidade? Nada. Muitas pessoas tentaram, nenhuma conseguiu. Eu sou como uma casa mal-assombrada. As pessoas entram muito corajosas e confiantes, mas sempre fogem gritando.

Se ele é uma casa, é uma de biscoito de gengibre que foi assado por alguns minutos a mais e que ainda tem muita doçura a oferecer. Eu diria isso a ele, mas a cara fechada é um belo lembrete de que ele já está irritado o suficiente no momento.

Hollis tinha mencionado o prêmio baixo do seguro e queria mil dólares para me deixar ir com ele até Miami. Talvez seja uma questão financeira.

– Eu vou pagar pelo conserto. Sei que não vou estar com você quando pegar o carro com o Chip Funilaria, mas...

– O seguro vai cobrir – interrompe ele, pendurando o casaco de moletom num gancho ao lado da porta. – Agora, eu gostaria de dormir um pouco antes que aconteça mais alguma tragédia. Quer usar o banheiro antes ou depois de mim?

Deixo a cabeça cair, sentindo-me derrotada. Se Hollis me culpa ou não pelo que aconteceu, o resultado é o mesmo: vou ter que dividir uma cama com um rabugento gostoso que provavelmente quer que eu suma.

– Primeiro, acho.

– Tá. Vai lá, mas não demora. Estou completamente esgotado.

A bolsinha cor-de-rosa que guarda os meus itens de higiene pessoal ainda está bem no topo dentro da minha mala, apesar de ela ter sofrido vários solavancos com as aventuras do dia. Já estou dentro do banheiro com a calça jeans abaixada quando percebo o problema.

– Hum... Hollis? – chamo do outro lado da porta.

– Quê?

Abro a porta só o suficiente para pôr a cabeça para fora, tentando esconder a metade de baixo do corpo, que está só de calcinha.

– É... por acaso você tem uma camiseta sobrando ou algo assim? Eu não trouxe roupa pra dormir. Eu não... não costumo usar.

Ele me encara, surpreso, pelo que parece uma eternidade, depois pisca algumas vezes, como se tentasse compensar as piscadas que perdeu enquanto estava me olhando.

– Você não... usa...? Tá de sacanagem.

– Meu corpo fica quente quando durmo – explico. – Então, quanto menos camadas...

– Seu corpo fica quente.

Outra vez com os olhos arregalados e os lábios pressionados, Hollis se vira para a pintura pendurada ao lado da cômoda grande de carvalho.

– O corpo dela fica quente quando dorme – diz ele para o retrato de Jesus apertando a mão do Elvis.

Sério, eu *preciso* descobrir onde Connie encontra esses kits ultraespecíficos.

– Tem uma camiseta sobrando ou não?

Estendo o braço, esperando.

Hollis vai até a bolsa de viagem na poltrona e a vasculha. Ele pega uma camiseta azul velha e desbotada de uma empresa de mudanças e joga na direção da minha mão estendida. Não consigo pegar, e ela cai no piso de madeira fora do banheiro. Antes que eu consiga me abaixar para pegá-la, Hollis está na minha frente, embolando a camiseta e empurrando-a na minha palma da mão.

– Aqui – diz ele.

Nossos olhares se encontram, e o dele parece... lascivo. Ou talvez apenas irritado. Talvez um esteja lascivo e o outro esteja irritado. É difícil definir, por causa das cores diferentes. Mesmo assim, sinto como se tivesse feito besteira, então bato a porta com violência na cara dele.

Quando estou só de calcinha, visto a camiseta. Ela fica no meio da minha coxa – é curta, mas cobre o que precisa ser coberto. Faço xixi, escovo os dentes, lavo o rosto (atingindo o galo doloroso na minha testa três vezes no processo) e prendo o cabelo num coque bagunçado no alto da cabeça.

– Todo seu – digo para Hollis quando volto para o quarto.

Quando ele passa por mim, o olhar varre o meu corpo apressadamente. Ele murmura alguma coisa incompreensível e desaparece no banheiro.

Depois de jogar as minhas roupas sujas na sacola plástica que está na mala, puxo a coberta e subo no colchão absurdamente alto em relação ao chão. Mesmo não tendo dividido uma cama com ninguém desde Josh, percebo que peguei o meu lado de sempre sem pensar. Força do hábito, eu acho. Os lençóis têm cheiro de lavanda, um dos meus aromas preferidos.

Quando Hollis sai do banheiro de camiseta cinza e calça de pijama xadrez, estou esfregando o rosto por todo o edredom, como se eu fosse um gato num canteiro de *catnip*. Não fala nada, só apaga a luz. Ele se acostumou bem rápido com as minhas excentricidades – ou talvez esteja de saco cheio delas.

O peso de seu corpo se ajeitando no colchão faz com que eu me sinta como um pedaço de lixo espacial sendo arrastado para a órbita do planeta dele. Eu me afasto um pouco mais em direção à beirada, tentando resistir à vontade de me aninhar. Os lençóis são macios e quentinhos, mas aposto que ele é mais quente. E o meu corpo pode até ficar quente quando durmo, mas neste momento estou sentindo um frio de bater os queixos.

– Hollis – digo para as costas dele, já que ele está virado para o outro lado. – Sei que as coisas não saíram conforme o planejado, mas...

– Jura?

O sarcasmo dele é agressivo e mais cortante que qualquer outra coisa que ele me disse nas últimas horas. Ao longo do dia, foi fácil dizer a mim mesma que ele é um cara legal por dentro. Que o tom mordaz e a grosseria são só uma máscara que ele usa por algum motivo e que eu não deveria levar para o lado pessoal. Mas, neste momento, com tudo que está em risco pesando na minha cabeça e no meu coração, não é tão fácil deixar passar. Entendi o recado. Vou deixar para lá. Vou desistir de fazê-lo abandonar a fachada e permitir que eu me aproxime. Talvez ele esteja certo; talvez as pessoas não sejam tão boas quanto eu quero que elas sejam. Talvez *ele* não seja tão bom quanto eu quero que ele seja.

Fecho os olhos com força, lutando contra a vontade de chorar, mas os abro de novo quando o colchão se mexe em reação à mudança de posição dele. Agora Hollis está me encarando. Está escuro, mas consigo ver a cara emburrada. É a de sempre, então não me revela nada.

– Eu devia estar em Miami neste momento, suado e inspirado depois do sexto tempo com a Yeva. Em vez disso, estou preso no meio do nada com um carro quebrado, 25 imagens de Jesus me encarando... sim, eu contei enquanto você estava no banheiro... e *você*. – Ele cospe a palavra "você" como se eu fosse a pior parte de tudo. – Então, não, as coisas não estão saindo conforme o planejado.

– Hollis...

– Vai dormir, Millicent. Tudo estará igualmente péssimo de manhã. Amanhã a gente conversa.

Ele se vira de costas e puxa a coberta para cima do ombro.

Ele tem razão. Está tudo péssimo. Se Hollis gosta de mim pelo menos um pouquinho, parece que a raiva que sente é maior. Estamos perdendo um tempo de viagem valioso que pode significar a diferença entre entregar a Sra. Nash para Elsie e chegar tarde demais. E o cervo! Ah, não, o pobre cervo. E se o Dr. Gupta se enganou e o bichinho estiver morrendo ou já estiver morto? A delegada Jones disse que não foi culpa minha e que o cervo atingiu o carro, não o contrário. Mas eu me sinto horrível de qualquer maneira e extremamente culpada, e, ai, meu Deus, todo aquele sangue, e foi parar na minha *cara* – não sei se vomito ou se choro. Melhor chorar. Vai exigir menos limpeza. Então vou me virar de costas e chorar. Globos oculares, podem abrir as comportas. Estômago, por favor, aguarde a sua vez.

– Mill. – É um sussurro, e sinto o hálito quente de Hollis no meu ouvido. – Você tá bem?

Eu fungo e tento secar as evidências das minhas lágrimas com o antebraço, mas ainda estou chorando, então é meio como usar os limpadores de para-brisa durante um ciclone.

– Ótima – consigo dizer.

Hollis solta um "Droga" suave e enfático antes de pousar a mão no meu braço, pesada e quente através do algodão da camiseta.

– Mill, me desculpa. Eu fui um idiota o dia inteiro e peço perdão. Você não merece nada disso. Me fala o que eu tenho que fazer pra melhorar as coisas. Eu faço. Seja lá o que for. Odeio quando você chora. Fico me sentindo... em pânico.

– Quando foi que você...? – começo a perguntar, antes de a congestão do meu nariz me obrigar a engolir, me interrompendo.

– Naquela noite, na festa, quando você saiu do restaurante. Você estava chorando muito.

– Ah. Certo.

– Eu mal te conhecia, a gente só tinha se encontrado de passagem algumas vezes, mas dava pra ver que você era uma pessoa radiante e solar. Te ver chorar... é como ver o sol se apagando. Como se eu tivesse uma prévia do apocalipse. Um vislumbre horrível de um mundo mais frio e mais escuro...

– Tá, tá, já entendi. Você é escritor – digo, apesar das lágrimas.

Uma risadinha escapa do peito dele e eu quase a sinto nas minhas costas. Ele está muito perto, mas só a mão dele nos conecta.

– Por favor, não chora. Eu faço qualquer coisa. Qualquer coisa pra te animar, pra melhorar as coisas. Eu posso até... – Ele faz uma pausa, como se estivesse pensando em alguma coisa. – Ah, por que não, cacete?

Hollis faz um som baixinho de gemido resignado e eu o sinto se aproximando. Em seguida, uma melodia tranquila e conhecida flui até o meu ouvido.

– *Don't let the sun... go down on me...*

Uma risada sobe pela minha garganta, mas eu a empurro de volta, preferindo abrir um sorriso enorme. Hollis está cantando Elton John para mim, e tenho quase certeza de que está fazendo isso num esforço nada irônico para me animar. A última coisa que quero é afugentá-lo, que é o que vai acontecer se eu cair na gargalhada.

– Acabei de perceber... que não sei o resto da letra... – continua ele, ainda usando a melodia da música.

Não consigo mais esconder o meu divertimento por trás de um simples sorriso e me permito o que só consigo descrever como uma risadinha infantil. Para o meu alívio, Hollis suspira e diz:

– Um único raio de sol escapando por entre as nuvens, mas vou me contentar com isso.

Por fim, minhas lágrimas param de rolar. Estendo a mão para a mesa de cabeceira, pego um lenço de papel e assoo o nariz.

– A versão ao vivo com o George Michael é a minha preferida.

Eu fungo.

– É, eu sei. Você falou isso várias vezes quando tocou no carro.

– Espera um segundo. – Eu me viro para encará-lo. Quase me arrependo quando a mão dele sai deslizando do meu braço e ele se afasta um pouquinho para me dar mais espaço. – Você se lembra de mim naquela noite na festa do Josh. No aeroporto, mais cedo, agiu como se não se lembrasse.

Ele dá de ombros pela metade, porque o braço esquerdo está afundado no colchão. Os cantos da boca de Hollis se mexem com muita sutileza até formarem um sorriso presunçoso.

– Talvez eu me lembre. Talvez não.

Dou um empurrão nele, mas, apesar da força, ele não se mexe. Em vez disso, estou só com a mão encostada no peito dele até perceber os batimentos do seu coração na palma da minha mão. De repente, o momento parece estar se transformando num *momento*, como aquele no capô da viatura da polícia, então afasto a mão e a deixo cair no colchão entre nós dois.

– Desculpa, Millicent – diz ele. – Eu estava falando sério sobre sermos amigos. Não quero fazer nada pra te magoar. Vou tentar ser menos...

– Babaca?

– Isso.

– Obrigada.

Eu encaro a minha mão, contando as falhas no esmalte para não ter que fazer contato visual.

– Embora eu fique muito feliz com isso, não era por esse motivo que eu estava chorando. Quero dizer, era, mas não só por isso.

– Pela Elsie? – indaga ele.

Faço que sim com a cabeça.

– Ah. Certo.

Ele morde o lábio inferior e olha para o lado, como se estivesse contemplando o problema. Humm... Será que esse lábio ia ficar gostoso entre os *meus* dentes? Não. Esta não é a hora de ficar distraída com os lábios dele. Não mesmo. Elsie está morrendo. Elsie está *morrendo*.

– E se ela morrer antes de eu chegar por causa disso tudo?

– Nesse caso... acho que você fez tudo que pôde.

– Não parece suficiente – sussurro.

– Vai ter que ser.

Solto um suspiro.

– E o cervo? E se ele não sobreviver? E se eu tiver matado o bichinho? E se ele me *assombrar*?

– A gente chama um exorcista. Com a quantidade de cervos que morrem por causas não naturais, aposto que eles estão muito acostumados a cuidar desse tipo de coisa.

– E, quando você diz esse tipo de coisa, está falando de assombrações de cervos?

Minhas palavras saem sem emoção, mas acabo dando um sorriso. Nunca consigo manter o rosto sério quando alguma coisa é engraçada – motivo número dez para eu não ter sido uma atriz muito boa.

– Isso. Aposto que a gente consegue até um cupom de "dois por um".

O rosto dele continua totalmente sério no início, depois ele se rende aos poucos. O sorriso completo que se desenrola na minha frente é tão poderoso que é impressionante que não tenha iluminado o quarto. Fico tão ofuscada que levo um tempo vergonhosamente longo para perceber que o estou encarando do mesmo jeito que ele encarou as *sopaipillas* no José Napoleoni – como se ele não quisesse esperar nem mais um minuto para saber qual seria o gosto delas.

A percepção de que o jantar aconteceu menos de doze horas atrás me lembra que estou exausta demais para perder meu tempo cobiçando esse babaca estranho e doce.

– Bom, é melhor a gente dormir um pouco – digo.

– É. Boa noite.

Nós dois estamos deitados de costas no escuro, com os braços em paralelo, separados por um espaço mínimo. Sinto o calor emanando da pele dele, como se estivesse parada diante de um forno aberto. E, apesar de o tecido fino da camiseta já estar me sufocando, quando a respiração de Hollis se acalma e é intercalada com os roncos suaves que já considero tão familiares, eu encosto o braço no dele e desfruto do calor da nossa conexão enquanto caio no sono.

Key West, Flórida
Dezembro de 1944

A RIGOR, AQUILO NÃO ERA PERMITIDO. Mas não era como se o N.A.S. 42 55 K.W. – também conhecido como Bertie – tivesse outro lugar para ir. Ele certamente não ficaria no pombal por muito mais tempo; era um animal nervoso, propenso a arrancar as próprias penas, o que significava que era impedido de voar a maior parte do tempo. Mesmo quando ele voava, só entregava as mensagens com vinte por cento de precisão e à velocidade péssima de cinquenta quilômetros por hora. Depois de dois anos de treinamento, estava claro que Bertie não era adequado para o serviço na Marinha.

Talvez por Rose também não ter certeza da própria adequação – a frustração com as tarefas subalternas e a saudade de casa ainda a assolavam sempre que estava sozinha –, certo dia ela decidiu não registrar o retorno de Bertie para o pombal. Em vez disso, ela o levou até um pequeno galpão ali perto, que tinha percebido que ninguém usava.

– Este é o seu novo pombal – disse ela a Bertie. – Bem-vindo ao lar.

A afinidade explicava por que Rose havia roubado o pombo, mas não conseguia dar nome à coisa dentro dela que a encorajou a treinar Bertie para voar até a praia de Boca Chica. Ficava apenas a um quilômetro e meio de distância – algo que até um mensageiro pateticamente lento como Bertie conseguiria percorrer –, e o exercício simples era bom para a ave, Rose dizia a si mesma. Ela se recusava a admitir que tinha alguma coisa a ver com Elsie; era só uma coincidência o fato de o destino de Bertie ser a árvore sob a qual as duas sempre descansavam. E, já que ele iria voar até a árvore de qualquer maneira, podia muito bem levar uma mensagem...

Numa segunda-feira sem nuvens em meados de dezembro, Rose se escondeu no meio de umas árvores, observando Elsie Brown sentada na areia quente. Bertie arrulhou no alto, depois adejou até o chão ao lado das pernas estendidas de Elsie. Ele se pavoneou por ali, balançando a cabeça e, de vez em quando, procurando comida na areia, e Elsie semicerrou os olhos quando notou alguma coisa presa na pata da ave.

– Vem cá, amiguinho – disse ela na sua voz doce e melodiosa, aproximando-se devagar para não assustar o pombo.

Como Bertie não saiu voando quando Elsie estendeu a mão, Rose viu o momento em que a compreensão se desenrolou na mente de Elsie feito um pergaminho e reprimiu uma risada. Bertie deixou Elsie puxar a ponta da fita vermelha amarrada na pata fininha como um galho. Junto com o laço, um pedaço de papel dobrado caiu no chão.

Vou me atrasar alguns minutos hoje. – R.

– O que você acha? – perguntou Rose, saindo de trás das árvores para se sentar ao lado de Elsie.

– Você me mandou um pombo! – exclamou Elsie, como alguém que ganhou um anel de diamante.

– Mandei. Achei que seria um bom jeito de entrar em contato com você caso eu não pudesse vir por algum motivo. E também é um exercício de treinamento fácil para o Bertie. Ele não é bom em voar para longe, não é, Bert?

Rose pegou o pombo com mãos habilidosas e passou o polegar no pescoço dele.

– Não acredito que eles deixaram você treinar um pombo para vir até mim.

Elsie balançou a cabeça, com um sorriso largo e lindo.

Rose mordeu o lábio, parecendo culpada.

– Bem, ele não vai exatamente até você. Ele vem até a praia, até este ponto específico. Além do mais, é possível que os meus superiores não saibam desse exercício de treinamento em particular. Nem que eu... libertei Bertie do pombal. Estão achando que ele jamais retornou do último voo.

– Ah, sua danadinha – disse Elsie.

A sensualidade da voz dela e o modo como as sobrancelhas louras se ergueram fizeram o coração de Rose disparar.

– Eu não sabia que você era tão rebelde, Rosie.

Pela primeira vez na vida, Rose realmente se sentia rebelde. Ela se sentia como alguém capaz de roubar um pombo que era propriedade da Marinha dos Estados Unidos e ensiná-lo a voar até a mulher que ela sonhava beijar todas as noites desde que as duas se conheceram. Por um instante, Rose quase se convenceu de que era mesmo a rebelde que Elsie acreditava que ela era. Seus dedos se afrouxaram ao redor da ave, prontos para soltá-la e pegar o queixo impressionantemente quadrado de Elsie para unir a boca das duas.

As asas de Bertie alcançaram o ar com um som sussurrante, lembrando a Rose que ela não era corajosa, só estava com saudade de casa, confusa e evitando responder à última carta de Dickie. Ela deveria voltar para o alojamento e reler as páginas que ele tinha enviado até se sentir mais como a Rose McIntyre do Wisconsin, em vez de como essa tola sonhadora e imprudente tentando se meter em todo tipo de problema, tentando perder a única amiga que tinha ali.

– É melhor eu voltar para a base – disse Rose. – Para garantir que ninguém perceba as idas e vindas dele.

– Lógico.

Elsie ficou de pé e estendeu a mão para ajudar Rose. O calor entre as palmas pareceu um alerta.

– Vejo você em breve?

– Sim, sim. Em breve – murmurou Rose, já dando passos para trás.

Mas Elsie continuou segurando a mão dela por um instante, impedindo-a de sair correndo enquanto o cérebro de Rose insistia que ela precisava ir embora, e depressa, antes que se esquecesse de novo quem era.

– Eu preciso mesmo ir – ela se ouviu argumentar. – Deixei o galpão aberto, e alguém pode notar, ou ele pode querer tentar voar de novo para o antigo pombal e...

– Sim, pode ir. Vai – disse Elsie, soltando-a.

Enquanto caminhava pelo campo de pouso, de volta ao galpão que virou pombal, Rose avistou Bertie no ar, também retornando devagar. Seria muito mais fácil encontrar o próprio lar depois da guerra se ele continuasse sendo um lugar, e não uma mulher que nadava como uma sereia e a fazia se sentir mais corajosa do que tinha o direito de ser.

9

ACORDO COM O SOM DE UMA PORTA se fechando com violência e os 25 quadros de Jesus trepidando nas molduras.

– *Puta merda!* – exclama Hollis, batendo as mãos na penteadeira baixa.

Esfrego o antebraço nos olhos, exigindo que eles se abram mais. As pálpebras parecem inchadas e doloridas por causa das lágrimas de ontem à noite. Minha cabeça está latejando.

– E bom dia pra você – digo.

– Ah, desculpa.

Eu me sento com as costas apoiadas na cabeceira de madeira. A maneira como a camiseta cinza de Hollis se estica nas costas dele nessa posição destaca a definição dos ombros. Não que eu esteja reparando nele nem nada. Só, sabe como é, analisando os arredores, me orientando.

– Más notícias?

– A locadora está sem carros – responde ele.

– Como pode...? Quero dizer, fazia sentido no aeroporto, com todo mundo desesperado por um carro, mas por que não tem nenhum aqui?

Hollis endireita as costas e vem na minha direção, depois dá meia-volta e caminha no sentido contrário. Ele está andando de um lado para outro. Nunca achei que fosse o tipo de pessoa que faz isso.

– Por causa da confusão com os voos ontem, eles mandaram todos os carros pro aeroporto de Charlotte-Douglas a fim de atender à demanda de lá. Verifiquei hoje de manhã, e os aviões finalmente voltaram a voar. Mas, tipo, centenas de voos foram cancelados, então são milhares de passageiros deixados na mão. É impossível reencaixar todos eles imediatamente. As pessoas ainda estão tentando encontrar outras maneiras de chegar aos destinos.

– E não tem ninguém devolvendo um carro hoje? – arrisco.

– De acordo com as reservas no sistema deles, não.

– Nem na cidade vizinha?

Sua carranca faz o que parecia impossível e fica mais carrancuda.

– Esta locadora era a da cidade vizinha, Millicent.

– A cidade vizinha da vizinha, então. Talvez tenham uma locadora maior, que seja mais central e…

– Já liguei pra lá. Mesma coisa.

– Poxa. Que merda.

– Que merda mesmo.

Hollis se joga de costas nos pés da cama e solta um suspiro enquanto encara o ventilador de teto.

– Beleza. E agora? – pergunto.

– Acho que vamos ter que esperar. Chip vai entregar o carro consertado daqui a alguns dias. Não vejo nenhuma outra opção neste momento.

Balanço a cabeça.

– Não, não. Tem que haver outra opção. E se a gente conseguir uma carona até uma estação de trem ou uma rodoviária ou…? Não sei. Mas a gente tem que fazer alguma coisa. Eu preciso chegar a Key West antes…

– É, estou ciente.

A voz dele está alta demais e agressiva demais. Mas ele deve ter se lembrado da noite passada e da promessa de ser menos babaca, porque parece arrependido quando volta a falar.

– Sei que isso é importante pra você. Mas não estamos em Washington. Não podemos simplesmente chamar um táxi. Dei uma olhada no aplicativo de transporte quando achei que precisaria ir buscar o carro alugado, e ele basicamente riu da minha cara.

Não é que eu duvide de Hollis. Tenho certeza de que ele fez o melhor para encontrar uma solução para o nosso problema. Mas talvez haja possibilidades que ele não tenha explorado, que a gente ainda não tenha considerado.

– Vou pensar em alguma coisa – declaro.

– Ah, que ótimo – diz ele. – Aposto que a sua solução vai envolver a gente pedindo carona ou embarcando escondido num navio de carga ou alguma coisa assim.

– Que absurdo. Nós nem estamos perto de um curso de água grande o suficiente pra encontrar um navio de carga. E aquela cena em que o Pee-Wee pega uma carona com a Large Marge me perturbou quando eu era criança, então nada de pegar carona mesmo.

– Do que você tá falando?

– Do filme *As grandes aventuras de Pee-Wee*, quando... Ah, é. Você não viu. Algumas coisas sobre mim fariam muito mais sentido se você tivesse visto o filme.

– Duvido muito – resmunga ele.

– Ei – protesto, e cutuco a perna dele com o meu pé por baixo da coberta. – Obrigada por tentar.

– É, bom, não adiantou nada. Pelo menos Connie e Bud disseram que podemos ficar mais algumas noites, se precisarmos.

Hollis se levanta da cama e pega alguma coisa que parece uma bola de guardanapos no bolso do casaco de moletom.

– O café da manhã acabou há quinze minutos – diz ele, colocando o objeto na penteadeira. – Mas trouxe isto pra você.

Os guardanapos se abrem e revelam um muffin de limão com sementes de papoula, e a cobertura cintila sob a luz do sol que se derrama através das cortinas de renda fina.

– Obrigada – digo, quase caindo da cama quando tento me levantar.

Talvez eu devesse sugerir a Connie que ela compre uma daquelas escadinhas para cachorros idosos e coloque ao lado desse arranha-céu em forma de colchão.

Quando saio do banheiro após tomar banho e me vestir, Hollis está rabiscando no caderno. Vê-lo assim totalmente absorto é fascinante; seus olhos encaram a página com um foco obstinado, e a caneta se move com a velocidade e a precisão de um patinador olímpico. Enquanto parto o muffin em cima da lata de lixo e ponho os pedaços na boca – Connie é uma confeiteira bem-dotada –, fico me perguntando se Hollis é assim na cama. Quero dizer, focado e preciso. Não bem-dotado. Se bem que isso poderia explicar por que ele recebe nudes o tempo todo, e de várias amigas. Não que ele não seja atraente o suficiente para as mulheres o desejarem. Tipo, *eu* certamente o desejo bastante e... droga, preciso parar com isso.

Então pigarreio e pergunto, com a voz rouca:

– Tá trabalhando em quê?

– Numa coisa nova – diz ele, sem levantar o olhar. – Acho que é mais promissora que aquela em que eu estava bloqueado.

– Ah, que bom. É sobre o quê?

– Uma ruiva baixinha que faz perguntas demais e é abandonada numa pousada extremamente religiosa.

– Parece entediante – retruco. – Vou ver se tem uma cafeteria ou alguma coisa assim por perto. Dar uma sondada pra ver se alguém na cidade pode ajudar a gente. Quer vir?

– Não. Vou ficar aqui escrevendo. Preciso botar isso no papel antes que eu me esqueça.

– Parece que o bloqueio criativo acabou, né?

– Não era um bloqueio. Era uma...

– Pequena obstrução. É, eu me lembro. Acho que você mesmo se desobstruiu, né? Nem precisou da Yeva pra...

Fecho o punho e faço um gesto de como imagino que alguém limparia um cano. Mas, pela maneira como as sobrancelhas de Hollis se erguem, tenho certeza de que parece que estou imitando outra coisa bem diferente.

Ele pigarreia.

– A Yeva tem a mente bem aberta, mas acho que não estaria disposta a isso.

– Vou deixar você em paz. Pra escrever, não pra...

Eu repito o gesto. *Por quê?*

Mas ele não está olhando para mim, porque a caneta está ocupada deslizando de novo pela página.

Ponho a mochila nos ombros e saio do quarto. Hollis segue completamente absorto no que está escrevendo, então não quero interrompê-lo para me despedir. Além disso, tenho quase certeza de que, mesmo que perceba que eu saí sem dar tchau, ele não vai dar a mínima.

Na base da escada, cruzo com um homem careca muito bronzeado com uma cicatriz triangular cor-de-rosa na testa.

– Olá. Você deve ser a Millicent – diz ele.

– Os meus amigos me chamam de Millie. É um prazer te conhecer.

– Meu nome é Bud, e eu sou o esposo da Connie. Sinto muito pelo que aconteceu com vocês ontem à noite. Esses cervos têm sido uma ameaça séria ultimamente. E fiquei sabendo que o seu marido teve problemas com a locadora de automóveis hoje de manhã.

É muito difícil não corrigi-lo. Todas as partes de mim querem gritar: "Ele não é meu marido. É só um amigo. Acho. É tudo muito recente." Mas Hollis nitidamente tem mais traquejo do que eu com o tipo de pessoa que decora um quarto com 25 pinturas de Jesus, e, agora que vamos ficar aqui por um tempo, não quero me arriscar a ser expulsa da Mansão Gadsley e ser obrigada a ficar naquele hotel de beira de estrada horroroso. Só que mentir por omissão ainda é mentir, e Hollis tinha razão: eu minto muito mal.

Felizmente, Bud me salva dando continuidade à conversa:

– Mas, pensando bem, deu tudo certo. Pelo menos vocês vão estar na cidade pras festividades.

– Festividades?

– Ah, acho que estava escuro demais pra ver os cartazes quando vocês chegaram. Este fim de semana temos o nosso Festival dos Brócolis.

– Festival... dos Brócolis?

– A fazenda Alstom, nos arredores da cidade, é a maior produtora de brócolis do estado e tem uns cem anos de história. Eles tiveram uma colheita ruim uns anos atrás, aí nós realizamos alguns eventos pra arrecadar dinheiro pra eles. Pra que não precisassem vender a propriedade. Veio gente de toda a região, e foi tão maravilhoso que decidimos transformar numa comemoração anual. Fica maior a cada ano. O desfile é amanhã ao meio-dia, e mais tarde tem o concurso de comer tortas, shows de música, barracas vendendo todo tipo de coisa, fogos de artifício. É bem divertido.

– Torta de *brócolis*? – indago.

Bud mostra a língua.

– Blergh. Não. Torta normal, bem normal. Em geral, de maçã, acho. Cruzes. – Ele estremece de um jeito dramático. – Acho que a maioria das pessoas não conseguiria comer nem uma garfada de torta de brócolis, quanto mais a quantidade de um concurso de tortas. Mas acho que seria tranquilo se fosse quiche. Eu comeria o meu peso em quiches.

A risada dele é profunda e ruidosa, e eu não estava esperando isso de um homem tão baixinho e esguio.

Apago da minha mente a imagem da torta de brócolis e a substituo pela de maçã. Com base no que vi em relação às preferências alimentares de Hollis até agora, eu apostaria que ele é fã de torta de maçã. Meu cérebro consegue visualizar a cena com nitidez, como se eu a estivesse vendo se desenrolar diante de mim: ele sentado a uma mesa comprida num palco em frente a uma multidão animada e uma pistola de largada sendo disparada. (Eles usam essas pistolas nos concursos de comer torta? Não importa, vão usar nesse.) Estou sentada na primeira fileira para torcer por ele, e ele me lança um olhar que diz "Imagina que essa torta é você". Aí ele pega a torta e lambe as tiras de massa sem romper o contato visual e já está bem atrás dos outros competidores, mas não se importa, porque sabe como é fácil eu imaginar a língua dele passando nas *minhas* tiras e...

– Millicent?

Dou um pulo – um pulo de verdade! – ao ouvir o som da voz de Hollis atrás de mim.

– Caraaaai...

Minha mente tem apenas o tempo suficiente para lembrar que, pelo que sei sobre a esposa e a decoração da pousada, Bud pode não gostar de palavrões. Consigo mudar a interjeição o suficiente para sair como um "Caraaaaaaaaca" que, felizmente, os dois homens ignoram.

– Bom dia de novo, senhor. – Hollis faz um sinal educado com a cabeça, e Bud retribui. – Tá tudo bem? Achei que você fosse sair – diz ele para mim.

– Eu ia. Eu vou.

– Ah, poxa – diz Bud. – Desculpa. Você estava indo a algum lugar e eu estou aqui te atrasando.

– Não, não. Eu não estava com pressa. Obrigada pelas informações sobre o festival. Parece bem divertido. Ah, mas, hum, Bud... posso te pedir um favor antes de sair? Você tem um livro que eu possa pegar emprestado? Talvez algum sobre a história local ou...

O rosto de Bud se ilumina como o de uma criança quando chegam as férias.

– Eu tenho o livro certo. Só um segundo.

– Dando uma pausa na escrita? – pergunto a Hollis quando ficamos sozinhos no vestíbulo.

– Vou ligar pro meu agente pra discutir a viabilidade comercial da minha nova ideia, mas antes queria pegar uma garrafa de água. – Ele faz uma cara mais emburrada que o normal, até para ele. – Aliás, tem um frigobar na cozinha com bebidas. Connie me mostrou a casa rapidinho depois do café da manhã. E você? Está… fazendo o quê, exatamente?

– *Não* pensando em você comendo uma torta – respondo.

Minhas mãos tapam a minha boca como se eu estivesse num desenho animado, depois deslizam até as minhas bochechas. Porque, talvez, se eu esconder o rosto vermelho, ele não perceba a bizarrice do que eu falei.

– Eu não vou nem perguntar – diz Hollis. Mas, quando ele se vira para ir embora, uma sombra de sorriso aparece. – Hum. Mas gostei da ideia de uma torta.

Ele morde o lábio inferior antes de desaparecer no salão de refeições, e eu juro que os meus joelhos ficam um pouco bambos.

O LIVRO SOBRE A CIDADE DE GADSLEY que Bud me empresta – escrito por John Edward Gadsley V, que, para minha surpresa, é o próprio Bud – acaba sendo a coisa perfeita para ler na lanchonete da esquina. É interessante o bastante para eu não me desligar nem me esquecer de virar as páginas, mas tranquilo o suficiente para me deixar ouvir as conversas ao redor. Só para o caso de alguém dizer: "Estou muito empolgado pra voar no meu jatinho particular até Florida Keys hoje!" Ou, tipo: "Poxa, eu queria ter umas pessoas legais dispostas a testar as instalações do meu novo iate enquanto navego até a Costa Leste."

O quê? Pode acontecer, ué.

No entanto, até agora tudo que descobri foi que a cidade está extremamente dividida porque a banda marcial da escola de ensino médio local não vai tocar o número de sempre no desfile do Festival dos Brócolis amanhã: um medley de John Philip Sousa. A banda tem um novo regente este ano, e ou ele é um "moderninho sem nenhum respeito pela tradição" ou "exatamente a nova visão jovem de que esta cidade precisa", dependendo de qual cliente da lanchonete esteja opinando no momento. Além disso, fico sabendo que uma tal de Karen vai muito bem, Peggy vai muito mal e Gary está na mesma.

– Quer mais café? – indaga a garçonete, equilibrando na bandeja uma pilha de pratos vazios que pegou numa mesa ao lado.

– Acho que vou trocar pra chá gelado, se você tiver.

– Estamos no Sul, querida – diz ela com um sorriso.

Minha xícara vazia é levada, e um copo grande de plástico vermelho da Coca-Cola, cheio de gelo triturado e chá, aparece na minha frente. Um silêncio momentâneo recai sobre o restaurante. De repente, todo mundo está olhando na minha direção. Será que eu fiz alguma coisa esquisita sem perceber? O chá gelado está batizado com alguma coisa e eles estão me observando para ver se eu percebo que estou sendo envenenada?

Ah. Eles não estão olhando para *mim*, e sim para o homem que de repente apareceu ao lado da minha mesa. Ele tomou o lugar da garçonete com tanta sutileza que nem percebi a aproximação. Mas, agora, ao erguer o olhar, eu entendo o silêncio: ele é *lindo*. Alto, louro, olhos verdes, queixo definido, pele dourada. Um supermodelo, bem aqui nesta lanchonete minúscula em Gadsley, Carolina do Sul.

– Oi – diz ele, abrindo um sorriso fácil e radiante. – Desculpa interromper a sua leitura.

– Que leitura? – pergunto, encarando-o com a mesma expressão boquiaberta de quando conheci o ator John Stamos.

– Achei que estivesse lendo, já que você está com um livro...

Sigo a direção do gesto dele.

– Ah! Sim. O livro. Estou lendo, sim. Olá. Não se preocupe. Ele não é muito bom.

Meu rosto fica vermelho como um tomate de tanto constrangimento e também um pouco de vergonha por ter insultado o trabalho árduo de Bud a troco de nada.

– Posso me juntar a você?

– Na leitura?

O homem dá uma risadinha.

– Na mesa. Eu queria conversar com você sobre uma coisa, se tiver um minutinho.

– Ah. Lógico.

Meu banco de dados mental tenta achar os resultados da busca "assuntos sobre os quais um desconhecido gostoso pode querer conversar". Erro: nenhum resultado encontrado.

– Millicent Watts-Cohen. De *Penelope volta ao passado*, não é?

Ahhhh. Certo. Eu *sou* um pouquinho famosa, e esse Adônis tem a idade certa para ter visto a série quando foi ao ar originalmente. Um fã. Eu sei conversar com fãs. Na verdade, consigo recitar esse roteiro até dormindo – se o parceiro de cena não começar a improvisar como aquele esquisito no aeroporto –, então é possível eu passar o restante da conversa sem fazer mais papel de boba.

– Isso. Sou eu.

Ele sorri de novo, e o meu cérebro se desliga completamente. Ô-ou. Demoro um pouco para responder quando ele diz:

– Vi você entrar aqui hoje de manhã no meu caminho pro trabalho. Que bom que ainda está na cidade. Ouvi falar do que aconteceu com o cervo.

– Uau. As notícias correm rápido por aqui, hein? Acho que aquilo que falam sobre cidades pequenas é verdade.

– Você não sabe da missa a metade – diz ele. – Quando eu cheguei aqui, em agosto, já tinha uma fileira de pais em frente à minha casa no dia em que me mudei, querendo me informar que o Aiden queria trocar o trombone pelo trompete, que a Chloe tem uma alergia grave a amendoim e que o Elijah e a Hailey P. não podiam se sentar juntos no ônibus de excursão.

– Espera! Você é o moderninho!

Hum. Isso explica melhor o silêncio e os olhares. Não é que todas as pessoas da lanchonete estivessem perplexas com a beleza dele.

Os olhos do professor disparam em direção ao grupo de homens mais velhos sentados ao balcão.

– Pelo jeito você já conheceu o Barney.

Antes que eu possa admitir que não conheci nenhum Barney, mas bisbilhotei as conversas dele e dos amigos nas últimas três horas, o moderninho continua:

– Eu sou muito fã do Sousa, mas os adolescentes estão cansados de tocar a mesma coisa no desfile todo ano. Esta seria a quarta vez para os alunos do último ano e a última apresentação antes da formatura. Não entendo por que algumas pessoas se opõem tanto a essa mudança. É só Fleetwood Mac, pelo amor de Deus.

Eu seguro a borda da mesa de tanta empolgação.

– A banda marcial vai tocar Fleetwood Mac?

Ele sorri.

– "Tusk".

– Eu *aaaaamo* "Tusk" – digo.

– Eu também. Estávamos na dúvida entre esta e "You Can Call Me Al", do Paul Simon. Mas "Tusk" tem uma parte em que os garotos saem correndo e gritando, por isso ganhou de lavada quando fizemos uma votação.

Ele solta uma risada encantadora, quase pateta, que só o faz parecer mais gato.

– Olha, eu sei que a gente acabou de se conhecer – digo –, mas acho que deveríamos ser melhores amigos.

Ele ri de novo.

– Nesse caso, precisa saber que o meu nome é Ryan.

– Prazer em te conhecer, Ryan Moderninho.

Mantenho o contato visual com ele enquanto os meus lábios envolvem o canudo e eu tomo um gole de chá gelado. A doçura intensa é como um choque na minha língua.

– Caraca, isso parece xarope puro que roçou numa folha de chá alguns anos atrás.

– Ah, é, esta região leva o chá doce muito a sério. Fui criado em Vermont e prefiro o chá sem açúcar, e esse pode ser o verdadeiro motivo pra metade da cidade me odiar. Hum, então, Srta. Watts-Cohen…

– Se vamos ser melhores amigos, você deveria me chamar de Millie.

– Millie – repete ele com aquele sorriso fácil que faz meu cérebro parar por um instante. – Estou aqui pra te pedir um favor imenso, mas acho que posso fazer valer a pena pra você.

Ah, claro. Ele veio aqui conversar sobre alguma coisa, e aparentemente não é sobre a velocidade com que as informações se espalham por Gadsley nem sobre seu excelente gosto para música de bandas marciais.

– Sou toda ouvidos – digo.

– O nosso prefeito foi a uma convenção sobre o turismo em cidades pequenas no mês passado e agora está obcecado em fazer pessoas "mais jovens" acharem que Gadsley é moderna e divertida. E, quando ele fala "mais jovens", parece que está pensando em millennials. Então ele fundou um Conselho Consultivo de Residentes Jovens, que na verdade é formado por mim e pela filha dele. O que... pensando bem, talvez seja só uma tentativa elaborada de promover um casamento...

Os olhos cor de jade se desviam por um instante, contemplativos, antes de voltarem a focar no meu rosto.

– Enfim, ele pediu que eu encontrasse um homenageado pro desfile do Festival dos Brócolis que combinasse com a nossa nova vibe millennial de modernidade e diversão. E, hum, acabei procrastinando isso porque estava ocupado com a banda e porque a filha dele me falou que ele provavelmente ia mudar de ideia e ia querer ser o grande homenageado, como acontece todo ano, mas... o desfile é amanhã, ele não mudou de ideia e eu estou completamente ferrado.

– Então você quer que eu te ajude a encontrar alguém que tenha um apelo pros millennials e esteja disposto a ser o homenageado com 24 horas de antecedência?

Ele acha que eu tenho um celular cheio de contatos de celebridades com 30 e poucos anos que por acaso moram perto de Gadsley, Carolina do Sul?

– Não. Eu quero que *você* seja a homenageada no desfile. Você é exatamente a pessoa de que a gente precisa. Acho que eu não teria encontrado ninguém melhor nem se tivesse me esforçado pra isso.

– Obrigada... acho.

Os olhos de Ryan desviam para cima, olhando para algum ponto sobre a minha cabeça, e o sorriso dele murcha como um arranjo de flores no quinto dia no vaso.

– Oi. Desculpa interromper – diz uma voz conhecida que não parece nem um pouco arrependida por interromper.

Inclino a cabeça para trás até estar encarando a parte de baixo do queixo de Hollis, com a barba por fazer. Ele está focado em Ryan até eu perguntar:

– Ei, o que você tá fazendo aqui?

Ele baixa um pouco a cabeça até encontrar meu olhar, e os óculos dele deslizam um milímetro pelo nariz. Por algum motivo, quando ele os ajeita com o dedo indicador, sinto a necessidade de respirar mais profundamente.

– Eu precisava de uma pausa. Achei que seria bom almoçar. – Sem esperar um convite, ele puxa uma cadeira desocupada e se senta ao meu lado. – Já comeu?

– Comi um ovo e umas torradas – respondo. – Mas isso foi horas atrás. Posso comer mais alguma coisa.

Hollis está olhando de novo para Ryan, e tem uma tensão estranha no ar. Ela é momentaneamente quebrada quando a garçonete se aproxima para anotar o nosso pedido para o almoço – Hollis faz o meu pedido com relutância desta vez, porque insisto no prato infantil de macarrão com queijo, que é coberto com uma salsicha fatiada para parecer um polvo. Ryan não pede nada, já que precisa voltar para a escola.

– Ah, nem apresentei vocês – digo quando a garçonete vai embora. – Hollis, este é o Ryan. Ele é o regente da banda marcial da escola de ensino médio e acabou de me fazer uma proposta muito interessante. Ryan, este é o Hollis.

Como será que Hollis quer ser apresentado? Mantenho a maluquice de senhor e senhora Hollenbeck aqui ou só na pousada?

– Ele é meu... é... Hollis.

O sorriso amigável de Ryan não consegue disfarçar sua confusão, mas valorizo seu esforço por tentar.

– Prazer – diz ele.

– Igualmente. E qual é a proposta?

Ryan repete a explicação sobre o prefeito e o desfile. Hollis fica sentado de braços cruzados, assentindo, até Ryan chegar à proposta.

– Então pedi a Millie que fosse a nossa homenageada.

– Tá, e daí? – questiona Hollis. – O que ela vai ganhar com isso, exatamente?

– Ah, sim. Certo. Essa parte é importante, né? Ouvi dizer que vocês estão meio com pressa de voltar pra estrada. Se fizer isso por mim, ficarei feliz de emprestar o meu carro pelo tempo que precisarem.

Com isso, Hollis endireita a coluna e descruza os braços, literalmente se abrindo para a ideia.

– Nós vamos pra bem longe e não pretendemos passar por aqui de novo em menos de uma semana.

– Não tem problema – declara Ryan. – Eu vou de bicicleta ou a pé pra quase todo canto. O carro está parado na minha garagem sem ser útil a ninguém. – Ele volta a atenção para mim. – Eu gostaria muito de te ajudar, Millie.

– Mas ela tem que te ajudar antes – diz Hollis.

– Ah, sim. Eu estou bem ferrado. E já não sou a pessoa mais popular da cidade neste momento. Se eu não apresentar um homenageado pro desfile, o prefeito não vai hesitar em espalhar pra toda Gadsley que fui eu que dei mancada.

Hollis se recosta de novo na cadeira e volta a cruzar os braços.

– Me parece que esse é um problema só seu.

– Hollis – digo, com um tom de alerta na voz. – Ryan está tentando ajudar a gente.

Ele suspira e exibe um daqueles sorrisos carrancudos, o que faz Ryan se inclinar um ou dois centímetros para longe dele.

– Precisa da minha resposta até quando? – pergunto.

– Até umas cinco da tarde de hoje? – responde Ryan, levantando-se da cadeira. – Você pode ir lá em casa, discutir qualquer dúvida ou preocupação, entender a logística.

– Beleza – digo.

Ryan une as palmas das mãos num sinal de gratidão.

– Ótimo. Pensa com calma, conversa com o seu... o seu Hollis. Te espero na minha casa às cinco. – Ele olha para o relógio na parede acima do balcão da lanchonete. – Opa. Meu intervalo acaba em dez minutos. Tenho que voltar pra escola. Connie e Bud podem te dar o meu endereço. Quero dizer, provavelmente qualquer pessoa da cidade pode, mas acho que é mais fácil pedir na pousada.

– Cidade pequena, né? – digo com um sorriso.

– Exatamente. Te vejo mais tarde, Millie. Tchau, Hollis.

– Até mais tarde – repito.

Dou um tchauzinho, depois cutuco Hollis com o cotovelo até ele dar a Ryan o aceno mais superficial que já vi.

– Ele acabou de nos oferecer um jeito de sairmos daqui – digo a ele. – Acho bom você ser mais simpático quando a gente for na casa dele mais tarde.

A risada-bufada de Hollis volta a aparecer.

– Ah, eu não vou à casa do Ryan mais tarde.

– Não fala assim.

– Eu não estou falando "assim", o que quer que seja esse "assim". Eu não vou porque tenho quase certeza de que não fui convidado.

– Como assim? Você foi convidado. Eu estava bem aqui quando ele chamou. Por que o Ryan ia querer que eu fosse sem você? Nós dois vamos pegar o carro dele emprestado.

Hollis entrelaça os dedos sobre a mesa. E se inclina, aproximando-se mais de mim.

– Olha, Millicent, às vezes, quando uma pessoa acha a outra atraente, ela decide passar um tempo a sós num negócio chamado encontro, muitas vezes com o objetivo de se envolver num ato conhecido como relação sexual.

Solto um grunhido e deixo os meus braços caírem sobre a mesa, enterrando o rosto na caverninha escura que eles formam.

– Agora... – continua ele. – É verdade que, embora a quantidade mais comum pra essa transação seja duas pessoas, não é a única possível. Mas aquele homem não me pareceu interessado num *ménage à trois*. Ele só tinha olhos pra você.

Meu cérebro imediatamente se agarra à imagem de mim, Hollis e Ryan num emaranhado de pernas e braços. *Ai, meu Deus.* Eu nunca mais vou conseguir levantar a cabeça, ou Hollis vai saber exatamente o que eu estava pensando. O ninho formado pelos meus braços cruzados e a textura da mesa de madeira serão as únicas coisas que vou ver pelo resto da vida, e eu terei que aceitar isso.

A mão de Hollis toca nas minhas costas. Ela se move lentamente para cima e para baixo, fazendo meu rosto ficar ainda mais quente.

– Sabe que não precisa fazer isso – declara ele, numa voz suave e próxima.

– Sim, eu sei que não preciso fazer sexo com qualquer um que esteja interessado. Obrigada.

Dou uma espiada por cima do braço e vejo os lábios de Hollis curvados para cima nos cantos e a poucos centímetros dos meus.

– Eu estava falando do desfile. Sei como se sente em relação aos holofotes, a não ter controle sobre a sua imagem. Se não quiser ser a homenageada, não deveria fazer isso.

– Mas o carro...

– Dane-se o carro. – O tom de voz dele é surpreendentemente categórico. – A gente dá outro jeito. Não quero que faça nada que não queira fazer, Millicent. A Sra. Nash também não ia querer.

Nossos olhos se encontram e, por um instante, meu coração fica apertado. Uma vez, no início da nossa amizade, eu falei para a Sra. Nash que estava pensando em colocar um piercing no nariz, mas que achava que Josh não ia gostar. Ela disse: "*Quem se importa com o que ele pensa? Você sempre deve fazer o que é certo para* si mesma, *Millie. O que é certo para os outros não importa, porque você é a única pessoa que vai ter que viver com as suas decisões.*" Meu medo de agulhas acabou tomando a decisão por mim, mas as palavras da Sra. Nash ficaram gravadas na minha mente.

Bem quando a onda de luto que às vezes esmaga o meu coração começa a ceder, eu lembro que Hollis não sabe quase nada sobre a Sra. Nash. As palavras dele podem estar corretas, mas não passam de suposições vazias; tirando a história de amor dela com Elsie, as únicas coisas que contei a ele foram que ela adora chocolates recheados com creme de menta e tinha um cachorro chamado Lady.

– Você só não quer que eu participe do desfile porque não gosta do Ryan.

A mão dele pausa, pesada, nas minhas costas.

– Eu não gosto do Ryan. Mas eu não gosto de quase ninguém. Não é pessoal. Então vai no desfile, não vai no desfile. A decisão é sua.

– Mas ela também te afeta.

– Eu não vou pedir que faça uma coisa que te deixa desconfortável só pra eu não ter que esperar muito pra transar.

A mão nas minhas costas me dá um tapinha leve e depois se afasta.

– A escolha é sua, garota. Eu te apoio cem por cento.

– Eu não sou uma garota – resmungo quando a comida chega.

– Diz a mulher que insistiu em pedir um prato do cardápio infantil.

Ele tira os palitos das torres triangulares de sanduíche de peru no prato.

– Você só está com inveja porque o seu prato não veio com um polvo de salsicha.

– Certo. Deve ser isso mesmo.

Hollis geme enquanto come o sanduíche e eu zombo dele por isso porque, fala sério, não me aguento. Mas o tempo todo também estou tentando não pensar no que ele disse sobre as intenções de Ryan e por que exatamente não estou muito interessada nessa possibilidade.

10

– EU VOU FAZER – ANUNCIO.

– Você vai fazer sexo com o Ryan? – pergunta Hollis, num tom distraído.

Ele passou a última hora escrevendo na mesa no canto do nosso quarto na Mansão Gadsley enquanto eu me esparramava na cama, refletindo sobre as repercussões de uma aparição pública numa pequena cidade do Sul.

– Não, o desfile.

Também andei pensando no negócio do sexo, para ser sincera. Talvez seja exatamente disso que eu preciso. Como um limpador de paladar. Uma colher de sorbet para limpar o gosto levemente metálico deixado por Josh. O sexo casual parece funcionar muito bem para Hollis. E para Yeva, imagino. Além disso, sei que Dani teve a sua cota de transas sem compromisso satisfatórias. Por que não experimento também?

– Posso fazer a parte do sexo ou não. Ainda não decidi.

Isso chama a atenção de Hollis. Ele solta a caneta e se vira para olhar para mim.

– Quer dizer que você vai participar do desfile?

– Vou. Dei uma pesquisada, e tudo que um homenageado tem que fazer é ficar sentado num carro conversível, acenar e sorrir. Sou ótima em todas essas coisas. Então, por que não?

– Não vai se importar com a atenção?

Dou de ombros.

– A multidão em si não é um problema. Posso aparecer nos jornais, bombar nas redes sociais ou qualquer coisa assim, mas, se a gente conseguir voltar pra estrada amanhã à tarde em vez de daqui a uns dias e chegar mais cedo até a Elsie, vai valer a pena. Além do mais, é uma coisa que estou escolhendo fazer. Sei que vão tirar fotos e que elas vão se espalhar pelo mundo. Não preciso ler os comentários. Então tudo bem.

Hollis assente.

– Tá. Parece bom.

Ele pega a caneta de novo e continua a escrever.

Tento prestar atenção no livro de Bud, mas, depois de reler a mesma frase seis vezes, desisto e me permito ficar observando Hollis enquanto ele trabalha. Quando está bem concentrado, ele morde o lábio inferior. De vez em quando, para e olha para o nada por um minuto antes de balançar a cabeça de um jeito muito sutil e voltar a atenção de novo para o caderno. A concentração dele é, ao mesmo tempo, fascinante e irritante. Tenho uma vontade louca de testar os limites dela – uma coisa nada legal de se fazer, mas que parece um excelente jeito de passar o tempo.

– Você está trabalhando muito aí, né? – indago.

Silêncio.

– A propósito, o livro é ótimo – continuo. – Bud é um escritor razoável. Quer que eu leia alguns trechos? Talvez te inspirem.

Folheio o livro até voltar ao começo e leio em voz alta um parágrafo sobre a fundação da cidade, depois pulo para outro que conta a história da fazenda de brócolis Alston.

Silêncio.

– Vou pegar a sua escova de dentes emprestada. Espero que não se importe.

Mais silêncio.

– Talvez eu limpe o vaso com ela. Percebi uma mancha de ferrugem hoje de manhã e aposto que Connie ia me agradecer.

Nada.

– Mas, antes disso, você se importa se eu pular pelada na cama cantando o Hino da Batalha da República?

Ele pousa o braço nas costas da cadeira e apoia o queixo nele.

– Não me importo, não. Manda ver.

Um vermelho ardente surge nas minhas bochechas, depois se espalha até a ponta dos dedos das mãos.

– Ué – diz ele. – O que está esperando? É lógico que você não estava só *falando* coisas aleatórias pra tentar me distrair do meu trabalho.

A expressão de Hollis é a de alguém a dois lances do xeque-mate.

– Porque isso seria infantil – prossegue. – E, como já me lembrou em várias ocasiões, você não é uma garotinha.

– Pensando bem – digo, em busca de uma saída que não envolva admitir que eu o estava perturbando por pura diversão –, provavelmente não é uma boa ideia cantar um hino da União por aqui.

– Ah, acho que Bud e Connie não vão se incomodar. Bud com certeza não está interessado nessa bobagem negacionista da Causa Perdida dos Confederados, já que o tataravô dele e fundador da cidade era coronel da União. Foi até oficial nas Tropas de Cor dos Estados Unidos na Guerra Civil. Não, eu diria que você pode mandar ver. Talvez eles até gostem. Um tributo à família dele e à história surpreendentemente progressista e ilustre de Gadsley, Carolina do Sul.

Fica óbvio que ele estava ouvindo enquanto eu lia as passagens do livro de Bud. Mais uma vez, o meu tiro saiu pela culatra. E está nítido, pela expressão em seus olhos, ao mesmo tempo satisfeita e predadora, que ele sabe que me coloquei numa situação vergonhosa.

Eu deveria recuar, é claro. Mas e se... e se eu simplesmente for em frente? E se eu aceitar o desafio *dele*? Hollis se acha tão sabichão, pensando que me conhece, que conhece a Sra. Nash, que sabe a verdade sobre o amor e as pessoas e o universo, que pode ser interessante desestabilizá-lo. Mostrar que, na verdade, ele não sabe de nada.

Meus dedos hesitam por um segundo na barra da minha blusa verde-limão, depois se fecham sobre o tecido e o levantam devagar. Hollis abre a boca para dizer alguma coisa, mas fica paralisado com os lábios levemente entreabertos quando vê o movimento.

Ah.

Não é só bravata, então? O flerte hostil de Hollis não é só para me irritar e ele se divertir. Ou, pelo menos, não é só isso. Ele me deseja do mesmo jeito que eu o desejo. Posso ver pelo modo como os olhos dele seguem o meu movimento vagaroso, como os ombros dele sobem e descem enquanto ele respira fundo.

Quinze centímetros de barriga branca aparecem entre o algodão verde-limão da minha blusa levantada e o azul-claro da minha calça jeans. Se eu levantar mais, Hollis vai ter uma visão dos meus seios. O fato de que eles estarão cobertos pelo sutiã e que isso não é tão diferente do que ele veria se pesquisasse "Penelope volta ao passado + biquíni" no Google não diminui a sensação de que parecemos estar parados à beira de um precipício. Os olhos dele se conectam com os meus numa provocação silenciosa: *Pula.*

Eu vou fazer isso. Eu vou. Porque não quero fazer isso com mais ninguém se Hollis for uma opção, e está começando a parecer que ele pode ser. Se eu for pular, é melhor fazer isso do ponto mais alto possível, pois assim vou ter tempo para curtir a queda.

Meu cérebro nem tem tempo de mandar as minhas mãos agirem quando ouvimos uma batida à porta, e eu abaixo a blusa de novo, em pânico. O corpo de Hollis vira de repente para a escrivaninha de novo. O calor que está fluindo como lava sob a minha pele se transforma numa vergonha que chega a arder, como se a porta fosse transparente e nós tivéssemos sido apanhados fazendo algo impróprio. Ouvimos outra batida, um pouco mais alta desta vez. Hollis pigarreia ao se levantar e avança alguns passos em direção à porta.

– Dona Connie – diz ele enquanto abre uma fresta e bota a cabeça para fora. – Boa tarde.

– Ah, Hollis, meu querido, espero não estar interrompendo o seu trabalho – declara ela, apressada. – Eu só queria avisar a você e a Millie que estamos servindo chá com bolinhos no andar de baixo, se estiverem interessados. Eu me esqueci de falar mais cedo, já que achávamos que vocês iam embora hoje, mas já que vão ficar por aqui...

– Agradeço muito. Ainda tenho muita coisa pra fazer aqui, mas acho que a Millicent vai descer daqui a pouco.

– Maravilha – responde ela. – E como estão de toalhas e tal?

– Estamos bem. Obrigado.

– Ótimo. Avisem se tiver alguma coisa que possamos fazer pra vocês ficarem mais confortáveis, certo?

– Certo. Tchau, dona Connie.

– Tchau – responde ela. Depois acrescenta, exasperada: – E me desculpem de novo por incomodar...

– Não tem problema. Boa tarde.

Depois de fechar a porta, Hollis apoia a cabeça nela.

– Chá e bolinhos – anuncia ele, expirando com força.

– Chá e bolinhos – repito. Parece que estamos falando em código, mas não sei qual é a tradução. – Então, eu... acho que vi um restaurante chinês quando chegamos ontem à noite. A gente podia ir lá comprar comida pra viagem. Com certeza Connie tem o número do Ryan, então eu posso mandar uma mensagem e dizer que aceito participar do desfile.

– Não, você devia ir à casa dele. Se divertir.

Ele se afasta da porta e se ajeita de novo na escrivaninha, imediatamente absorto na escrita outra vez.

– Eu não me importo de não ir – digo. – Pra você não ter que comer sozinho.

De repente percebo o duplo sentido das minhas palavras e sinto o rosto corar um pouco, embora eu quisesse dizer exatamente isso.

– Não. Acho melhor você comer com o Ryan hoje à noite – sugere ele.

A rejeição fere o meu orgulho, ainda mais porque ele parecia bem interessado um minuto atrás. Mas... chá e bolinhos. Chá e bolinhos. Talvez eu tenha entendido tudo errado. Talvez ele não estivesse empolgado com a perspectiva de me ver nua, e sim horrorizado. Horrorizado demais para impedir o que estava acontecendo. Talvez Connie não tenha nos interrompido, e sim salvado Hollis da situação terrivelmente desconfortável em que se encontrava.

– Tá. Bem, como marquei cinco horas no Ryan, provavelmente não vou subir pro quarto de novo antes de sair. Então... tchau.

– Espera – diz ele, levantando-se abruptamente.

Fico paralisada no meio do movimento de enfiar o braço na alça da mochila. Meu coração está batendo forte na expectativa de Hollis mudar de ideia e me pedir para ficar.

– O que foi?

– Deixa eu te dar o número do meu celular. Só pro caso de alguma coisa dar errado. Quero dizer, você está indo pra casa de um desconhecido numa cidade desconhecida e não tem o menor instinto de sobrevivência.

Solto um suspiro, e meu coração se acalma.

– Tá bem.

Acrescento Hollis Hollenbeck como novo contato e digito os números enquanto ele os dita.

– Me manda uma mensagem pra eu ter o seu também?

– Mando – digo. – Quando você menos esperar.

Ele fecha a cara.

– Por favor, não esquece.

– Tá bom, *papai*.

Alguns hóspedes da pousada estão saboreando o chá com bolinhos quando eu desço. Escuto Connie e uma mulher do Alabama conversando sobre culinária por meia hora, assentindo de tempos em tempos como se eu entendesse o suficiente do assunto para concordar com uma opinião ou outra. *Sim, sim, eu também acho que os meus muffins ficam melhores quando os coloco no forno numa temperatura mais alta e baixo depois de alguns minutos.*

Minha mente flutua o tempo todo até a Sra. Nash (que amava qualquer guloseima de confeitaria) e depois até Elsie e os quilômetros que ainda nos separam. Parte de mim quer ligar para o asilo e saber como ela está, mas outra parte de mim está tão apavorada com a possibilidade de ouvir uma notícia ruim que prefere se alienar neste momento. É muito mais fácil pensar em Elsie pela mesma lógica do gato de Schrödinger (se eu não souber de nada, ela continua viva) enquanto tenho muitas outras coisas ocupando minha cabeça. Como por que o desinteresse de Hollis por mim é tão frustrante, já que eu nunca esperei que ele se interessasse por mim. E se dormir com um cara gostoso que curte Fleetwood Mac pode compensar essa frustração ou, de alguma maneira, piorar tudo.

DO LADO DE FORA, NO ALPENDRE da Mansão Gadsley, estudo o mapa rudimentar da cidade que Bud desenhou num pedaço de papel para mim. Connie pareceu meio desconfiada por eu estar a caminho da residência particular de um professor enquanto o meu "marido" fica na pousada até eu explicar quem eu sou e contar que vou ser a homenageada do desfile. Depois de alguns minutos de afobação por não saber que estava hospedando uma celebridade, seu receio foi embora.

A casa de Ryan fica a dez minutos a pé da pousada, mas saí um pouco mais cedo para poder ir com calma. Parar e cheirar as rosas – talvez literalmente, se eu encontrar alguma. Talvez por causa do nome e da preferência da Sra. Nash por perfumes excessivamente florais, essa é uma atividade que sempre faz com que eu me sinta envolvida em seu abraço. E eu realmente preciso de um desses hoje.

Estou prestes a descer pelo caminho sinuoso de pedras até a calçada quando lembro que não mandei mensagem para Hollis.

MILLIE: Obrigada por assinar Mundo Brócolis!

MILLIE: Os brócolis fazem parte da espécie *Brassica oleracea*.

HOLLIS: CANCELAR ASSINATURA.

MILLIE: Agradecemos seu interesse em receber
MAIS informações sobre os brócolis!

MILLIE: Você sabia que os brócolis
contêm quase 90% de água?

MILLIE: Pesquisas de 2018 mostram que os
brócolis são a verdura preferida dos americanos.

HOLLIS: Millicent. Eu tô tentando trabalhar.

MILLIE:

HOLLIS: Te dar o meu número foi um erro terrível.

Estou sorrindo para o celular quando percebo que já cheguei à casa de

Ryan. Droga. Hollis me fez esquecer de procurar rosas no caminho. Além disso, acabei chegando cedo. Acho que não importa, porque Ryan me vê pela janela saliente e abre a porta antes que eu consiga decidir se vou tocar a campainha ou sair correndo.

– Oi, Millie – diz ele. – Vejo que não foi difícil achar o endereço.

– Ryan – começo a falar, e minha decisão se estabelece assim que eu o vejo. – Você é muito gostoso, mas acho que não quero fazer sexo com você.

Ele arregala os olhos e fica em silêncio por um instante.

– Desculpa. O que foi que você disse?

– Sei o que está pensando. Eu mal te conheço, então como é que já sei que não quero fazer sexo com você? Mas, pra mim, é assim que funciona. Acho que preciso conhecer uma pessoa antes, pelo menos um pouco. Sabe, só transei com homens com quem eu estava namorando. Eu até gostaria de experimentar sexo casual, mas não é inteligente fazer isso com alguém que eu *acabei* de conhecer, considerando os meus problemas. Ah, é... melhor explicar. Eu tenho problemas de confiança. Mas é o tipo oposto ao da maioria das pessoas: eu confio em quase todo mundo. Então, provavelmente não é uma boa ideia eu consumar esse ato com você. Sinto muito se te decepcionei.

Eu não queria falar tudo isso, principalmente a parte em que disse "consumar esse ato", mas, agora que falei, paciência... É melhor ele saber logo de cara.

– Tá bom. É... Obrigado por me avisar... dos seus sentimentos em relação a isso.

A risada abafada de uma mulher flui de algum lugar dentro da casa e chega até o alpendre.

– Assim... Todo mundo já chegou, menos o prefeito, então, hum, por que você não entra?

A menos que essa reunião fosse uma orgia com Ryan, o prefeito e quem quer que esteja esperando lá dentro, acho que cometi um erro muito grande e muito constrangedor. Minha risada parece robótica, e meu rosto está tão quente de vergonha que seria necessário usar luvas de proteção para tocar nele. No entanto, essa não foi a primeira vez que a minha falta de filtro conspirou contra mim. Eu sei que vou me recuperar. O desejo avassalador de ser confundida com um coelho e engolida por uma ave de rapina enorme desaparece assim que entro na casa de Ryan (o que é bom, porque a probabilidade de encontrar um falcão desse tamanho dentro de uma casa é bem baixa).

As duas horas seguintes são preenchidas com pizza e os arranjos de última hora do desfile do Festival dos Brócolis. Ryan, o prefeito, a filha do prefeito (que me mostra fotos dela vestida de Penelope no Halloween de 2002), uma florista e a delegada Jones estão em êxtase por terem a mim como homenageada. O gato de Ryan, Shako, tem suas dúvidas quanto a isso e à minha presença em geral, apesar de eu estar visivelmente desesperada pela aprovação dele.

– Graças ao bom Deus aquele cervo prendeu vocês aqui – diz o prefeito para mim.

A risada dele me lembra da nossa onda de azar e me dá vontade de vomitar pepperoni e cogumelos nos sapatos oxford desgastados dele. Depois de ouvir a programação de amanhã, só consigo pensar em quantas horas vamos perder com isso em vez de voltarmos logo para a estrada rumo à Flórida. Se saíssemos agora e dirigíssemos a noite toda, chegaríamos a Miami ao nascer do sol. Seriam apenas mais algumas horas dirigindo para Key West depois de me separar de Hollis.

No entanto, amanhã, em vez de estar segurando a mão de Elsie enquanto ela me conta o que fez nos últimos setenta anos, vou estar sentada num carro conversível de uma concessionária de carros local, acenando e sorrindo para os cidadãos de Gadsley e os fãs de brócolis que vieram para cá para os eventos do fim de semana. A única coisa que me impede de chorar de frustração é que isso é absolutamente ridículo e, portanto, vai virar uma história excelente para eu contar a Elsie quando nos encontrarmos. Vou contar a ela sobre o voo cancelado, Hollis, o derramamento de azeite, o cervo, ser homenageada no desfile do Festival dos Brócolis de uma cidade pequena. E vou me esforçar para que ela entenda que isso não foi nada em comparação com o que a Sra. Nash teria suportado, feliz, para vê-la outra vez.

– ME DESCULPE PELO QUE FALEI – digo enquanto Ryan me acompanha até a porta, por volta das sete horas. – Sobre não querer fazer sexo com você. Obviamente, tive a impressão errada do seu convite para que eu viesse.

Ele comprime os lábios e fecha um olho, conseguindo ser tão atraente quanto um modelo mesmo parecendo ter bebido uma limonada sem açúcar.

– Não, a culpa é minha. Eu devia ter deixado claro que seria o comitê de planejamento todo, não só você e eu. Acho que pensei que você e o Hollis estivessem... envolvidos de algum jeito. Então nem passou pela minha cabeça explicitar que não era minha intenção fazer disso um encontro.

– Ah, não, a gente não... Quero dizer, o Hollis é só um... – Um cara com quem estou presa numa viagem de carro e que é meio grosso mas também muito doce e com quem compartilhei um *momento* ontem à noite (e também uma cama queen, mas nada sexual aconteceu, embora eu quisesse muito que alguma coisa sexual acontecesse porque ele é extremamente gostoso)? Não, isso não vai funcionar. – ... um amigo. Só um amigo.

– Ah – diz Ryan. – Bem, sinceramente, se eu soubesse disso... talvez tivesse tentado transformar isso num encontro.

– Sério?

– Lógico. Você é linda, engraçada e fã do Fleetwood Mac. Como eu poderia não me interessar por você? Que pena que está só de passagem e já decidiu que não quer fazer sexo comigo.

Ryan bate no meu braço com o dele. O sorriso despreocupado se alarga pelo rosto bonito, e eu fico irritada comigo mesma por não me sentir atraída por ele, já que tudo nesse homem é tão atraente.

– Obrigado de novo por ter salvado a minha pele com esse negócio de homenagem – declara ele.

– Imagina. Vai ser bem divertido. Obrigada desde já pelo carro – digo. – Prometo que vou devolvê-lo inteiro. Supondo que a gente não encontre outro cervo suicida.

Ryan dá risada.

– Te vejo no desfile, Millie.

Fico na ponta dos pés e dou um beijo na bochecha dele.

– Boa noite.

QUANDO VOLTO PARA A POUSADA e destranco a porta do quarto Semente de Mostarda, encontro Hollis deitado de costas na cama com o tablet apoiado na barriga. Ele se sobressalta e fecha a capa do tablet com força.

– Voltou cedo – diz ele, fingindo estar calmo.

Mas até de longe eu consigo ver a pulsação no seu pescoço.

– Orgias não duram tanto quanto a gente pensa.

Tiro o tênis e pego a camiseta da empresa de mudanças que deixei embolada em cima da minha mala. De dentro do banheiro, enquanto troco de roupa, acrescento:

– Tinha o dobro de mulheres em relação aos homens. Nós demos um jeito, é óbvio, mas acho que a sua presença teria sido bem-vinda. O prefeito tem um ombro ruim, então o Ryan teve que aguentar a maior parte do peso nas posições mais acrobáticas.

O espelho acima da pia mostra que fiquei muito vermelha ao falar isso em voz alta. Ainda bem que Hollis não consegue me ver.

– Não é a minha praia – retruca ele. – Mas fico feliz por você ter se divertido.

Depois que a minha cor desbota e fica quase normal, saio do banheiro no meu pijama emprestado.

– Foi uma reunião de última hora sobre a logística do desfile e do festival. E, graças a você, eu já cheguei dizendo: "Oi, Ryan, não estou interessada em fazer sexo com você." Eu quis morrer.

As sobrancelhas de Hollis se erguem.

– Não põe a culpa em mim. Eu não te falei pra fazer isso.

Enfio as roupas sujas na mala e me sento aos pés da cama.

– Ah, eu ponho a culpa todinha em você. Porque ele disse que não me convidou para um compromisso sexual porque achou que você e eu estávamos juntos. Você é um empata-foda, cara.

– Me parece que você mesma empatou a foda. Foi você que rejeitou o cara antes mesmo de cruzar a porta.

– Porque você me deixou paranoica, me dizendo que o Ryan queria cruzar a *minha* porta.

– Só que me parece que, se ele soubesse que você era solteira, ele teria desejado... cruzar a sua porta. Meu Deus, que idiotice falar desse jeito. Além do mais, eu não estava errado, né?

Não quero admitir que, depois que Ryan percebeu que havia a possibilidade de rolar sexo, ele me disse que estaria interessado. Hollis não tem permissão para estar certo.

– Essa não é a questão – digo. – Aliás, o que você estava fazendo quando eu cheguei?

Hollis desvia o olhar e esfrega a orelha. Esse é o gesto que ele faz quando está envergonhado, então não acredito nem um pouco quando ele murmura:

– Nada.

Penso na possibilidade de ele estar vendo *Penelope volta ao passado*. A ideia me embrulha o estômago, e eu quase me arrependo de ter perguntado. Mas agora preciso saber.

– Você estava vendo *alguma coisa*. Alguma coisa que não queria que eu soubesse.

– Um filme. Eu estava vendo um filme, tá?

O alívio aplaca a rebelião da pizza no meu sistema digestivo.

– Ah. Qual filme? É pornô?

Subo na cama e pego o tablet de cima dele antes que Hollis consiga reagir. Ele tenta recuperá-lo sem se esforçar muito, mas eu o afasto do alcance dele. Se for pornô, as coisas vão ficar ou muito mais interessantes ou muito mais constrangedoras entre nós. Aperto o botãozinho na lateral para ligar, e, assim como o celular dele no carro na noite passada, a tela se acende sem me pedir nenhum tipo de senha.

– Você precisa proteger melhor as suas coisas – alerto, enquanto a página do filme recarrega.

Voltar a assistir, diz a tela sobre uma imagem estática de Pee-Wee Herman segurando um monte de cobras com um incêndio enorme atrás dele.

– Ai, meu Deus. Você estava vendo *As grandes aventuras de Pee-Wee*!

– Eu precisava de uma pausa na escrita, e você disse que era bom. Então...

– Não é bom, Hollis. É *ótimo*. É basicamente a minha filosofia de vida todinha. A minha prima Dani e eu assistíamos quase todo dia quando a gente era criança. Chega pra lá. – Eu me enfio debaixo das cobertas ao lado dele. – Me fala: até onde já viu?

Ele suspira, mas se ajeita para deixar que eu me aproxime até estar quase no colo dele.

– Não muito. Ele acabou de tomar café da manhã.

– Tô muito feliz por ter voltado cedo da orgia – declaro.

– É. Eu também – diz Hollis.

E soa estranhamente genuíno. Mas, antes que eu consiga perguntar se ele está falando sério ou se o regulador de sarcasmo dele está quebrado, ele dá o play.

Key West, Flórida
Réveillon de 1945

FOI IDEIA DE ELSIE PASSAR A NOITE de ano-novo na praia de Boca Chica.

– É tranquilo e lindo – disse ela. – E o melhor de tudo é que não vai ter nenhum oficial de baixo escalão bêbado dando em cima da gente a noite toda.

– Acha que devíamos chamar outras garotas? – perguntou Rose.

Ela vinha tentando passar mais tempo com Elsie em grupo em vez de só as duas, acreditando que a presença de outras mulheres a impediria de agir de acordo com os pensamentos invasivos que estavam se tornando cada vez mais explícitos conforme a conexão emocional entre ela e Elsie aumentava.

Rose observou os lábios familiares se esticarem muito lentamente num sorriso malicioso e, de repente, as últimas semanas que passou sem se permitir ter esperança – diminuindo a importância dos elogios e das piadas sugestivas de Elsie, considerando-os parte de uma amizade feminina como todas as outras, dizendo a si mesma que seu desejo era unilateral, como tinha sido com a melhor amiga dela em Oshkosh –, tudo isso desapareceu quando a realidade se transformou nos sonhos que Rose nunca acreditou que se tornariam algo mais.

– Eu queria romper o ano com você – afirmou Elsie. – Só com você.

Ali estava Elsie, com a boca sedutora e os olhos castanho-escuros que passeavam descaradamente pelo corpo de Rose. Parecia impossível que Elsie nunca tivesse olhado para ela daquele jeito; o calor no olhar dela era muito familiar. Será que era porque espelhava o de Rose com tanta exatidão? Era como acordar e não se encontrar no catre na base, mas flutuando em meio à incandescência reluzente de mil estrelas.

À meia-noite, deitadas lado a lado num cobertor de lã verde-oliva da Marinha, Rose descobriu que a boca de Elsie era sal e sol. Ela a beijou em marolas suaves e grandes ondas barulhentas. Será que todas as sereias tinham o sabor delicioso do mar ou era só ela?

– Eu queria fazer isso desde o instante em que te vi aqui, sentada com tanto recato na areia – sussurrou Elsie. – E queria fazer muito mais que isso. Ultimamente, não tenho pensado em outra coisa.

A alegria e o desejo permitiram que Rose sorrisse, mas seu nervosismo lembrou a ela que seu conhecimento de "mais que isso" era relativamente limitado. Tinha perdido a virgindade com Dickie antes de ele partir para se juntar à Força Aérea – uma transa apressada no celeiro dos avós dele, "como um clichê de garota do interior", brincou ela depois –, mas aquilo deveria ser diferente disso.

– Eu nunca fiz com uma... Eu não... Você vai ter que me mostrar o que fazer – disse Rose.

Elsie a beijou de novo, e Rose se perdeu na maneira como o calor molhado das bocas combinava com a sensação entre as pernas dela.

Mais tarde, elas iriam rir juntas do jeito como Rose fez amor como se estivesse treinando uma das suas aves – com movimentos lentos, toques delicados e firmes, garantindo que houvesse documentado cada detalhe antes de finalmente permitir se libertar. Mas, naquele momento, Rose se sentiu mais como a pomba: em paz no abraço de Elsie, ainda que ansiando pelo voo. Cada toque a fazia flutuar mais alto, a incitava a ganhar o céu, a planar. E, quando os braços e as pernas se tornaram mais pesados e o coração ficou satisfeito, ela voltou para o lugar – a pessoa – que ela conhecia instintivamente como seu lar.

Enquanto o sol saía de seu torpor, com faíscas disparando sobre o mar ondulante, Rose e Elsie caminharam à beira-mar de mãos dadas. Rose nunca se importou muito com o peso que as pessoas davam à noite de réveillon. A passagem do tempo não funcionava com tanta precisão, de um jeito tão ordeiro; uma comemoração não podia fazer nada para evitar que os problemas e as tristezas do ano anterior passassem para o seguinte. Mas, naquele primeiro dia do novo ano, até o ar parecia diferente. O ano de 1945 se mostrava mais vivo e cheio de possibilidades que todos os anos anteriores da vida dela. O amor fluía pelo sangue de Rose como uma droga que fazia até mesmo as fantasias mais absurdas parecerem estar ao seu alcance. Talvez aquele ano trouxesse o fim da guerra. Talvez aquele ano trouxesse o início da sua nova vida – uma vida com Elsie sempre ao seu lado.

11

EU SOU MUITO SUGESTIONÁVEL quando se trata de sonhos, então faz sentido eu estar sonhando que interpreto Penelope de novo, mas como adulta. E, em vez de meu companheiro nas minhas viagens no tempo ser um lagarto de computação gráfica chamado Newton, é um pedaço de brócolis falante. Estamos passeando pelo Álamo. Considerando que estou deitada ao lado de Hollis e usando a camiseta dele, eu meio que esperava sonhar com ele. Mas não se pode ganhar todas.

Só que agora não estou sonhando com nada, porque acordo de repente com um estrondo alto. Enquanto a minha sonolência vai diminuindo, percebo a chuva batendo na janela como se alguém estivesse implorando para entrar. O estrondo deve ter sido um trovão. Que horas são? Parece escuro demais aqui dentro para ser de manhã, mesmo com essa tempestade caindo lá fora. Tem um despertador na mesa de cabeceira, mas o mostrador está escuro. A energia deve ter acabado.

Eu rolo para o lado com o clarão de um raio que ilumina o quarto a tempo de ver Hollis fechar os olhos e apertar o edredom com força.

– Hollis?

– Hum?

– Tudo bem?

Consigo ver os olhos dele se abrindo com cautela, inseguros.

– Tá tudo bem – diz ele. – Eu estou bem. Volta a dormir.

Outro ruído ensurdecedor de trovão. É tão poderoso que a casa toda treme. Os olhos de Hollis se fecham de repente, e ele se encolhe. Pouso a mão no braço dele por baixo da coberta, e seus músculos estão tensos como granito.

– Ei, fala comigo – sussurro.

– Ahh – diz ele, como se não tivesse certeza de que quer falar, mas vai soltar mesmo assim. – Eu não gosto de tempestades à noite. Mas tudo bem. Eu estou bem. Vamos dormir.

– É o barulho ou...?

Hollis balança a cabeça.

– Quando eu tinha 10 anos, a nossa casa foi atingida por um raio durante uma tempestade como essa tarde da noite. A casa pegou fogo.

– Meu Deus. Que coisa horrível.

– Todo mundo conseguiu sair, mas a gente perdeu quase tudo. Então eu tenho uma... ansiedade residual. Em relação a... a isso. Não é nada sério.

Parece uma coisa bem séria para mim. A vulnerabilidade na voz dele e a maneira como está agarrando o edredom, como se estivesse pensando em entrar embaixo dele e se esconder, faz com que pareça muito jovem. Como um menininho que por acaso tem uma barba por fazer.

– Tem alguma coisa que te ajuda? – pergunto.

Acho que, como ele não acredita no amor duradouro ou na bondade inerente das pessoas, também supus que não acreditasse no medo, por isso parece errado vê-lo assustado desse jeito. Tão diferente da maneira como ele se apresenta. Se eu sou o sol, ele é um estrondo baixo e constante de trovão. O que é bem irônico, já que essa provavelmente é a última coisa que ele gostaria de ser.

Mesmo com os olhos fechados, os músculos dele se enrijecem com o clarão dos raios.

– Não que eu saiba. Normalmente, eu só espero passar, se não conseguir dormir.

– Tá. Bem, eu estou aqui. Então vou esperar com você.

Deslizo a mão pelo braço dele até localizar o punho. Ele não reage quando eu tiro o edredom da sua mão e entrelaço os nossos dedos. Na verdade, ele aperta com força quando a rodada seguinte de trovoadas irrompe no quarto. Eu me aproximo cada vez mais, até o meu corpo estar totalmente encostado na lateral do corpo dele, e passo a mão esquerda, que está livre, em seus cabelos. Não faço ideia do que me estimula a fazer isso, a não ser que o meu cachorro da infância, Rei Velocirraptor – eu vi *Jurassic Park* pela primeira vez um dia antes de o adotarmos –, também odiava tempestades, e acariciá-lo costumava impedi-lo de choramingar e tentar se entocar nas almofadas do sofá.

– Tá tudo bem – falo baixinho. – Você está seguro. Eu estou aqui.

Pensando bem, era isso que eu dizia ao meu cachorro.

Quando o raio seguinte lampeja, começo a contar em voz alta:

– Um hipopótamo. Dois hipopótamos. Três hipopótamos. Quatro...

– O que você está fazendo? – pergunta ele, me encarando.

Ajeito as nossas mãos para eu poder me apoiar sobre o cotovelo direito e me inclinar para ver melhor o seu rosto. Quero poder observar as expressões dele, monitorar a onda de tensão que vai e vem do maxilar. E, neste quarto superescuro, tenho que ficar bem pertinho para enxergar alguma coisa.

– Calculando a distância da tempestade. Assim, a gente consegue saber quando estiver quase acabando.

– E aí? A que distância ela está?

– Não sei. Você me interrompeu.

Sorrio para ele e, para minha surpresa, ele retribui com um sorrisinho também. Não é aquele lindo e cheio de dentes de quando alguma coisa é divertida de verdade e não é aquele mal-humorado que só chega aos cantos da boca, mas uma coisa fascinante entre os dois. Uma coisa espontânea e natural.

Os dedos de Hollis roçam minha bochecha. Eles encontram um fio de cabelo que escapou do meu coque bagunçado de dormir e o ajeitam atrás da minha orelha, com o cuidado de evitar o machucado na minha testa – ele deve se lembrar do local, porque duvido que consiga ver a mancha roxa e azul no escuro. Em seguida, os dedos descem até a minha nuca, leves como uma pluma, deixando arrepios pelo caminho enquanto passeiam pela minha pele. Se a noite de quinta-feira na viatura de polícia chegou ao nível onze, isso aqui deve envolver umas 35 intimidades. Mas o maxilar dele agora está relaxado, o rosto não está paralisado de dor psicológica, então 35 intimidades não parecem muita coisa. Podem até não ser suficientes, porque os dedos de Hollis pararam de vagar e agora estão enfiados no meu cabelo, aquecendo o meu couro cabeludo. E estão me puxando com muita, muita delicadeza até as nossas bocas se encontrarem.

Meus olhos tremulam e se fecham quando o raio seguinte ilumina o quarto. O trovão, quando chega, numa quantidade indeterminada de hipopótamos depois, é ainda mais alto que o anterior. Ele sacoleja as vidraças. Mas a única reação de Hollis é me apertar mais, é me beijar mais profundamente, é... puta merda... sugar a minha língua.

O momento começou meigo, mas logo está se encaminhando para a safadeza. E eu estou muito a fim disso. Acho que me envolver fisicamente com Hollis deve ser uma péssima ideia. Um erro absoluto, considerando, hum... tudo. Não é como se o meu histórico com sexo casual fosse *ruim*. Basicamente, ele não existe. Mas, se eu consigo comer uma fatia de bolo maravilhosa sem querer envelhecer ao lado dela, eu consigo fazer isso. Não pode ser muito diferente, não é mesmo?

Solto a mão direita da mão esquerda dele, depois me ergo para montar no seu colo. Meus dedos estão no cabelo dele, e os dele estão no meu. Só que agora não estão mais. Eu ficaria com receio de ele estar prestes a pôr um fim nisso se não estivesse percorrendo meu pescoço com beijos, porque isso não me parece algo que alguém que está caindo em si faria. Então ele volta a me tocar, subindo os dedos pela minha coxa num ritmo lento que está me enlouquecendo. Eles estão se enfiando por baixo da bainha da minha camiseta emprestada, em pouco tempo estão na barra de renda da minha calcinha e depois um raio lampeja e eles paralisam. Parece que a jornada deles acaba aqui. Foi bom enquanto durou.

– Porra – sussurra Hollis no meu pescoço. – Caramba, Mill. Eu quero...

– O que... o que você quer?

– Eu quero te tocar. Por favor. Posso te tocar?

– Pode. Ai, meu Deus, pode.

– Onde? Onde eu posso tocar?

– Em qualquer lugar. Em todos os lugares. Só me toca. Por favor. Senão eu vou... eu vou derreter. E depois eu vou ter que evaporar e me transformar numa nuvem, e, Hollis, por favor, me toca pra eu não ter que virar uma nuvem.

Ele sorri, e é um sorriso diferente e novo, um sorriso dolorosamente fofo que me torna muito consciente de todas as partes do corpo em que eu quero senti-lo.

– Você é tão estranha e linda e... e *boa*... e eu não sei por que você faz tanto sentido quando não deveria fazer sentido nenhum, mas, Mill, eu preciso ter você.

Meu cérebro provavelmente está sendo enganado pelo seu estado deturpado de luxúria, mas acho que essa foi a coisa mais bonita que já me falaram. Minha boca colide de novo com a dele, onde nos esquecemos do estrondo do trovão seguinte, a mão esquerda dele no meu quadril e a direita segurando meu seio sob a camiseta, o polegar acariciando o mamilo até eu ofegar. Ele repete a ação no outro lado e fico satisfeita com a simetria, apesar de estar cada vez mais ávida para sentir os dedos dele em outro lugar.

– Por favor – imploro. – Eu preciso...

– Humm, eu sei. Você precisa de mim aqui, né?

A ponta de um dedo desce pela frente da minha calcinha, me fazendo estremecer. Ele ergue o olhar para mim, esperando.

– Não é uma pergunta retórica, Mill. Fala pra mim.

– Isso. Aí mesmo.

A mão de Hollis mergulha por baixo da cintura de renda. Os dedos dele encontram com facilidade o lugar onde eu preciso dele, como se já tivessem estado ali e conhecessem bem a região, como se estivessem voltando para o seu destino preferido de férias. O prazer zune pelos meus nervos, e os lábios de Hollis roçam nos meus, uma promessa de beijo enquanto ele desliza a mão mais fundo pela minha calcinha e enterra dois dedos dentro de mim. Minha respiração fica presa, e isso o faz dar um sorriso presunçoso.

– Conduz a minha mão – ordena ele. – Me mostra o jeito que você gosta.

É tão bom e parece tão certo ter uma parte dele preenchendo uma parte de mim que eu quase reluto em me mexer. Mas, quando ele me beija de novo, isso muda o ângulo da sua mão, fazendo uma fração de centímetro dos dedos escapulir e o polegar roçar no meu clitóris. Meu corpo agora está totalmente ciente das possibilidades. Eu me mexo devagar para cima e para baixo nos dedos dele, consciente, mesmo no escuro, de que seus olhos estão focados em mim. Ele se tornou imune à tempestade que ainda desaba lá fora. E, meu Deus, eu nunca me senti tão gloriosamente poderosa na minha vida.

– Ah, quer dizer que você gosta devagar? – diz Hollis.

De repente, ele enfia os dedos fundo de novo, sem esperar por mim. Então, mantendo o meu ritmo anterior, eu me concentro na sensação, que parece diferente de algum jeito, melhor até, com ele no controle. Talvez seja pela maneira como ele está curvando a ponta dos dedos para arrastá-los por cada nervo sensível na saída.

– É isso que você quer?

– É. É isso.

– Isso é tudo que você quer? Porque eu me contento em te foder com os dedos pelo resto da vida, Mill, mas...

– Seu pau – digo, ofegante. – Eu quero o seu pau dentro de mim.

– Meu Deus, sim – geme ele. – Queria te ouvir pedindo.

Fico desesperadamente consciente de como me sinto vazia quando ele tira a mão de dentro da minha calcinha e sai de baixo de mim. A silhueta escura dele corre até a poltrona, até a bolsa de viagem.

– Tá escuro demais aqui dentro – diz ele, vasculhando a bolsa. – Mas eu tenho uma caixa inteira em algum lu... Arrá! Acho bom você estar pelada quando eu voltar pra essa cama, Millicent.

– Já me adiantei.

Minha voz sai sussurrada, e fico satisfeita de ouvir como ela soa sexy, apesar de eu ter quase certeza de que estou apenas hiperventilando um pouco.

Ouço Hollis pegando a embalagem, xingando baixinho porque ela resiste no início, e o som revelador do plástico rasgando. É impossível vê-lo se livrar das roupas e colocar a camisinha, mas o simples fato de pensar nisso é suficiente para me deixar louca de desejo. O colchão afunda, e o calor de Hollis volta para perto de mim.

– Você tem certeza disso? – pergunta ele.

Faço que sim com a cabeça.

– Millicent, tá muito escuro. Eu preciso ouvir palavras.

– Tenho certeza. Eu quero você. Eu te quero há... – Não tenho a menor ideia se hoje é sexta ou sábado, então decido ser menos específica, mas ainda precisa: – ... há dias.

– Que bom, somos dois. Vem cá.

O braço dele envolve a minha cintura e ele apalpa a minha bunda nua. Minha boca encontra a dele de novo, depois de um breve desvio ao longo do ombro e do pescoço dele, e Hollis fica em cima de mim. Ele entrelaça os nossos dedos e aperta as nossas mãos unidas no travesseiro. Quando um raio ilumina o quarto por um instante, observo se ele está tenso, se os olhos se fecharam como antes. Mas eles continuam abertos, grudados no meu rosto.

– Você é linda – diz ele. – Muito linda.

E me beija profundamente enquanto desliza para dentro de mim centímetro por centímetro. Quando está todo dentro, ele morde o lábio inferior e geme, fazendo alguns movimentos exploratórios.

– Meu Deus. Você é gostosa. Gostosa demais.

Josh costumava dizer coisas assim antes de estocar o pau dentro de mim sem nenhuma consideração pelo que eu queria ou precisava. "Você é tão quente e apertada. Não consigo controlar, Millie." Ou: "Faço rápido assim porque você é gostosa demais, Millie." Por mais que eu tente expulsar meu ex-namorado da minha cabeça, me encolho um pouco com as palavras de Hollis. Meu corpo fica tenso por hábito, preparando-se para aceitar o que vier.

Hollis congela em cima de mim.

– Ei – diz ele. – Tá tudo bem?

Fico atônita por um instante, registrando a pergunta. Hollis está prestando tanta atenção assim ao meu corpo que consegue *sentir* os meus pensamentos?

– Sim, eu só... É que não faço isso há um tempo.

– Não se preocupa. Eu sou profissional.

Eu quero rir, brincar com ele dizendo que "profissional" provavelmente não é a palavra certa, a menos que ele tenha um segundo emprego sobre o qual ainda não me contou. Mas, antes que eu consiga fazer qualquer som, ele abaixa a cabeça e suga o meu mamilo ao mesmo tempo que recua quase totalmente de dentro de mim. Em vez de falar, eu ofego.

O sorriso de Hollis é diabólico quando ele olha de novo para mim antes de ir para o outro mamilo. O pau ainda está dentro de mim apenas o suficiente para eu saber que quero ele todinho, e eu agarro a bunda dele para puxá-lo de volta para mais perto.

O hálito quente de Hollis roça no meu pescoço e faz cócegas na minha orelha. Quando ele olha nos meus olhos, me vendo através da escuridão – me vendo *de verdade* –, eu me pergunto se sexo casual é sempre tão... romântico. Talvez todo sexo bom seja romântico em algum nível e eu só não tinha experimentado o suficiente para saber. Vou ter que perguntar a Dani depois; ela tem mais experiência com essas coisas. Agora, preciso me concentrar na maneira como Hollis está atingindo o ponto exato a cada estocada lenta, me acendendo como um jogador experiente de pinball em busca da pontuação máxima na sua máquina preferida. Esse negócio precisa envolver sensações, e não sentimentos. Pelo menos disso eu sei.

Ainda estou agarrando a bunda dele e enterrando um pouco as unhas na sua pele, e ele parece gostar, porque geme quando faço isso com mais força. Exploro as costas dele, testando diferentes pressões e locais até encontrar um ponto que o faz vacilar por um instante.

– Puta merda – diz ele.

– Bom ou ruim?

– Bom. Muito bom.

– Você pode ir mais rápido – digo, um pouco irritada comigo mesma por gostar tanto dos elogios dele. – Se precisar. Eu aguento.

Ele me encara por um instante.

– Eu adoraria te comer com força, Mill, pode ter certeza. Se *você* quiser que eu vá mais rápido, eu vou. Mas... acho que você gosta assim, no mesmo ritmo em que sentou nos meus dedos. É assim que você gosta, né? É isso que vai te fazer gozar?

Ele penetra de novo em mim e recua outra vez, devagar o suficiente para eu saborear a fricção.

Tudo que eu consigo fazer é soltar um gemido no fundo da garganta.

– Eu adoro como você geme um pouquinho toda vez que eu entro em você, como se estivesse enlouquecendo de vontade. Na verdade... – Hollis para de mover os quadris, se recusando a enfiar mais fundo. – Acho que vou te provocar um pouquinho.

– Não – protesto. – Eu quero... Eu quero que você... Ai, por favor.

– Enrola as suas pernas em mim – sussurra ele.

E eu obedeço. É lógico que eu obedeço. Porque Hollis está se mostrando exatamente o oposto de Josh na cama. Eu sei que sou muito crédula em geral, então isso não quer dizer muita coisa, mas eu confio completamente nele e quero ir a qualquer lugar que ele decida me levar, porque tenho certeza que vou gostar do que ele escolher.

Minhas pernas o puxam para mais fundo e o apertam o suficiente para ele não conseguir mais sair de dentro de mim. Ele estabelece um novo ritmo, mais rápido porém não com força, com os dedos trabalhando entre nós e o pau atingindo aquele ponto perfeito várias e várias vezes enquanto os lábios pressionam os meus até eu gozar com muita intensidade, tremendo e ofegando na boca dele. Eu aperto as pernas ao seu redor e enfio as unhas nos seus ombros. Hollis goza fundo dentro do meu corpo, murmurando uma longa sequência de obscenidades que certamente fazem todas as 25 imagens de Jesus nos olharem feio (se é que já não estavam antes).

Assim que recupera as forças, Hollis estende a mão para baixo entre nós a fim de confirmar que a camisinha continua no lugar enquanto ele sai de dentro de mim e desaba ao meu lado na cama. Meus batimentos martelam dentro do meu crânio, e são a única coisa que escuto além da nossa respiração pesada.

– Acho que a tempestade acabou – digo.

– Ah, é. Eu... – Ele solta uma risadinha. – Eu me esqueci dela. Obrigado por... Meu Deus, obrigado por isso.

A mão dele encontra o meu quadril e me dá um tapinha leve e carinhoso, depois se estabiliza numa carícia constante sobre a minha pele.

– Bem, agora você sabe que tem uma coisa que ajuda – digo. – Pra próxima vez.

– Humm – diz ele.

– Acho que vou ter que dormir com você todas as noites pelo resto da sua vida, só pro caso de o tempo virar.

Assim que as palavras saem da minha boca, toda a tensão que Hollis me ajudou a dispersar volta para os meus músculos. A mão dele se detém no meu quadril.

– Foi uma piada – completo, apressada. – Mas não foi engraçada. Não se preocupa. Eu entendo... Quero dizer, eu sei que você... que eu... que nós não...

A boca dele cola na minha no instante seguinte, macia e quente. Ele me beija até o meu corpo ficar lânguido de novo, obrigando a minha mente a segui-lo.

– Eu curti – diz ele. – Você curtiu?

– Sim.

Na verdade, *curtir* parece um eufemismo absurdo para o que senti, mas é impossível formular uma descrição mais precisa neste momento.

– Que bom. – Ele emite um som baixo e gutural ao tirar a camisinha. – Quer usar o banheiro primeiro ou depois?

– Primeiro.

Meus dedinhos encontram o tapete e os pés descem o centímetro que faltava com um baque. Depois que localizo a camiseta e a calcinha jogadas no chão praticamente pelo tato, já que a energia ainda não voltou, vou até a porta do banheiro, tropeçando no tapete no caminho.

Dentro do banheiro sem janelas, eu encaro o espelho, apesar de estar escuro demais para ver o meu reflexo. Eu me pergunto como é a aparência dessa minha versão, a Millie que faz sexo espontâneo com o companheiro de viagem mal-humorado. Com base no que consigo perceber, só posso dizer que ela tem um cabelo bem desgrenhado.

Fico aliviada por Hollis não ter me deixado continuar tagarelando e piorar tudo. Ao mesmo tempo, sei que agiu com tanta naturalidade porque provavelmente já esteve nessa mesma situação inúmeras vezes. Ele sabe manter a pose pós-transa. Porque o que foi um evento de abalar as estruturas para mim foi só mais uma noite de sexta para ele. Na verdade, se a sorte estivesse a seu favor, Hollis estaria com Yeva hoje à noite, e não comigo. Aposto que Yeva nunca fica constrangida depois do sexo. Ela parece muito dona de si e sofisticada.

Merda. Yeva. Será que violei alguma parte do código entre mulheres que dormem com Hollis quando há um compromisso sexual agendado? Outra coisa que preciso conversar com Dani. Se bem que foi Dani que me falou para ir em frente logo de cara, então talvez isso estivesse dentro dos limites aceitáveis. E, se não estivesse, era Hollis que deveria saber disso e não ter começado a me beijar. Não era?

Argh. Eu achava que a ideia de ser casual era ser *menos* complicado.

– Ei – digo, apontando para o espelho para me repreender, embora eu só consiga ver um contorno vago da minha cabeça. – Você sabia onde estava se metendo. Era isso que você queria. Agora para de surtar e vai fazer xixi pra não pegar uma infecção urinária.

Quando saio do banheiro, Hollis é uma figura indistinta sentada na beira da cama. Ele segura o meu punho quando passo ao seu lado e me puxa para si.

– Tá tudo bem? – pergunta ele.

– Tá, eu... eu estou ótima.

Ainda mais agora, que a pele quente dele está encostada de novo na minha e o pelo encaracolado das coxas está fazendo cócegas nas minhas pernas nuas.

– Tem certeza? Eu te ouvi falando sozinha lá dentro.

– Eu não estava falando sozinha – protesto.

– Com quem estava falando, então?

– Hum... Com outra pessoa?

– Tem outra pessoa no nosso banheiro?

A mão dele encontra o meu maxilar e o polegar roça no meu lábio inferior.

– Humm. Você está muito calma com isso.

– Você me conhece – digo. – Eu faço amizade com todo mundo.

Ele se levanta e me dá um beijinho.

– Nada mudou entre a gente, Millicent. Você não precisa ficar analisando isso.

– Eu sei. Eu sei.

– Que bom.

Ele dá um beijo na minha palma antes de soltar o meu punho. A doçura do gesto só me confunde ainda mais.

Depois que ele entra no banheiro, eu me enfio debaixo dos lençóis com aroma de lavanda e sexo e pego o meu celular. São 2h42 da madrugada, o que significa que Dani com certeza ainda está acordada. Deve ter acabado de encerrar o expediente no bar do hotel onde trabalha em Nova York.

MILLIE: Eu transei com o Hollis.

DANI: Arrasou, garooooooota!

DANI: Como foi???

MILLIE: Meio que... incrível.

DANI: 🥳 🥳 🥳 🥳 🥳

MILLIE: Só que eu não sei o que fazer agora. Eu nunca experimentei esse lance casual.

DANI: O que você faz agora é ficar com ele toda vez que puder até o fim da viagem.

MILLIE: Mas ele tá a caminho de fazer sexo com outra pessoa.

DANI: Pensando bem, muitos de nós estamos, não acha?

MILLIE: Você tá chapada?

DANI: Extremamente.

O conselho da Dani chapada é filosófico demais para ser imediatamente útil. Além disso, escuto a porta do banheiro se abrindo e não preciso que Hollis saiba que estou mandando mensagem em pânico para a minha prima falando do que nós fizemos. Enfio o celular embaixo do travesseiro, viro de lado e canalizo todas as minhas habilidades de atriz para fingir que estou dormindo até o sono chegar de verdade.

12

• • •

ESTOU SOZINHA QUANDO O ALARME DO MEU CELULAR TOCA, às sete. Não há nenhum som vindo do banheiro, nenhum som em lugar nenhum do quarto, exceto o zumbido constante do ar-condicionado. Hollis já deve estar em outro lugar. As cortinas de renda bloqueiam muito pouco a luz do sol, que invade o quarto e ilumina todas as imagens de Jesus. Sério, como foi que fizemos aquilo na noite passada com todos esses olhos em cima da gente? Eu nunca fui tão grata *a posteriori* por uma queda de energia.

Quando me sento e me espreguiço, vou ficando dolorosamente consciente da dor nas minhas pernas e nos meus braços. Não do sexo, mas porque mantive o corpo rígido enquanto dormia, me equilibrando na beirada do colchão para evitar encostar sem querer em Hollis. A última coisa que eu queria era que ele pensasse que eu estava tentando me aninhar nele. Posso não saber muito bem como essa coisa casual funciona, mas sei que é *pá, pum, valeu*, e não *pá, pum, quer ficar de qual lado da conchinha?*

Meu celular tem uma série de e-mails de trabalho que podem esperar alguns dias e uma notificação de mensagem de Dani, que ela mandou algumas horas depois da nossa breve conversa. Ela diz: *Só é complicado se você complicar, prima.* O conselho direto de Dani é tão diferente da maneira como a Sra. Nash me ajudava a navegar pelas áreas nebulosas dos meus problemas que o luto adormecido dentro do meu coração feito um bulbo de flor no inverno ameaça lançar um raminho verde para fora. Tento evocar uma imagem mental da minha melhor amiga sentada na sua poltrona preferida com estampa de palmeira ao lado da janela panorâmica do apartamento. Mas, embora eu consiga imaginá-la nos mínimos detalhes, ela apenas sorri para mim, sem dizer uma palavra. Estou tão perdida quanto estava em todas aquelas vezes em que busquei seus conselhos, só que agora sem a esperança de receber qualquer ajuda para encontrar uma saída.

Olho de relance para a minha mochila, pendurada nas costas da cadeira da escrivaninha. A Sra. Nash não pode mais me ajudar, mas eu ainda posso ajudá-la uma última vez. É por isso que vou andar a três quilômetros por hora num conversível e acenar para as pessoas esta manhã. Acho melhor tomar banho agora, porque vou demorar umas três horas para encontrar uma roupa digna de pessoa homenageada em um desfile.

No entanto, acho que, enquanto eu estava secando o cabelo, Hollis entrou sorrateiro no quarto, porque de repente tem um vestido tubinho verde-esperança pendurado na frente do armário. Aperto a toalha no corpo ao me aproximar dele. A etiqueta dentro do vestido está desbotada, como se fosse vintage. Parece ser do meu tamanho, mas a única maneira de saber é experimentando. Minha calcinha e meu sutiã estão em cima da mala, onde os deixei antes do banho, então tiro a toalha e os visto. Em seguida, tiro com delicadeza o vestido verde do cabide e começo a vesti-lo.

A porta se abre quando o vestido está cobrindo apenas a minha metade inferior. Por um segundo eu me assusto, tentando cobrir o peito com os braços. Mas é Hollis quem aparece na porta, apoiado na moldura enquanto seus olhos passeiam lentamente dos meus pés descalços até os meus olhos.

– Eu já te vi nua, Millicent – diz ele. – Não precisa esconder o seu sutiã de mim.

– Você me *sentiu* nua. Não dava pra *ver* quase nada ontem à noite.

– Uma questão de semântica. Quis dizer que já sei o que tem aí. – Ele tranca a porta e se aproxima de onde estou, perto do armário. – Vira.

Quando eu me viro, ele puxa o vestido até os meus braços passarem pelos buracos. Depois fecha o zíper. Mas nada disso é particularmente sensual.

Os movimentos dele são mais eficientes que lentos e deliberados. Parece mais alguém vestindo uma criança pequena do que seduzindo uma amante.

– Hollis – digo, porque só vou conseguir superar isso sendo sincera. – Eu não sei como isso funciona.

– É um vestido. Ele cobre o seu corpo. Não tem nenhum segredo.

– Não. Não é... Eu entendo de roupa, obrigada. Eu só não entendo como as coisas vão ficar entre nós agora.

– Ah. Eu te falei ontem à noite. Nada mudou.

– Talvez não tenha mudado emocionalmente, mas *alguma coisa* mudou. Você não me vestiu ontem de manhã.

– Eu teria vestido, se você me pedisse.

– Sabe o que eu quero dizer. Como você mesmo falou, sabe o que tem aqui. – Aponto constrangida na direção do meu peito. – Você chega e me toca de um jeito que nunca teria feito antes de nós...

– Antes de nós transarmos. Não tem problema nenhum falar isso.

– Antes de nós transarmos – repito, tentando pronunciar cada sílaba com toda a precisão que consigo para mostrar que não estou com medo. – Eu sei como falar com você. Mas não sei quais são as regras pras partes físicas disso. Como é que a gente sabe quando ou se vai fazer de novo? Quem pode tocar em quem e em quais contextos? Eu nunca experimentei esse negócio de sexo casual, mas você já, o tempo todo. Eu preciso de orientação pra não entender errado e causar um estrago irreparável na nossa amizade.

– *O tempo todo?* – Ele solta uma risada. – Quanta disposição acha que eu tenho?

– Hollis. Por favor. Me fala as regras.

– As regras?

– Isso.

– Tá bom.

Ele abaixa a cabeça para posicionar os lábios perto do meu ouvido. A voz sai baixa, íntima.

– Regra número um. Comunicação, sempre. Por exemplo, se eu quiser tirar esse belo vestido que a Connie achou que você podia querer usar no desfile de hoje e depois fazer você gozar na minha língua, eu vou te comunicar isso e perguntar se você está a fim. E aí você vai dizer sim ou não ou talvez propor alguma coisa diferente. O consentimento nunca deve ser presumido, e nós dois podemos mudar de ideia a qualquer momento e por qualquer motivo.

– Qua-qual é a regra número dois?

– A regra número dois é sexo seguro. E a regra número três é se divertir. Acho que é só isso. – Ele mordisca o lóbulo da minha orelha. – O que me diz, Mill? Posso sentir seu gosto?

Fecho os olhos com força, desconcertada pelo calor líquido que se acumula entre as minhas pernas.

– Ai. Porra. Achei que você estivesse falando hipoteticamente – comento.

– Não, eu estava fazendo uma proposta imediata e real.

– Ah.

Só é complicado se você complicar. A mensagem de Dani pisca na minha mente. Espero as palavras da Sra. Nash fazerem a mesma coisa, enquanto a minha memória busca um conselho antigo que possa agir como o anjo que contrapõe a Dani diabinha no meu ombro. Mas a única coisa que encontro é: *Você sempre deve fazer o que é certo para si mesma.* E o que é certo para mim neste momento – de acordo com o meu corpo e talvez até o meu cérebro – é a boca de Hollis. Estendo a mão para trás e seguro seu pulso, depois o viro para ver as horas no relógio. Ainda faltam horas até eu ter que estar pronta para o desfile.

– Sim, estou aberta a isso.

O zíper do vestido desliza de novo para baixo, desta vez com os lábios de Hollis na minha nuca e a outra mão acariciando a minha pele exposta. Com um leve tremor, o tecido verde forma um montinho aos meus pés.

– Isso é você finalmente sendo legal? – pergunto.

– Não – sussurra ele no meu ouvido. – Isso sou eu sendo muito, muito egoísta.

Estou totalmente nua, e Hollis só para por tempo suficiente para confirmar que, sim, são cachorros de óculos escuros na estampa da minha calcinha. Ele me guia em direção à cama, me empurrando de costas com delicadeza antes de me arrastar pelos quadris para a beira do colchão. Depois de pôr os óculos no baú ao pé da cama, ele passeia com a língua ao longo da parte interna da minha coxa e faz as minhas pernas virarem gelatina com a expectativa. Mas, a centímetros do destino final, ele para e se levanta de repente.

– Alguma coisa errada? – pergunto.

Essa não é a reação que você deseja de alguém que está frente a frente com a sua vagina.

– Desculpa. Eu fui criado na Igreja Batista do Sul e… – murmura Hollis enquanto sobe na cama atrás de mim e estica a mão para cima. – Eu não consigo com… eles encarando.

Ele vira os quadros de Jesus para a parede, depois vai até o próximo grupo de imagens e o outro, até todos os 25 terem sido obrigados a desviar os olhos.

Dou risada o tempo todo, soltando gargalhadas profundas enquanto ele faz aquela cara fechada dele ao mexer em cada uma das pinturas.

– Agora – diz ele quando afunda os joelhos ao lado da cama de novo –, vamos fazer valer o trabalho que vai ser virar todos eles de volta.

13

AS MINHAS DUAS COISAS PREFERIDAS no desfile do Festival dos Brócolis de Gadsley são que o cortejo é curto, então vou poder ouvir a banda marcial tocando "Tusk" atrás de mim o tempo todo, e que alguém me deu uma faixa de seda com os dizeres HOMENAGEADA DO DESFILE e uma coroa com flores de brócolis enfiadas no arranjo.

– Olha! – grito para Hollis do meu assento no banco traseiro do conversível branco enquanto esperamos na concentração do desfile. Aponto para a minha cabeça. – Sacou?

– Não – diz ele.

Hollis está a poucos metros, com os braços cruzados e a cara fechada. Para um homem que transou há menos de duas horas, ele não deveria parecer tão mal-humorado. É impressionante como ele se dedica a ser rabugento.

– É uma *coroa de brócolis*!

Ele dá de ombros, como se dissesse: "E daí?"

– A cabeça de brócolis se chama coroa. É um trocadilho.

Ele revira os olhos.

– Talvez você soubesse disso se não tivesse pedido pra cancelar a assinatura do Mundo Brócolis – digo.

Nesse momento, o proprietário da concessionária que vai dirigir o conversível vira a chave na ignição. A piadinha pelo menos faz os cantos dos lábios de Hollis se curvarem.

Sem dúvida ele está se lembrando de hoje de manhã. Depois que me levou ao orgasmo com a boca, ele disse que eu não precisava me preocupar com ele, embora fosse óbvio que estava excitado. Então, quando começou a desvirar os quadros acima da cama, peguei o meu celular e mandei uma mensagem dizendo que a Califórnia é a maior produtora de brócolis dos Estados Unidos. Ele leu o texto e ficou com uma expressão apaixonada e sexy.

– Não. Chega de fatos sobre brócolis. Chega.

– Achei mesmo que diria isso – falei.

E então apertei "enviar" num rascunho que eu tinha preparado exatamente para aquele momento:

> A cabeça de brócolis mais pesada de que se tem notícia foi cultivada em 1993. Pesava 16 quilos. 🥦

– Millicent – disse ele entredentes quando o celular vibrou na mesa de cabeceira. – Se for outro fato sobre brócolis, eu juro por Deus...

– Vai fazer o quê? – perguntei, provocando-o com um sorriso.

De repente, ele estava em cima do meu corpo nu, me beijando com força.

– Pra começar, vou bloquear o seu número – murmurou ele nos meus lábios, e eu senti que ele sorriu.

– E depois?

Meu rosto aquece com a lembrança do que Hollis me propôs e fez comigo. Eu me abano com a mão, na esperança de que o ar fresco amenize o rubor nas minhas bochechas.

– Aqui embaixo é um pouco mais quente do que vocês estão acostumados lá no Norte, né? – diz o prefeito ao meu lado.

– Ah, é.

A temperatura em Gadsley no momento é de amenos 21 graus. Mas fico grata pela desculpa e decido não mencionar que, na verdade, eu sou do sul da Califórnia, ou que Washington, D.C. tecnicamente fica ao sul da linha Mason-Dixon e chega a ser bem mais quente que isso (com uma umidade maior) no auge do verão.

O desfile deve durar uns vinte minutos – o tempo que leva para percorrer a rua principal de Gadsley num passo lento a pé –, e eu me delicio com o calor do sol do meio-dia e com a atenção da multidão enquanto seguimos em frente. Porque, por mais que eu valorize a minha privacidade, sempre adorei estar diante de um público. A única outra vez que estive num desfile foi quando andei no carro alegórico da Pringles em Nova York no Dia de Ação de Graças de 2003. Aquilo, sim, era uma multidão. Aqui temos umas quatrocentas pessoas, mais ou menos, todas enfileiradas nas calçadas e acenando para mim como se fôssemos vizinhos. Ryan Moderninho fez um ótimo trabalho com a banda e, mesmo depois de ouvir a mesma música repetida durante quinze minutos, não me cansei dela.

Mesmo assim, fico desejando poder acelerar, chegar logo ao fim, porque já estamos perdendo tempo demais. No chuveiro, hoje de manhã, pensei de novo em ligar para o asilo antes de voltarmos a pegar a estrada. Mas a ideia me deixou um pouco enjoada, assim como da última vez que a considerei. Depois Hollis acabou me distraindo e não dei mais atenção ao assunto. Ah, talvez eu possa pedir a Hollis que ligue. É covardia, mas também me parece menos insuportável do que eu mesma ter que fazer a pergunta e ouvir a resposta.

Hollis está esperando por mim no fim do desfile, digitando no celular.

– Como chegou aqui? – pergunto. – Você estava na concentração.

– Vim andando – diz ele, guardando o celular no bolso. – Vocês estavam indo a três quilômetros por hora. Não foi difícil acompanhar.

– Você estava me observando o tempo todo? Isso é meio doentio, cara.

– Pro seu governo, eu estava mandando um e-mail.

Hollis faz a carranca mais carrancuda que já vi e estende a mão.

– Vai sair desse carro pra gente poder ir embora ou vai continuar me interrogando?

Pouso a minha palma na dele, e a minha pele fica quente com o toque. Hollis coloca um braço em volta da minha cintura e me tira do conversível. Nossos rostos estão próximos quando ele põe os meus pés no chão. Dá a impressão de que quer me beijar, e com certeza eu quero beijá-lo. Mas ele me solta e dá um passo para trás.

– Tem gente da imprensa aqui – informa ele. – E também vi umas vans de emissoras de TV.

– É? Que bom. Então Ryan e o prefeito vão conseguir a divulgação que queriam.

– Eu quis dizer que eu não devia ser visto com você. Pro caso de a mídia achar que estamos juntos. Esse não é o tipo de atenção que você queria.

Eu sorrio e brinco com o zíper do casaco de moletom dele.

– Isso é muito atencioso da sua parte. Mas eu não sou famosa o suficiente pra alguém se importar com quem estou me relacionando. Esse meio que foi o motivo pro Josh fazer o que fez.

Hollis cruza os braços, bloqueando meu acesso ao zíper.

– Mesmo assim, acho que não é uma boa ideia.

– Espera. É por causa da Yeva?

Dou um tapa na testa, encolhendo-me por ter atingido o machucado estrategicamente escondido embaixo de uma franja e cinquenta camadas de corretivo.

– Você não quer que ela te veja comigo. Esse é o motivo verdadeiro, né?

Por que eu me esqueço de Yeva o tempo todo? Se furar a fila na frente de alguém para subir na montanha-russa é ruim, furar a fila na frente de alguém para subir no amigo sexual deve ser cem vezes pior.

– Eu sabia que essa era uma péssima ideia – resmungo. – E eu sou uma pessoa péssima.

– O quê? Não. Não precisa surtar. Não...

Hollis dá um passo na minha direção.

– Eu preciso pedir desculpas pra ela? Mandar... flores ou alguma coisa assim? Talvez uma guloseima? Ela tem alguma alergia?

– Do que você está...? Mill. Olha pra mim.

Fecho os olhos com força de um jeito desafiador, recusando-me a aplacar o meu pânico.

– Millicent.

A voz dele é um rosnado grave e frustrado, do tipo que me deixa um pouco excitada. Ele envolve a minha cintura com os braços e me puxa para bem perto.

– Abre os olhos e olha pra mim.

Abro só um olho e vejo Hollis me encarando.

– Não se preocupa com a Yeva – diz ele. – Isso não tem nada a ver com ela.

– Você só está tentando me deixar melhor por ter furado a fila.

– Furado a fila?

– É. Se você fosse uma montanha-russa...

– Pelo amor de Deus – resmunga Hollis, me interrompendo.

As mãos dele vão até o meu rosto antes de os lábios tocarem nos meus com pressão suficiente para comunicar que o seu objetivo é me fazer calar a boca e sair do surto. Mas logo o beijo muda para uma exploração tranquila e suave de bocas. E, opa, estamos nos pegando no meio da rua principal, cercados por dezenas de pessoas.

Um assobio de alguém na multidão nos traz de volta à realidade um tempo indeterminado depois. Tento me afastar de Hollis, abrir um espaço entre nós, como se fosse fazer alguma diferença agora.

– Acho que vamos descobrir se você está certa em relação a não ser famosa o suficiente pra alguém se importar – diz ele baixinho no meu ouvido, me agarrando de novo.

EU NÃO SOU FAMOSA O SUFICIENTE para alguém se importar. Na verdade, eu não seria. Só que, quando alguém filma duas pessoas dando um beijo ardente no final de um desfile e uma delas é a homenageada e está usando uma coroa que inclui flores de brócolis, isso faz algum sucesso on-line. Porque, aparentemente, apesar de Hollis e eu não sermos um casal, nós somos as hashtags *casalzão* e *obviamente apaixonados*. A garota de sardas boquiaberta ao fundo, que deixa cair a casquinha de sorvete quando Hollis aperta a minha bunda, só fez aumentar a velocidade com que o negócio todo viralizou.

Meia hora depois do post original no Twitter, a coisa de homenageada se perdeu no absurdo telefone sem fio que é a internet. Então, graças à coroa na minha cabeça, fui apelidada de Princesa dos Brócolis (embora um dos retuítes tenha me chamado de Deusa Verde, que eu achei criativo). Por fim, alguém somou dois mais dois e percebeu que a Princesa dos Brócolis era Millicent Watts-Cohen. E agora as redes sociais estão repletas de cenas sensuais de *Penelope volta ao passado* e fotos do meu corpo esquisito de adolescente no infame biquíni amarelo.

– Para de olhar – diz Hollis pela terceira vez no banco do motorista do Kia Soul verde-limão de Ryan. – Você só vai ficar chateada ou apavorada.

Entro mais fundo na toca do coelho de retuítes e comentários e, meu Deus, já tem uma paródia do vídeo com dois caras que têm um podcast de comédia ou algo assim. O barbudo está fazendo o meu papel, e o cachorro deles é a criança ao fundo. Na verdade, é hilário.

– Aliás, como foi que você acabou usando o meu celular pra isso? – resmunga Hollis.

– Você tem o aplicativo instalado. É mais fácil.

– Você também pode baixar pro seu celular, sabia?

– Mas aí eu teria que criar uma conta. Não, obrigada, vou continuar usando o seu – retruco.

Ninguém descobriu a identidade de Hollis ainda, pelo que entendi. Espero que isso signifique que Yeva não vai ver o vídeo. Hollis pode ter dito que eu não me preocupasse com ela, mas não consigo parar de me perguntar se a minha falta de vergonha na cara vai chateá-la. Estou prestes a trazer o assunto à tona de novo, a perguntar se Hollis tem certeza de que Yeva não vai ficar aborrecida, se o arranjo deles comporta explicitamente esse tipo de coisa, quando o celular de Hollis vibra na minha mão.

Por favor, que não seja Yeva de novo. Por favor, que não seja...

Bom, não é Yeva. Mas alguém descobriu que o homem no vídeo é Hollis Hollenbeck.

JOSH YAEGER: Que merda acha que tá fazendo, Hollenbeck?

Ver o nome do meu ex me dá um nó no estômago.

– Hum. Hollis. Você tem uma mensagem do...

JOSH YAEGER: Eu sei que você quer ser igual a mim e ter tudo que eu tenho, mas agora você foi longe demais.

– Do...? – pergunta Hollis.

– Josh.

– Ah. – Ele solta uma risada. – O que é que esse idiota quer?

Olho para a tela do celular, com a mão tremendo e esperando para ver se chega outra mensagem.

– Ele deve ter visto o vídeo. Acho que está bem zangado.

– Que bom.

JOSH YAEGER: Se você quer comer uma doida, vai em frente. Ela é péssima de cama, na verdade.

As palavras disparam uma fúria no meu peito ao mesmo tempo que fazem a minha autoconfiança parecer um papel de parede que pode ser arrancado com um bom puxão. Eu já estava tão acostumada com a maneira como Hollis me ajuda a me concentrar nos meus pontos fortes que tinha esquecido como é fácil ser rasgada e transformada numa coisa desbotada e frágil.

JOSH YAEGER: Fica sabendo que ela só tá te usando pra se vingar de mim. Deve ter ouvido que é só pra isso que você presta.

Entre a leitura dos comentários sobre o vídeo do desfile do Festival dos Brócolis e agora isso, acho que já me castiguei o suficiente por um dia. Ponho o celular de Hollis no apoio de copo, que está vazio, e olho pela janela. Hollis está concentrado na estrada, e a carranca está mais profunda enquanto as notas da abertura de "Sister Golden Hair" saem dos alto-falantes. Se nós não estivéssemos num carro completamente diferente e eu não tivesse uma testa escoriada e um mapa mental minucioso do corpo nu de Hollis, seria como se os últimos dois dias não tivessem acontecido. Mas aconteceram, e agora já estamos 24 horas além do horário em que eu pretendia chegar ao asilo. Ainda nem saímos da Carolina do Sul.

– Ei – digo. – Você me faria um favor gigantesco?

– Depende – responde ele.

– Do quê?

– Se eu vou querer fazer.

Reviro os olhos, mas, sinceramente, agradeço por essa evidência de que nada *realmente* mudou entre nós.

– O que é? – pergunta ele.

– Pode ligar pro lugar onde a Elsie está e verificar se ela... se ela...? Pode perguntar como ela está? Eu não consigo fazer isso. Tenho muito medo do que vão dizer.

– Ah – diz ele. – Tá. Eu posso fazer isso. Na próxima parada?

Eu solto o ar, aliviada.

– Seria ótimo. Obrigada.

Ficamos em silêncio por um instante, e quase consigo ouvir o cérebro dele formulando a pergunta que acaba saindo pela boca.

– O que você vai fazer se…?

– Se eu chegar tarde demais? – termino.

– Isso.

Dou de ombros.

– Não sei. Estou tentando não pensar nisso.

– Você iria até Key West mesmo assim? Ou voltaria pra casa?

A parte de mim que ficará arrasada vai querer voltar para casa. Mas a outra parte de mim, a que precisava fazer essa viagem para começo de conversa, vai exigir que eu continue até Key West. Assim pelo menos poderei achar um lugar lá para pôr as três colheres da Sra. Nash para descansar. Quero dizer, seria idiotice levá-la de volta para Washington depois de chegarmos tão longe.

– Eu iria mesmo assim – respondo. – Só por algumas horas. Pra espalhar as cinzas, pelo menos.

– E se a Elsie ainda estiver viva? Qual é o plano?

– Reunir as duas. Conversar com ela, se ela estiver lúcida e disposta. Eu tenho tantas perguntas… Quero ouvir tudo sobre a vida dela. Sei o básico pela pesquisa que fiz para encontrá-la, mas os registros do governo e os poucos artigos nos jornais não dizem muita coisa.

Havia relatórios da Marinha dos Estados Unidos sobre o que aconteceu na Coreia, embora fossem documentos oficiais demais para detalhar a situação além de declarar que ocorreu um "erro administrativo". Depois disso, Elsie Brown apareceu num artigo do *Yale Daily News* sobre mulheres que faziam faculdade de medicina e nos agradecimentos de alguns artigos de periódicos de medicina cirúrgica. A partir dali, entendi que ela passou a maior parte da carreira como cirurgiã de trauma num hospital perto de Fort Lauderdale e se aposentou no início da década de 1980. Eu achava que o rastro documentado terminava aí, e não foi fácil encontrar parentes, já que o sobrenome dela é muito comum. E então, na manhã da última quarta-feira, encontrei uma breve matéria no *Key West Citizen* sobre o 101º aniversário dela, e foi assim que eu soube que ela vinha morando no The Palms nos últimos cinco anos.

Ai, meu Deus. Acho que encontrei a Elsie, falei para a caixa de cinzas ao lado do meu notebook quando cheguei à última linha do artigo. A Sra. Nash respondeu com um sorriso extasiado na minha imaginação.

– Certo – diz Hollis, distraído, trocando de faixa para ultrapassar um carro lento que está na nossa frente.

– Mas provavelmente vou ficar até... até o fim, se eu puder. Não sei se ela ainda tem algum parente. Então quero garantir que vai ter pelo menos uma amiga lá com ela.

– Eu preciso voltar pra estrada no sábado – diz Hollis. – Vou dar um curso de verão sobre escrita que começa na próxima segunda-feira.

Não consigo entender por que ele está me contando isso a menos que...

– Ah! Não se preocupa comigo. Achei que você fosse ficar com o carro do Ryan, levá-lo de volta para Gadsley e pegar o seu após terminar as suas coisas em Miami. Eu vou alugar um carro e depois voltar pra casa de avião, como tinha planejado. É mais fácil do que alinhar os nossos itinerários, ainda mais porque não tenho a menor ideia de quando vou voltar. Eu não te pediria pra deixar a Yeva mais cedo nem ficar lá mais dias só pra me esperar.

– Millicent, eu não... – começa ele.

– Merda.

Imaginar Hollis com Yeva provoca uma pontada de ciúme que me deixa com vontade de segurar a mochila no peito como se fosse um escudo. Mas, quando olho para o chão onde estão os meus pés, ela não está ali.

– Merda – repito. – Perdi a mochila. Devo ter... Merda. A gente tem que... a gente tem que voltar. Eu preciso encontrá-la.

– Tem certeza de que não está no banco traseiro ou no porta-malas com a nossa bagagem ou...?

– Sim, tenho certeza. Devo ter deixado na pousada. Merda. Merda. E se não estiver mais lá? E se a Sra. Nash estiver numa caçamba em algum lugar ou a meio caminho do Canadá, junto com o meu celular, o meu dinheiro, a minha carteira de motorista... o meu cartão de pesquisadora do Arquivo Nacional! Ai, meu Deus, Hollis, isso significa que não tenho nenhum documento de identidade. Se a gente morrer neste carro emprestado, eles não vão conseguir identificar o meu corpo a não ser pela arcada dentária, e eu não vou ao dentista há muito tempo. E se os meus dentes tiverem mudado muito e a minha família nunca souber o que aconteceu comigo? Eles vão ficar procurando por mim, achando que estou desaparecida, sem nunca saber...

– Millicent – diz Hollis, pousando a mão na minha coxa. Acho que a ideia é me acalmar, mas o toque dele provoca uma explosão inconveniente de eletricidade na minha perna. – Aposto que a sua mochila está segura e esperando por você na pousada da Connie e do Bud. E, se não estiver, está em algum lugar em Gadsley. Nós vamos encontrá-la. Tá bem?

Eu me obrigo a respirar fundo para acalmar o pânico e a excitação que agora estão competindo pela minha atenção.

– Tá bem.

– E a minha carteira está no meu bolso. Então, se a gente morrer, eles vão poder me identificar. Tem muita gente ciente de que nós estamos viajando juntos a essa altura, então vão saber quem você é.

– Bem, isso é um alívio.

O relógio do painel marca 13h21. Estamos na estrada há quase uma hora; retornar para Gadsley, encontrar a mochila e voltar para onde estamos agora vai acrescentar mais de duas horas extras à nossa viagem.

– Droga – sussurro. – Droga, droga, droga.

Hollis pega a próxima saída e volta imediatamente para a estrada na direção oposta.

– Ei, pelo menos você percebeu isso agora, e não a meio caminho da Flórida.

Levanto a cabeça e me viro para encarar esse alienígena que está no banco do motorista. Os olhos dele me observam de relance por uma fração de segundo antes de voltarem para a estrada.

– Quem diabos é você? – pergunto. – E o que você fez com o meu companheiro de viagem gostoso porém absurdamente pessimista?

– Só porque eu costumo não me concentrar no lado positivo, não significa que eu não tenho a capacidade de enxergá-lo quando eu quero.

– Bom, para com isso. Essa inversão de papéis está me deixando desconfortável.

Tento não me concentrar no fato de que aparentemente Hollis *quer* encontrar o lado positivo para fazer com que eu me sinta melhor.

– Você devia estar extremamente irritado comigo. Acabei de adiar o seu compromisso sexual com a Yeva em pelo menos mais duas horas.

A cara dele se fecha de novo.

– Já chega disso. Pega o meu celular.

– Por quê?

– Você precisa ver as mensagens que eu troquei com ela. Rola a tela até ontem à noite.

Eu já peguei o celular dele, mas deixo-o virado para baixo na minha perna; não tenho a menor vontade de ver mais de Yeva do que já vi.

– Desculpa, mas eu não estou nem um pouco a fim de ler a sua troca de mensagens picantes com outra mulher. Estou tentando ficar tranquila com esse negócio, mas não consigo ser *tão* tranquila.

– Ai, meu Deus, Millicent, não são… Só lê as malditas mensagens.

Solto um suspiro, preparo-me psicologicamente para ver as fotos explícitas que podem estar esperando por mim e acesso a conversa com Yeva Markarian.

YEVA: Hora de chegada estimada?

Essa mensagem chegou ontem à noite. Provavelmente foi o que fez o celular tremer na mesa de cabeceira bem quando o Pee-Wee chegou ao Álamo. Hollis deu uma olhada e pôs o celular de volta na mesinha sem responder. Mas pelo jeito ele acabou mandando alguma coisa, porque tem uma resposta com o horário de 22h12.

HOLLIS: Oi. Me desculpa por fazer isso com você, mas não vou conseguir chegar, no final das contas.

YEVA: ☹️ Tá tudo bem?

HOLLIS: Tá, mais ou menos. Uma amiga precisa visitar alguém que tá num asilo e eu queria estar ao lado dela.

YEVA: Ah, nossa, tá bom. Sinto muito por isso…

HOLLIS: Pois é. Desculpa mais uma vez.
Espero não ter estragado a sua semana.

YEVA: Não se preocupa, a gente se encontra outra hora.
É importante estar ao lado da sua amiga. Beijos.

HOLLIS: Obrigado. Beijos.

A primeira coisa a que o meu cérebro se agarra é a troca de "beijos" e como eu queria que ela não estivesse ali. Mas ele rapidamente vai para o quadro geral em que Hollis cancelou o compromisso sexual para ir comigo encontrar Elsie. E ele tomou essa decisão depois do *Pee-Wee* e antes do sexo.

– Hollis... isso é muita gentileza sua – digo.

– Eu não estou tentando ser gentil. Estou tentando fazer você parar de se preocupar comigo e a Yeva porque não existe eu e Yeva. Neste momento, só existe eu e você.

Eu sei que ele não está insinuando nada romântico, mas o meu coração mole dá uma cambalhota mesmo assim.

– Você pode não estar tentando ser gentil, mas está conseguindo – declaro. – E a Yeva não pareceu muito surpresa por você fazer uma coisa legal pra alguém. Totalmente rolinho de canela disfarçado. Eu sabia.

Hollis solta um suspiro pesado, e a mão direita dele sai do volante e vai para a orelha direita.

– Por que foi que eu concordei em passar mais tempo com você?

– Porque eu sou encantadora.

– Há controvérsias.

– Tem certeza de que quer ir a Key West? – pergunto, querendo dar uma chance de ele sair dessa, caso esteja arrependido da decisão. – Eu vou ficar bem sozinha se você preferir...

– Eu tenho certeza, sim. Quero estar lá quando você reunir a Sra. Nash e a Elsie.

– Mas por quê? Você não acredita nesse negócio de amor duradouro.

Ele vai mesmo até Key West comigo só para jogar na minha cara se acontecer de Elsie não dar a mínima? Parece crueldade, e Hollis sabe ser babaca quando quer, mas não deu nenhum sinal de ser intencionalmente sádico.

Ele me olha por um segundo, depois volta a atenção para a estrada.

– Talvez eu queira ser convencido de que estou errado.

Key West, Flórida
Março de 1945

NUMA MANHÃ QUENTE DE MARÇO, Rose e Elsie subiram num pequeno barco a remo. Elas o tinham pegado emprestado com o pescador da região com quem Elsie fizera amizade num bar depois de conseguir beber mais que ele sem passar mal. Rose disse às amigas, quando voltou para o alojamento, que os peixes não estavam mordendo a isca naquele dia, mas na verdade não tinha como saber, já que nem ela nem Elsie chegaram a lançar a linha na água. Em vez disso, passaram horas ancoradas no canal de Boca Chica, a sudoeste da base aérea, deixando o suave balanço das águas plácidas acalentar a ilusão de que as duas estavam sozinhas no mundo. Rose se lembraria dessas primeiras horas no barco, com as pernas dela e as de Elsie enroscadas enquanto as duas se beijavam, riam e se tocavam, como alguns dos melhores momentos de sua vida.

Elsie enrolava o cabelo escuro de Rose nos dedos.

– Você tem alguém na sua cidade? – perguntou ela, e Rose se assustou com a maneira como a pergunta abriu uma rachadura no escudo protetor daquele momento.

– Como assim?

– Um rapaz, talvez? Alguém de quem você gosta. Alguém que você... ama.

Elsie envolveu os ombros de Rose nos braços em reação à súbita tensão no corpo da amada. Ela beijou a lateral do pescoço de Rose como se pedisse desculpa, mas continuou:

– Está tudo bem, você sabe. Eu não me importo.

Talvez fosse errado, mas tinha sido bem fácil para Rose manter Elsie e Dickie em compartimentos separados no coração e na mente. Analisados à parte, o amor por Dickie e o amor por Elsie pareciam muito diferentes: Dickie significava uma satisfação segura, uma história compartilhada e um futuro sem complicações. Elsie significava alegria e paixão selvagens, o aqui e o agora, todo o espectro emocionante e apavorante de possibilidades. Falar do amor dela por Dickie, como se pudesse competir ou ser comparado com o amor por Elsie, de algum jeito desvalorizava seus sentimentos pelos dois. Ela não gostou da maneira como Elsie a obrigou a destruir as divisórias e encarar o seu amor como uma coisa obscura, impensada e traiçoeira.

– Me fala dele – sussurrou Elsie, e foi uma coisa parecida com vergonha que fez Rose obedecer.

Ela deixou os olhos se fecharem para invocar melhor a imagem do garotinho que anos de trabalho na fazenda haviam transformado no homem bonito de ombros largos com quem ela um dia tanto quis compartilhar o próprio corpo e toda uma vida.

– O nome dele é Dickie. Dickie Nash. Os avós dele são donos da fazenda ao lado da nossa casa em Oshkosh. Nós crescemos muito próximos, e todo mundo brincava que um dia íamos nos casar. Mas...

Elsie ergueu as sobrancelhas louras, pedindo que Rose continuasse.

– A guerra começou, e Dickie se alistou na Força Aérea do Exército. Ele está servindo em algum lugar perto de Palermo.

– Vocês não mantêm contato? – indagou Elsie, com os dedos subindo e descendo com leveza pelo braço de Rose, num ritmo hipnotizante que Rose imaginou que deveria ser reconfortante.

O sol saiu de trás de uma nuvem e exacerbou o calor que tomava o rosto de Rose.

– Ele me escreve. Às vezes. Quando pode.

– E você responde às cartas dele?

– Não entendo por que você quer saber isso – disse Rose, mudando de posição até escapar do abraço de Elsie.

Ela escrevia pelo menos uma vez por semana para Dickie, falando até de Elsie de vez em quando – não a verdade sobre o que elas faziam juntas e o que eram uma para a outra, é lógico, mas era impossível deixar Elsie completamente fora das cartas, já que ela ocupava boa parte dos seus dias e dos seus pensamentos.

– Você sabe o que eu sinto por você – disse Rose.

– E você sabe que eu sinto o mesmo – retrucou Elsie.

A mão de Elsie procurou a dela, e Rose a deixou segurá-la, apesar de a culpa fazê-la se sentir indigna de tocar e ser tocada.

– Mas acho que ainda deve considerar a ideia de se casar com Dickie Nash.

– Quer que eu me case com outra pessoa? – perguntou Rose.

Talvez Elsie tivesse ouvido o desgosto na voz de Rose, porque a puxou para perto de novo e falou apressada, como se tentasse chegar ao fim de alguma coisa dolorosa.

– Bem, eu não posso me casar com você. Rosie, eu *adoraria* passar o resto dos nossos dias juntas, exatamente como estamos agora. Mas sei que você quer outras coisas da vida. Você me disse que quer muito ter filhos.

Rose vinha temendo pelo momento em que teria que escolher entre seguir pelo caminho esperado com Dickie ou pelo caminho desconhecido com Elsie, mas agora percebia que havia sido ingênua de acreditar que a escolha seria dela. Mesmo assim, tentou desesperadamente lutar contra o pânico que apertava o seu peito.

– Eu quero ter filhos, sim. Mas nós poderíamos ter filhos juntas. Você não precisaria abrir mão do seu sonho de ser médica. Poderia trabalhar enquanto eu cuidasse deles. Com certeza há um jeito de mulheres... mulheres como nós... Deve haver um jeito de ficarmos juntas. De termos tudo que nós duas queremos.

– Certamente há um jeito. Mulheres que amam mulheres e homens que amam homens existem desde sempre e formam famílias. Mas a sociedade não é muito propensa a aceitá-los. Não entrega os sonhos dessas pessoas numa bandeja. Elas têm que lutar pela felicidade. E o que eu quero para você é uma felicidade pela qual você não precise lutar o tempo todo.

Rose relembrou a noite, pouco depois do ano-novo, em que confessou para Elsie que tinha ido para a Marinha em parte para fugir da cidade após uma tentativa desastrosa e nada sutil de descobrir se sua melhor amiga sentia o mesmo desejo físico por ela. A rejeição de Joan deixara Rose envergonhada e convencida de que era algum tipo de anomalia – como um gatinho preto nascido de dois alaranjados. Talvez não *errada*, mas *certa* tampouco. Elsie fez mais algumas perguntas – e felizmente não pediu detalhes quando Rose admitiu que tinha feito sexo com um homem e gostado –, depois explicou que algumas pessoas desejavam tanto homens quanto mulheres, e que a namorada anterior dela era assim, e a primeira também. Em vez de sentir ciúme dessas outras mulheres que Elsie tinha beijado e acariciado às escondidas, tudo que Rose sentiu foi a empolgação de saber que ela não era uma anomalia, afinal.

– E você? – perguntou ela a Elsie. – Já teve intimidades com um homem?

– Não – respondeu Elsie com uma risadinha. – Nunca tive vontade.

Rose se ajeitou de novo no barco para as duas ficarem sentadas de frente uma para a outra.

– Mas você... você vai precisar lutar, não é?

– Eu não tenho escolha, se quiser ser fiel a mim mesma.

– Então me deixa lutar ao seu lado. Vamos lutar juntas.

– Você não entende.

A voz de Elsie estava tão contundente que Rose estremeceu. Ela jogou os braços para os lados, apontando para o mar e fazendo o barco balançar.

– Este não é o mundo real, Rose. Aqui nós podemos andar de barco juntas e desfrutar uma da outra, e, se alguém perceber, vai fingir que não viu, como fizeram com aquelas garotas em Fort Oglethorpe. Eles estão desesperados demais para manter a força de trabalho e não vão nem pensar em nos dispensar. Mas, depois que isso acabar, quando a Marinha não precisar de nós e formos obrigadas a voltar à realidade, a maré vai virar contra um amor como o nosso. Então, se você se casar com Dickie, vai ter a oportunidade de viver a vida com que sempre sonhou. Eu não posso permitir que você abra mão disso. Prefiro que seja feliz com outra pessoa a ser infeliz comigo.

Rose queria argumentar que a única maneira de ser feliz era ao lado de Elsie, mas, antes que pudesse abrir a boca, ela encostou o rosto no seu.

– Se ele for um bom homem e você sentir carinho por ele, se você o amar pelo menos um pouco, diga sim se ele a pedir em casamento. Eu te imploro, Rosie.

Quando os lábios de Rose se abriram para protestar de novo, Elsie a interrompeu com um beijo.

– Você é tudo para mim – sussurrou ela. – Mas eu não posso ser tudo para você.

14

ESTAMOS A MEIO CAMINHO DE GADSLEY quando o celular de Hollis toca. O número não está em seus contatos, mas, quando digo que tem o prefixo 843, ele pede que eu atenda. É Connie, que encontrou a minha mochila enquanto estava limpando o quarto. Quando informo a ela que já estamos voltando, ela insiste em nos encontrar perto de Florence para nos poupar algum tempo. Que mulher encantadora e altruísta. Embora talvez não completamente altruísta, porque escolheu um estacionamento de shopping como nosso ponto de encontro. Desconfio que, assim que me devolver a mochila, ela vai entrar na loja Belk que fica em frente ao ponto onde falou para estacionarmos.

– Então – digo, quando Hollis desliga o motor. – Você disfarça bem, quase sempre. Mas o seu sotaque ficava escapando em Gadsley. E você conhece os códigos de área locais. Você é desta região, né?

Ele suspira e passa as mãos nas coxas.

– Não exatamente daqui. Fica um pouco mais a oeste. Perto de Colúmbia.

– Os seus pais ainda moram lá?

Sua risada parece mais uma bufada.

– Não.

Por um instante, desconfio que isso é tudo que ele vai me contar, mas, depois de passar os dedos no cabelo e pigarrear, ele continua:

– Meu pai é professor de literatura. Ele conseguiu emprego numa universidade na Flórida e se mudou pra lá quando eu tinha 13 anos. E a minha mãe morreu no verão antes do meu último ano na faculdade.

– Sinto muito – digo.

– Tá tudo bem.

Hollis franze a testa com tanta intensidade ao olhar pelo para-brisa que, quando uma mulher que está segurando um monte de sacolas de compras passa na nossa frente, ela praticamente corre para fugir do olhar furioso.

– Então os seus pais eram divorciados?

– Não. Embora isso certamente não tenha impedido que o meu pai agisse como se fossem.

Não recebo uma explicação mais detalhada.

– Você falou que tem uma irmã – digo. – Ela ainda mora na Carolina do Sul?

– Não. Ela se casou com um belga que conheceu quando estava fazendo o doutorado e se mudou para Bruges uns anos atrás.

– Ah. O meu irmão também está na Europa agora. Mas só até o fim do verão. Foi estudar engenharia. Ele é dez anos mais novo, então não somos muito próximos.

Procuro um jeito de continuar a conversa que me dê mais informações sobre Hollis sem deixar óbvio como estou curiosa.

– Você é próximo da sua irmã?

– Próximo o suficiente pra ela me encher de culpa e me obrigar a fazer coisas que eu provavelmente não faria de outra forma – diz Hollis, de um jeito enigmático. Ele me interrompe antes que eu possa perguntar o que ele quer dizer. – Não quero conversar sobre isso agora.

– Tá bem. Sobre o que você quer conversar?

– Por que a gente precisa conversar? – pergunta ele, batendo a cabeça no encosto.

Seu tom é incisivo, e ele se encolhe como se percebesse. Mas não pede desculpas.

Tiro as sandálias e apoio os pés no painel.

– Não precisamos. Só achei que isso ia ajudar a passar o tempo.

Os olhos dele passeiam pelas minhas pernas, parando na barra do vestido verde que Connie insistiu em me dar.

– Existem muitas outras maneiras de passar o tempo que são bem mais divertidas do que conversar sobre a minha família problemática – afirma Hollis.

Sei exatamente o que ele está pensando – não tem como interpretar errado aquele olhar –, mas decido me fazer de boba.

– Acho que a gente podia brincar de Vinte Perguntas. Ah, também pode ser Eu Vejo com Meus Olhinhos! Sou boa nisso.

– Eu estava pensando em dar uns amassos, mas, se você prefere jogar...

– Eu vejo com meus olhinhos... – Dirijo a ele um sorriso voraz enquanto meus olhos passeiam pelo corpo dele. – Uma coisa sexy.

– A sua conversa erótica precisa dar uma melhorada – diz ele.

Mas a respiração dele fica entrecortada quando passo a mão delicadamente na frente da calça jeans dele.

– Apesar disso, você já está duro feito pedra e respirando como se tivesse corrido um quilômetro. Que estranho. – Passo o dedo na costura do zíper da calça dele. – Sabe, acho que não bato uma punheta num carro emprestado desde a faculdade.

– Humm – geme Hollis. – Mas imagino que seja como andar de bicicleta, né?

Meus dedos param quando seguro o fecho do zíper.

– Acho que você anda de bicicleta do jeito errado – brinco.

A tensão no rosto dele enquanto espera meu próximo movimento – olhos bem fechados, lábios pressionados, uma linha profunda entre as sobrancelhas franzidas – me lembra da noite passada, antes de nos beijarmos. Só que, desta vez, não há medo nem ansiedade, mas puro desejo. E não se trata da fantasia de dar uns pegas num crush da infância. Ele está extremamente consciente, depois de tudo pelo que passamos, que eu não sou Penelope Stuart, mas um ser humano, de carne e osso, e esquisito. Hollis não está excitado por causa de Millicent Watts-Cohen, ex-atriz mirim e famosa por usar biquínis amarelos. Ele está excitado por Millie – a mulher desajeitada que faz referências a comédias da década de 1980 e não consegue pedir a própria comida. Ele está excitado por *mim*.

A vontade de testar os limites desse poder me faz abandonar o zíper e, em vez disso, acariciá-lo suavemente por cima da calça jeans. Levando em conta como isso está me deixando frustrada e excitada, sei que deve ser uma tortura para ele. E isso só torna tudo ainda melhor.

– Você é terrível – resmunga ele.

Mas um indício sutil de sorriso aparece no canto da sua boca.

– Ah, bom, se eu sou terrível...

Paro de mover a mão, transformando-a num peso parado no colo dele.

Ele ri de um jeito incrédulo que acho estranhamente fofo e inclina a cabeça para trás. Os olhos dele disparam para o lado até grudarem nos meus, e é o mesmo olhar que ele me lançou no José Napoleoni. Aquele que diz "Eu também sei brincar disso". Isso me faz corar com tanta intensidade que até os dedos dos meus pés ficam vermelhos.

– Adorei quando você gozou na minha língua hoje de manhã – diz ele de um jeito casual, como se estivesse falando do preço das ações ou do clima. – Sabe qual é o seu gosto, Mill? Tomates-cereja colhidos direto da horta. Doce, radiante, como um dia de verão infinito. Você tem gosto de recordação. De uma recordação que eu quero revisitar de novo e de novo e... Ahhhh! Meu Deus do céu!

Hollis leva a mão ao peito, e seu olhar está voltado para um pouco acima do meu ombro. Meu primeiro instinto é pensar em fantasmas. Este estacionamento provavelmente é assombrado por uns adolescentes rebeldes que estouraram os miolos andando de skate por aqui na década de 1990. Mas então Hollis expira e diz: "Connie." O que faz muito mais sentido, acho.

Olho para trás, e lá está ela. Connie me dá um sorriso simpático e acena. Quando tento abrir a janela, não consigo, porque o motor está desligado. Então destranco a porta e saio do carro. Estou ciente de que o meu rosto ainda está bastante corado, mas não há nada que eu possa fazer. Mesmo assim, murmuro alguma coisa sobre estar muito quente dentro do carro, num esforço para explicar.

– Desculpem por eu ter chegado de repente – diz ela. – Achei que parecia o carro do Ryan, depois vi o adesivo da Banda Marcial do Ensino Médio de Gadsley e tive certeza. – Ela me entrega a mochila. – Espero que não tenham esperado muito. Tinha um pouco de trânsito pra sair da cidade por causa do concurso de comer tortas.

– Ah, não, de jeito nenhum. A gente acabou de chegar aqui e estava... estava... – Merda. A única coisa que o meu cérebro está gerando é uma imagem dos meus dedos passando no pau de Hollis e ele dizendo que eu tenho gosto de tomates-cereja, e eu não posso dizer *isso* para Connie. – Conversando sobre jardinagem. Enfim, muito obrigada.

– Ah, não tem de quê. Agora espero que tenham uma viagem segura e sem imprevistos.

– Eu também. Mais uma vez, obrigada por tudo.

Ela abre um sorriso, que desaparece depois de um instante.

Connie hesita, como se não tivesse certeza de que quer dizer alguma coisa. Se for para falar que Hollis e eu não deveríamos ficar trocando amassos em estacionamentos por aí, eu dispenso.

– Posso fazer uma pergunta? – indaga ela, aparentemente decidida. – Pode não ser da minha conta, mas eu gostaria de saber se tem alguma coisa em mim, alguma coisa que preciso mudar pra deixar a Mansão Gadsley mais acolhedora...

– Claro – digo, tentando não transparecer como estou nervosa sem saber onde isso vai parar e aliviada porque provavelmente não é sobre ela ter visto a minha mão na virilha de Hollis.

– Por que você e o Hollis se registraram com o sobrenome dele e me deixaram pensar que eram casados?

– Ooooooi?

Tento parecer perplexa, mas soa absurdamente falso até aos meus ouvidos. Repito: eu nunca fui boa atriz.

Connie cruza os braços sobre os peitos abundantes, cobrindo o monograma bordado no pulôver.

– Eu posso ser velha, minha querida, mas sei usar a Wikipédia. Busquei seu nome depois que você disse que tinha sido atriz de TV. Não dizia nada sobre você ter um marido nem um noivo.

Estou prestes a dizer que isso provavelmente é porque não sou importante o suficiente para alguém se importar em documentar o meu estado civil na internet, o que é verdade (tirando o vídeo da sessão de pegação no Festival dos Brócolis, mas foi só uma coincidência eu estar nesse vídeo). Só que, antes que eu consiga articular a resposta, Hollis aparece ao meu lado. Meus olhos disparam para a parte da frente da calça jeans dele, a fim de verificar a situação; parece estar sob controle. Lógico que está. O homem tem 31 anos. Essa não é a primeira vez que ele tem uma ereção inconveniente.

– Oi, dona Connie. Esse negócio todo foi culpa minha. A Millicent às vezes tem problemas com invasão de privacidade e, como nós chegamos tarde da noite sem saber nada sobre vocês ou sobre a cidade, achei que, se colocasse o nome dela como Millicent Hollenbeck, ela teria mais chance de não ser reconhecida. Eu só estava tentando protegê-la, mas, por estar cansado e meio abalado por causa do acidente, fiz isso de um jeito meio bobo.

Ele abaixa a cabeça, os olhos voltados para cima na direção de Connie como os de um filhote de basset, tão fofo e inocente.

– Sinto muito por ter mentido pra senhora.

Com base nessa performance, alguém poderia pensar que o ator de TV é Hollis.

– Ah, quanta gentileza – diz Connie. – Preciso confessar que me enganaram por um tempo, já que vocês dois se olham de um jeito apaixonado e implicam um com o outro como se fossem casados. Talvez não demore muito pra termos o senhor e a senhora Hollenbeck hospedados com a gente de verdade, não é? Nós alugamos a Mansão Gadsley para casamentos, sabe…?

A pele corada de Hollis fica pálida quando Connie lança uma piscadela exagerada para ele. Dou um abraço apertado nela antes que teça comentários sobre os nossos futuros filhos e faça o restante do sangue do corpo dele sumir.

– Obrigada, mais uma vez, por trazer a minha mochila. Estamos muito gratos. Mas é melhor a gente ir, antes que se atrase ainda mais.

Connie abraça Hollis, e ele murmura um agradecimento rápido. Como previ, Connie vai em direção à entrada da Belk.

Hollis aponta para o lado do motorista, com o rosto ainda muito pálido.

– Hum, se importa de dirigir por um tempo? Eu queria escrever um pouco mais.

– Achei que não fosse mais confiar em mim atrás do volante, depois do que aconteceu.

– O cervo não foi nem um pouco culpa sua. Além do mais, o carro não é meu, então por que eu me importaria?

Ele abre a porta do carona e entra no carro.

Depois que estou acomodada no banco do motorista, vasculho a mochila para confirmar se a Sra. Nash, as cartas e tudo o mais estão lá dentro e sem danos. Não que eu não confie em Connie, mas me sinto bem melhor depois de um inventário e algumas respirações profundas.

– Tudo certo? – pergunta Hollis.

– Tudo. – Pego meu celular no bolso da frente e vejo várias notificações. – Só que eu tenho umas mil mensagens e ligações perdidas dos meus pais. Eles devem ter visto o vídeo. Tenho quase certeza de que eles têm um alerta de notícias no Google com o meu nome pro caso de eu me meter em problemas. Os meus pais às vezes exageram um pouco na preocupação.

– Acha mesmo? Você deve ter saído no anuário da escola ao lado da frase "Grande chance de ajudar voluntariamente no próprio sequestro", então desconfio que a cautela deles seja justificada.

Leio as mensagens do meu pai e respondo da maneira mais tranquilizadora possível sem me explicar de fato; a verdade completa – que estou viajando para Key West num carro emprestado com um homem que conheço bem pouco (embora esteja dormindo com ele) para me encontrar com uma idosa que nunca vi antes de ela morrer – não vai amenizar a ansiedade dos meus pais. A mensagem de Dani que só tem um monte de emojis de aplausos não precisa de resposta.

– Ei – digo, deixando o celular de lado. – Essas habilidades de tomada de decisão que você está criticando são as mesmas que quase me fizeram acariciar o seu salame num estacionamento de shopping.

Hollis faz uma careta.

– Por favor, nunca mais fala isso.

– Não prometo nada.

– E, só porque as suas escolhas horríveis às vezes me favorecem, isso não significa que elas não sejam profundamente preocupantes pras pessoas que se importam com você.

Com um esforço hercúleo, consigo me impedir de perguntar se ele está nessa lista. Em vez disso, abraço a mochila mais uma vez antes de colocá-la ao lado do pé de Hollis.

– Pensou rápido quando estava falando com a Connie, hein? Você é um mentiroso assustadoramente bom – comento, tentando mudar de assunto enquanto viro a chave na ignição.

– É, eu consigo ser – diz ele, virando a cabeça para olhar pela janela. – Mas eu não estava mentindo pra ela.

– Hein?

A atenção dele se volta para mim.

– O que eu acabei de falar pra ela é verdade. Registrei a gente com o meu sobrenome pra que as pessoas não soubessem quem você é. O fato de isso salvar a nossa pele no caso de ela ser superconservadora foi um bônus. Fiquei muito feliz de ter feito isso quando vi aquelas imagens todas de Jesus.

– Então, o que você disse sobre ela não aceitar bem a gente...

– Olha, a única outra pessoa que eu conheci que tinha uma decoração daquelas foi a minha avó materna, que com certeza não aceitaria bem que duas pessoas solteiras dividissem uma cama sob o teto dela. Mas, quando conversei com a Connie e o Bud na sexta de manhã sobre ficarmos mais uns dias, eles falaram que só tinha gente chegando na quarta, quando o sobrinho deles e o namorado iam visitar os dois. Eles tinham pedido pra ficar no quarto Semente de Mostarda... sabe Deus por quê. Enfim, a Connie e o Bud aparentemente não dão muita bola pra pessoas solteiras dividindo um quarto. Parece que, na verdade, eles são bem mente aberta.

A ideia de alguém *escolher* dormir com todas aquelas imagens de Jesus o encarando me desconcerta até eu me dar conta de que com certeza voltaria a ficar no quarto Semente de Mostarda se tivesse opção. Como os outros quartos poderiam superá-lo?

– Por que você não me contou o motivo verdadeiro pra ter registrado a gente desse jeito desde o início? – pergunto, tentando voltar ao assunto.

– Você ia achar que eu estava sendo legal com você, e eu estava exausto demais pra tentar te convencer do contrário. As imagens de Jesus foram uma surpresa, mas acabaram se tornando uma excelente desculpa.

– Mas você estava sendo legal. Aquilo foi uma coisa legal. Por que precisaria me convencer de que não era?

Ele dá de ombros.

– Você tem probleminhas, Hollis – digo.

– Ah, é. Certamente.

Antes de eu sair da vaga, Hollis pega o celular dele onde o deixei, no porta-copo.

– Ah. Prometi que ia ligar pro asilo da Elsie pra você. Quer que eu faça isso agora?

Por mais que seja atordoante imaginar os possíveis resultados dessa ligação e isso me faça querer adiá-la por mais tempo do que já adiei, eu me obrigo a assentir para ele.

Minhas mãos tremem enquanto procuro o número do estabelecimento e aperto o botão de ligar antes de lhe entregar o celular.

– Usa o meu.

– No viva-voz? – pergunta ele, com o dedo pairando sobre o símbolo na tela enquanto o celular começa a chamar baixinho.

Faço que não com a cabeça. Parece que o meu estômago está sendo jogado de um lado para outro num mar agitado. Não quero ouvir isso diretamente. Embora a má notícia não vá se transformar numa boa por magia se sair da boca de Hollis, alguma coisa me diz que vai ser mais fácil ouvir dele do que de um desconhecido que não sabe o que tudo isso significa para mim.

Meus olhos vão instintivamente para a mochila no chão, querendo abraçar a Sra. Nash de novo. É como se isso também pudesse ser difícil para ela. Mas a verdade é que ela lidava com as decepções de um jeito bem melhor que qualquer pessoa que já conheci. "*Existem muitas coisas que não acontecem como queremos quando você passa dos 90 e poucos anos*", me disse ela uma vez, quando perguntei como ela não se deixava abalar por essas coisas. "*Você aprende a aceitar as coisas desfavoráveis e fica ainda mais agradecida pelas favoráveis.*" Tudo bem que esse papo foi sobre a nossa cafeteria favorita fechar. Mas tenho certeza de que também se aplica a questões mais importantes.

Mesmo tentando não escutar, quando o toque de chamada para e alguma coisa parecida com a voz abafada da professora do Charlie Brown o substitui, meus músculos ficam paralisados como se estivessem se preparando para um impacto.

– Alô – diz Hollis. – Estou ligando para saber o estado de uma residente. Sim. Elsie Brown. Ela está sob cuidados paliativos. Tá. Claro. Obrigado.

Há uma pausa infinita que parece ser para efeito dramático, mas provavelmente é a recepcionista procurando alguma coisa no computador. A voz abafada retorna, e Hollis responde:

– Não, sou um amigo, estou indo visitá-la e queria... Certo. Certo. Entendo, mas... É, mas quando a minha... Entendo. Sim. Tá. Tudo bem. Eu entendo. Obrigado mesmo assim.

Ele desliga o celular e me encara. Os lábios estão comprimidos numa expressão esquisita, e eu me preparo para o pior.

– Acho que falei com uma recepcionista diferente. Uma com muito mais escrúpulos em dar informações de pacientes para pessoas aleatórias por telefone. Ela não quis me dizer nada. Só ficou repetindo: "Sinto muito, senhor, mas não podemos falar dos nossos pacientes com ninguém que não esteja na ficha deles."

Ele diz essa última parte numa voz aguda e anasalada que provavelmente seria engraçada se eu não estivesse prestes a vomitar.

Respiro fundo, tentando desfazer o nó de alívio, frustração e decepção que está no fundo do meu estômago. Quero acreditar que, se Elsie já tivesse falecido, a recepcionista não teria insistido tanto na confidencialidade. Mas a falta de cooperação também pode não significar absolutamente nada.

A mão de Hollis se fecha sobre a minha no volante.

– Você está bem? – pergunta ele.

– Vou me sentir melhor depois que estivermos de volta à estrada.

Ele assente e me solta, deixando minha mão se sentindo fria e nua.

– Vou traçar a rota no GPS. Agora que você finalmente largou o meu celular – completa ele.

A mulher do GPS no celular de Hollis volta a me dizer o que fazer naquela voz robótica autoritária, e planejo deixar a minha playlist me embalar até um estado agradável de meditação que me impeça de analisar melhor a resposta da recepcionista a Hollis ou a confissão de Hollis a Connie ou o aparente investimento genuíno dele nessa viagem ou, bem, qualquer coisa que não seja "It's Too Late" na voz de Carole King.

Mas Hollis interrompe os meus devaneios antes mesmo que eles comecem.

– É verdade? O que o Josh disse na mensagem?

Olho de relance e vejo que o caderno vermelho ainda está fechado no colo dele. Hollis está encarando o celular na mão com uma mistura de raiva e incredulidade, como se o celular tivesse dado um soco inesperado nele – basicamente como eu me senti quando li as mensagens de Josh pela primeira vez.

– Porque eu sei que você é nova nesse tipo de arranjo – continua ele –, mas tem uma diferença entre sexo casual e usar alguém. E eu não aceito ser usado, Millicent. Então, se é isso que você está fazendo...

– O quê? Como é que você pode...?

Só que eu sei exatamente por que ele poderia pensar esse tipo de coisa. Eu gostei daquele post no Instagram porque sabia como Josh iria se sentir vendo a ex-namorada com o rival dele.

– Eu não estou transando com você pra me vingar do Josh – garanto.

Sinceramente, isso nem é mais um bônus para mim; ler aquelas mensagens não me trouxe nenhuma alegria.

– Tá bom. Se você está dizendo...

– Se eu *estou dizendo*?

– É que me pareceu que você insistiu muito pra gente se beijar na frente de todas aquelas pessoas no desfile. Como se soubesse que isso ia acontecer.

– Tá de sacanagem comigo? – pergunto. – *Você* me beijou. Na verdade, foi você que começou tudo isso com a sua encenaçãozinha de "Ah, eu morro de medo de tempestades" ontem à noite.

Tenho a vaga noção de que falei uma coisa muito cruel, mas a única coisa em que consigo pensar é: *Uau, isso foi na noite passada?*

– Vai se foder – diz ele, virando-se para olhar pela janela.

A frieza na sua voz é pior do que se ele tivesse gritado.

Tudo bem. Sei que peguei pesado. Acho que ainda estou acostumada a brigar com Josh. Mirar na jugular acaba com o conflito o mais rápido possível e instaura um silêncio sepulcral, que é melhor do que discutir, na minha opinião. É um método terrível porém eficiente. Mas eu sei que o medo de Hollis ontem à noite não foi uma encenação, e nenhum de nós planejou o que aconteceu. Mesmo assim, fico magoada com a acusação dele, já que foi ele que iniciou tudo.

A voz idiota de Josh aparece na minha cabeça: *Se você vai ser uma esquisita de merda, Millie, devia pelo menos ser uma esquisita de merda famosa de novo. Assim eu não fico com você à toa.* É lógico. Por que Hollis iria escolher ficar comigo a menos que achasse que poderia tirar alguma vantagem disso? E, se não é a minha fama que ele quer e não é o sexo, o que exatamente ele está procurando?

Maldito Josh, trazendo toda essa merda à tona de novo. Isso é exatamente o que ele queria que acontecesse. E, agora que estamos seguindo por esse caminho de raiva e desconfiança, é fácil demais – quase irresistível – continuar enfiando a faca mais fundo. Só que eu não sei se ela está enfiada no peito de Hollis ou no meu.

– Eu acho que o que aconteceu foi o seguinte – digo, com as minhas inseguranças mais profundas segurando o punho da faca, preparada para infligir o máximo de dano. – Me corrija se eu estiver errada. Você decidiu vir comigo encontrar a Elsie porque tem muita convicção de estar certo, de que ela não vai dar a mínima para a Sra. Nash. E você não podia perder a oportunidade de estar lá pra dizer "Eu te disse". Por isso cancelou com a Yeva, porque imagino que perder a sua festinha sexual seria um preço baixo a pagar pela possibilidade de ver o coração da pateta ingênua da Millie se estilhaçar em um milhão de pedaços e esfregar os cacos na cara dela.

– Millicent.

Ele pronuncia o meu nome como se fosse um alerta.

Meus braços ficam arrepiados, como se eu estivesse entrando numa tempestade elétrica. Eu prossigo mesmo assim. Agora é tarde demais para voltar atrás. As palavras já estão enfileiradas, prontas para sair da minha boca.

– Só que você nem precisou abrir mão da festinha sexual de verdade. Aposto que percebeu que eu estava interessada e achou que ainda podia conseguir transar, se quisesse, com muita facilidade. Foi por isso que me beijou ontem à noite? Meu Deus, e você provavelmente estava pensando o tempo todo: "Ah, ela não é nenhuma Yeva Markarian, mas dá pro gasto!" Eu entendo que o sexo comigo não passou de um prêmio de consolação pra você, Hollis. Então não ousa *me* acusar...

Hollis dá um soco na própria perna. O gesto é dramático, mas o som é só um baque abafado e decepcionante.

– Para! Para com isso, droga.

Ele passa os dedos pelo cabelo e rosna daquele jeito frustrado que me faz querer dar para ele imediatamente.

E então o silêncio paira entre nós e se prolonga pela duração inteira da música "Telephone Line", da Electric Light Orchestra. Eu não lembrava que essa música durava cinco bilhões de minutos. Por fim, os lábios de Hollis se abrem, e eu me preparo para o que ele vai dizer.

Aparentemente não é nada. Ele voltou a olhar pela janela. O silêncio sepulcral com Hollis não traz o mesmo alívio que eu sentia com Josh. É parecido com ser lentamente bicada até a morte por uma gangue de corvos sedentos por sangue. Tento encontrar alguma coisa para dizer, porque isso está me matando, mas nada parece adequado. Os compassos de abertura de "Tusk" preenchem o carro, e percebo que estou um pouquinho farta dessa música assim que Hollis estende a mão e desliga o rádio. Eu quase reclamo, pensando em algum argumento sobre Fleetwood Mac ser melhor do que esse estado terrível de ignorar a existência um do outro. Mas aí ele abre a boca de novo e, desta vez, ele fala.

– Eu te beijei porque eu quis – diz Hollis, com uma calma que eu duvido que ele esteja sentindo. – Porque eu quis isso desde o instante em que te vi naquele péssimo recital de poesia da Cheryl Kline naquela cafeteria em Alexandria. Eu quis, mais que qualquer coisa no mundo, descobrir mais sobre a ruiva de vestido azul-cobalto que estava tricotando um cachecol horroroso com o semblante radiante enquanto a Cheryl assassinava o pentâmetro iâmbico. – Ele dá uma risada estrangulada. – Olha, apesar do que ele mesmo pensa, eu nunca tive inveja do Josh Yaeger, nunca tive a menor vontade de ser ele. A não ser naquela noite, quando ele chegou atrasado e se sentou ao seu lado.

Ah. Certo. Eu sabia que a festa de lançamento do livro de Josh não tinha sido a primeira vez que vi Hollis, mas tinha me esquecido daquela noite fria de fevereiro em Alexandria, Virgínia, dois anos atrás. Parece muito estranho agora eu não lembrar que Hollis fazia parte do grupo de alunos do mestrado que se arrastou até Old Town para apoiar a colega de turma querida porém péssima em métrica.

Josh e eu tínhamos ido morar juntos no mês anterior; minha nova vizinha, uma vibrante nonagenária chamada Rose Nash, estava me ensinando a fazer tricô. Acho que a lembrança mais recente e cheia de emoção da noite em que eu terminei com Josh apagou aquele dia, mas agora esse primeiro encontro volta à memória com uma nitidez surpreendente. A mão de Hollis pode ter sido apenas mais uma no mar de mãos que apertei quando Josh me apresentou aos colegas de turma. Só que eu me lembro de um calor subindo pelo meu braço quando vi os olhos diferentes um do outro e pensei: "Espera aí..." E, naquele exato instante, Hollis estava querendo me beijar? Ele vinha querendo fazer isso há *anos*?

Escondo essa percepção, ainda sem saber o que fazer com ela. Certamente significa alguma coisa – talvez alguma coisa importante –, mas não tenho energia emocional para decifrar isso. Estou confusa demais com a possibilidade de que tudo que Hollis quer de mim... sou eu.

– Não foi tão horrível – digo, depois de um tempo. – O recital da Cheryl, quero dizer. Eu me lembro de gostar do poema sobre o narciso.

Meus olhos estão concentrados na estrada, mas acredito que Hollis esteja erguendo as sobrancelhas como se quisesse dizer: "É sério?" A voz está suave quando ele volta a falar. Não sei dizer se ainda está com raiva; o perdão dele é desconcertante. Não estou acostumada com essa conciliação tão abrupta. As brigas com Josh duravam *dias*. Uma semana ou mais, em algumas ocasiões. Teve uma vez que dormi no sofá da Sra. Nash durante dez dias por causa de um desentendimento sobre o cara atrás de nós na fila do supermercado ser ou não o Bernie Sanders (eu jurava que era).

– O sexo com você não é um prêmio de consolação – diz Hollis. – Não é um prêmio em nenhum sentido.

– Uau, essa foi desagradável e direta.

– Não, eu quero dizer... – Ele suspira, frustrado. – Estar com você não tem a ver com acrescentar um troféu reluzente à minha coleção. Significa muito mais que isso pra mim. Apesar do seu péssimo gosto pra música e, pelo jeito, pra poesia também, eu gosto de você, Mill.

– Ah.

É possível o coração bater com tanta força a ponto de machucar o peito? Porque, de repente, o meu peito está doendo.

– Eu também gosto de você – digo.

E gosto mesmo. Eu meio que me espanto com a intensidade disso. Se alguém me pedisse para descrever Hollis Hollenbeck depois da nossa interação no aeroporto, a palavra "gostável" não estaria nas primeiras centenas de adjetivos que viriam à minha mente. Talvez eu goste porque, sempre que os lábios dele encontram a minha pele, meu sangue parece se transformar em combustível de foguete ou porque ele não tenta discutir comigo nem me manipular para eu deixar a minha esquisitice de lado. Na verdade, ele parece procurar maneiras de eu me sentir mais confortável comigo mesma. E eu gosto tanto dele neste momento que parece errado ter existido um momento – ainda mais tão recente – em que eu mal o conhecia.

– Tá bom, então – diz ele, e abre o caderno. – Que bom que acertamos isso. De volta ao trabalho.

Ele começa a escrever, a ponta da caneta estourando a bolha da intimidade emocional que estava se formando ao nosso redor antes que ela ficasse grande demais e nós nos empolgássemos.

Key West, Flórida
Julho de 1945

ESTAR NUMA CAMA DE VERDADE COM ELSIE era um luxo incrível depois de meses se contentando com momentos roubados na praia e apertadas em catres estreitos.

– Não acredito que você gastou tanto dinheiro neste lugar – disse Rose pela terceira vez desde que elas chegaram ao bangalô no centro da cidade que Elsie tinha alugado para elas passarem o fim de semana prolongado. – É um exagero.

Elsie beijou o ombro de Rose.

– Ah, Rosie, não se preocupe. Deixe eu mimar você no seu aniversário.

– Mas é só semana que vem.

– Ah, mas é nesta que nós duas conseguimos nos afastar da base. A comemoração do seu aniversário vai ter que durar os próximos sete dias. Acha que é uma provação tão grande assim?

Elsie saiu da cama, tão graciosa em sua nudez como quando estava nadando no oceano. Rose ficou observando a maneira como o sol brincava na pele bronzeada dela e transformava os cabelos em fios de ouro. Ela só tinha visto Elsie completamente nua uma vez, no ano-novo que passaram na praia de Boca Chica. As duas tinham abandonado as precauções naquela noite, dizendo a si mesmas que qualquer pessoa que as visse àquela hora provavelmente estaria bêbada demais para notar. Mas lá vira Elsie à noite, com o luar enfatizando as sombras em vez de destacar todas as partes dela que reluziam. Agora Rose estava tão distraída pelo modo como a luz entrava pela janela e formava um halo nas curvas sutis de Elsie que mal percebeu o pacotinho nas mãos dela quando a amada voltou para a cama.

– Els, o que é isso? Você já gastou tanto dinheiro...

– Feliz aniversário, querida – interrompeu ela. – Abra.

Rose fez um estardalhaço ao rasgar o papel de embrulho marrom, revelando uma caixa retangular branca com um R preto elaborado gravado no centro da tampa.

– É o meu próprio estoque de doces? – perguntou ela com um sorriso. – Espero que não. Prefiro ter a desculpa de ir visitar o seu.

Elsie mordeu o lábio quando Rose levantou a tampa da caixa.

– Gostou?

Rose encarava uma folha de papel de carta – uma pilha delas, supôs, pela profundidade da caixa. No canto esquerdo havia uma ilustração em aquarela de um pombo segurando uma rosa vermelha no bico.

– É lindo. Como você conseguiu achar uma coisa dessas? – perguntou Rose.

Elsie se mexeu ao lado dela, estranhamente nervosa.

– Mandei fazer. Uma das enfermeiras namora um artista que mora ao lado do Pepe's na Caroline Street.

– É lindo – repetiu Rose, passando a ponta dos dedos sobre a imagem.

– Estão dizendo que a guerra vai acabar em breve, agora que a Alemanha se rendeu. Espero que, quando seguirmos por caminhos separados, você ainda me mande um pombo de vez em quando.

O lembrete de que o tempo das duas era limitado – e que Elsie tinha proclamado isso de maneira unilateral – mexeu com os nervos de Rose. A amargura com uma pontada de culpa fez com que o segredo que ela vinha guardando na última semana escapasse da boca.

– O período de serviço do Dickie termina no próximo mês. Ele quer começar a faculdade no outono. Em Chicago. Pediu que eu me case com ele assim que a guerra acabar e me mude para lá.

Estava nítido que o sorriso de resposta de Elsie era falso, mas sua insistência nessa máscara de felicidade só aumentou a frustração de Rose. Uma parte tola dela achava que Elsie mudaria de ideia sobre passarem a vida juntas quando o risco de perdê-la se tornasse real. Mas Elsie enfiou os dedos no cabelo acima das orelhas de Rose, aninhando a cabeça dela nas mãos. Então levou os lábios à testa dela para dar um beijo longo e delicado.

– Que notícia maravilhosa. Eu desejo toda a felicidade do mundo para vocês dois.

– Como pode dizer isso? – vociferou Rose, afastando-se dela. – Como pode ficar aí sentada e tolerar que eu me case com outra pessoa? A menos que você nunca...

– *Não.* Não diga isso, Rose McIntyre. Nem *pense* em dizer isso.

A dor reluzia nos olhos castanhos profundos de Elsie.

– Saber que eu vou ter que te deixar... – continuou Elsie. – Parece que eu estou morrendo do jeito mais lento do mundo. Meu desejo de sobreviver diminui um pouco toda vez que eu te toco, mas não consigo parar, apesar de saber que um dia, em breve, não vai sobrar mais nada de mim. Mas eu vou conseguir seguir em frente se souber que você está feliz. Então, Rosie, por favor, me dê esse pequeno consolo. Me prometa que você vai tentar ser feliz com Dickie. Esqueça que me conheceu, se isso facilitar a situação. Simplesmente esqueça...

Os lábios de Rose colidiram com os de Elsie com uma dureza silenciadora.

– Como ousa? Como ousa sugerir que eu me esqueça de você? Eu não conseguiria fazer isso nem que quisesse – murmurou ela, encostada na pele macia do rosto de Elsie.

Quando era menina, Rose sempre imaginou o amor verdadeiro como algo que abriria o mundo de um jeito tão avassalador que ele racharia com a abundância de possibilidades, e estava furiosa por descobrir que, pelo contrário, a liberdade que ela pensou que teria não passava de ilusão.

– Mesmo que você não seja corajosa o suficiente para me deixar te escolher, não pode me impedir de te amar todos os dias da minha vida. – Rose beijou Elsie pela última vez, depois a encarou ao enunciar as palavras finais. – Mas, por mais que eu te ame, neste momento o que eu mais tenho é ressentimento.

Ela saiu da cama e pegou as roupas, na esperança de que Elsie a impedisse de ir embora e voltar para a base. Em vez disso, quando abriu a porta do bangalô, Elsie gritou:

– Acho melhor que você tenha ressentimento por mim agora do que daqui a dez anos, quando perceber que as coisas que eu não posso te dar são as que você mais deseja no final das contas.

E essas foram as últimas palavras entre as duas, até que uma única folha do papel de carta personalizado chegou, dobrada em três num envelope endereçado à Srta. Elsie Brown, em setembro de 1946, anunciando o nascimento de Richard Wayne Nash Jr.

15

GOSTAR NÃO É AMAR. Fico repetindo isso para mim mesma enquanto atravessamos a divisa entre a Carolina do Sul e a Geórgia. A necessidade que sinto de lembretes constantes desse fato é algo sobre o qual não quero refletir. Hollis disse que gosta de mim, mas é óbvio que ele não me ama; nós só estamos viajando juntos há três dias. Nem mesmo eu, que costumo ser uma romântica inveterada, posso admitir que alguém se apaixone depois de três dias – não de verdade. E aí uma voz no fundo da minha cabeça, que se parece muito com a da Sra. Nash, questiona se foram três dias para Hollis ou se foram dois anos. Mas dou um chega pra lá nela, porque tenho plena consciência de que as palavras podem até soar com aquela cadência suave e levemente rouca que sinto tanta falta de ouvir, mas ainda assim são geradas pelo meu cérebro. E ele precisa acabar com essa palhaçada.

Além do mais, eu mal troquei duas palavras com ele antes da noite em que me levou para casa após a festa de lançamento do livro de Josh. Mesmo depois que eu estava no carro dele, não sei se conversamos sobre alguma coisa fora o meu endereço e, talvez, o clima. Se ele me ama – e ele *não me ama* –, isso não se basearia em nada além de me observar do outro lado de um salão em alguns eventos. Isso pode parecer romântico na teoria, mas, na prática, seria algo fantasioso beirando o esquisito. Agora, querer me beijar, tirar a minha roupa? Isso eu consigo ver como um desejo persistente de muito tempo atrás. Quero dizer, não foi exatamente assim que eu me senti em relação a ele quase no mesmo instante em que começamos a viajar juntos? E, agora que me conheceu um pouco, Hollis gosta de mim. Como pessoa. Uma amiga. Uma pessoa amiga. Isso tudo é muito normal e racional e *não é* amor.

Mas e se...?

Esse ciclo repetitivo está girando na minha cabeça há mais de uma hora. Uma vez, fui a um restaurante excêntrico que tinha o tema de viagem vintage, e o elemento central do lugar era um trem de brinquedo que passava por um trilho oval suspenso no teto. Se você não o visse passando pela sua mesa, tudo bem – era só esperar um minuto e ele passava de novo. É assim que está o meu processo de pensamentos agora. Seria necessário aparecer uma coisa muito importante para descarrilar o trem.

Estou vagamente consciente do solo de guitarra da introdução de "Sara Smile", de Daryl Hall & John Oates, saindo pelo aparelho de som (de altíssima qualidade) do carro de Ryan. Meus ombros se mexem devagar, a parte de cima do meu corpo se balançando com a melodia do mesmo jeito que fez com todas as músicas que tocaram enquanto estive perdida nos meus devaneios idiotas. Na metade da primeira estrofe, percebo que Daryl Hall não está fazendo os vocais sozinho.

Hollis. Está. Cantando.

O trem dos pensamentos descarrilou.

Ele não canta a letra a plenos pulmões; está de cabeça baixa, os olhos concentrados no caderno. Mas, quando dou uma espiada, sem dúvida nenhuma ele está movendo os lábios. Considerando as objeções que ele fez às minhas músicas até agora, eu me recuso a deixá-lo impune com essa cantoria. Espero até o final da música para dizer alguma coisa (será que ele está ciente do que está fazendo?) e, assim que a última nota acaba, eu ataco.

– Arrá! Você gosta de Hall & Oates! – digo.

Seu choque diante da acusação o entrega, apesar de a voz não revelar nada.

– Eu não sei o que te faz pensar isso.

– Você sabe a letra toda de "Sara Smile".

– É uma música meio conhecida. Acho que posso saber uns trechos por osmose cultural.

– E você cantou!

Bato as mãos no volante, em triunfo.

– Hum – grunhe ele, ainda conseguindo parecer tranquilo demais para alguém que foi pego curtindo uma coisa que ele insiste que não suporta. – Tenho quase certeza de que não cantei.

– Hollis, eu vi a sua boca se mexendo.

– Eu estava falando comigo mesmo sobre uma construção de frases.

– Eu *ouvi* você cantando.

Pela visão periférica, vejo que ele ergue o olhar do caderno.

– Talvez você tenha ouvido *alguém* cantar, mas não era eu.

Solto um grito baixo de irritação.

– Quem era, então? – exijo saber. – Se não era eu e não era você, quem estava cantando com Hall & Oates?

– Provavelmente a mesma pessoa com quem você estava falando no banheiro ontem à noite.

Eu nem preciso olhar para saber que os cantos da boca dele estão lutando contra um sorriso largo.

– A gente devia parar ali pra abastecer – sugere Hollis, verificando o indicador de combustível no painel.

Pego a primeira saída da estrada, pensando se a oferta de dar um soco nele quando chegarmos ao posto era exclusiva para a loja de conveniência na Virgínia ou se eu posso resgatar esse cupom agora.

– A música é boazinha – admite ele por fim quando paro ao lado de uma bomba. – Eu vou até reconhecer que a maioria das suas músicas é boa. Exceto…

– Eu juro, Hollis Hollenbeck, que, se você ousar falar mal da Stevie Nicks de novo, eu vou…

– Você vai o quê? – pergunta ele, com a voz profunda e rouca.

– Eu vou… eu vou…

Depois de todos os pensamentos obscenos que a minha mente elaborou na presença de Hollis, ela resolveu me deixar na mão justo agora. Mas por algum motivo eu continuo falando:

– Vou fazer coisas com você. Coisas de que você vai gostar. Até demais. E aí você vai ficar tão dominado pelo prazer que vai explodir em um milhão de pedacinhos. Eu nem vou me dar ao trabalho de juntá-los, então todos os seus cacos vão ficar à mercê da Mãe Natureza. Talvez uma foca te coma.

– Uau. Eu jamais poderia prever essa virada no final.

– É... Bem, ser sexy não é o meu forte.

– Se você não dissesse, eu nem teria reparado.

Ele pigarreia e ajeita o banco. Meus olhos percebem o retorno da tora dura e comprida na calça jeans.

– Cara! Você ficou excitado porque eu disse que ia te explodir com sexo e uma foca ia te comer?

– Não é por causa da foca – resmunga Hollis.

– Isso realmente despertou alguma coisa em você?

– Você desperta todo tipo de coisas em mim.

Ele parece extremamente irritado com isso, o que me provoca uma descarga de satisfação.

Gostar não é amar, digo a mim mesma. Gostar não é amar. Sexo não é amor. Sexo não é gostar. Só que às vezes é. Neste momento é. Mas gostar não é amar.

Isso está ficando confuso demais.

– É? – pergunto. – Coisas como a sua paixão adormecida pelo soft rock clássico?

Estendo a mão e dou uma apertada leve que o faz prender a respiração.

– Por mais que isso me doa quase literalmente – diz ele –, acho que não temos tempo agora.

Hollis afasta a minha mão e a solta no meu colo. Ele se mexe para sair do carro e inspira fundo com o movimento.

– Pode comprar uma garrafa de água pra mim enquanto encho o tanque, por favor? – pede ele. – Eu mesmo compraria, mas...

Solto um suspiro dramático.

– Como você pediu com educação, acho que posso te poupar de exibir o seu tesão com a fantasia da foca pela loja de conveniência.

– Já falei que não é por causa da foca! – grita ele enquanto vou em direção à loja.

Lá dentro, sigo até as bebidas na parede dos fundos e pego duas das maiores garrafas de água que eles têm. Em seguida, ando pelos corredores selecionando várias guloseimas até termos o suficiente para abastecer um bunker numa guerra nuclear. Nós dividimos uma porção de batatas fritas de um food truck depois do desfile enquanto esperávamos Ryan terminar com os alunos e nos entregar as chaves, mas isso foi há horas. Espero que essa quantidade de biscoitos, batatas chips, pretzels, mix de castanhas e doces nos sustente para não precisarmos parar para jantar.

Empilho tudo no balcão do caixa. O funcionário começa a passar as compras, sem erguer o olhar até chegar à água. Ele tem cabelo verde ensebado e um piercing na sobrancelha, que se ergue ao me reconhecer.

– Ei, você não me parece estranha – diz ele. – De onde eu te conheço?

O relógio na parede diz que passa das quatro. Eu não tenho tempo – e muito menos vontade – de seguir todo o roteiro de interação com fãs de Penelope agora, nesta loja de conveniência. Até a minha extroversão tem limites, e acho que o atingi várias horas atrás, quando, pelo que pareceu uma eternidade, eu tagarelei sobre a cidade de Gadsley ser maravilhosa para um repórter atrás do outro depois do desfile.

– Eu faço pornô – respondo. – Penelope Alameda.

Sei que não é a fórmula batida de juntar o nome do seu primeiro animal de estimação e o da rua onde você cresceu, mas alguma coisa me diz que Rei Velocirraptor Alameda não seria um nome artístico aceitável.

Ele assente enquanto passa o meu cartão de crédito.

– Ah, sim. Legal. Você é aquela que...? – O funcionário faz um gesto com os dedos que ou estou muito cansada ou muito na defensiva para entender. – Sou muito fã do seu trabalho. Obrigado por fazer isso.

– Obrigada por curtir – digo, e pego a sacola no balcão.

É uma resposta automática que dei para inúmeros fãs de *Penelope volta ao passado*, embora eu desconfie que significa algo um pouco diferente neste contexto. Mas funciona mesmo assim.

Agora acho que vou ter que fazer uma bela pesquisa sobre a minha sósia que é atriz pornô. E depois ver vídeos suficientes dela até descobrir o que o gesto do garoto representa.

Quando volto para o carro, Hollis está no banco do carona escrevendo no caderninho de espiral. Ele o fecha e guarda entre as coxas quando abro a minha porta. Coloco as garrafas de água nos porta-copos e entrego a ele a sacola de lanches.

Suas sobrancelhas se erguem quando ele dá uma olhada no conteúdo.

– Uau. Você comprou uma unidade de cada coisa que tinha lá dentro?

– Quase isso. Menos aquele biscoito Cheez-It. Eu tinha uma colega de quarto que comia isso o tempo todo e agora não suporto o cheiro. – A lembrança me dá ânsia de vômito. Tento me recuperar dizendo, casualmente: – E aí, como está a escrita?

Hollis dá de ombros, ainda vasculhando a sacola.

– Tudo bem. Ótima. Quero dizer, não é ótima em termos de qualidade, mas as palavras estão no papel, e esse é o objetivo de um primeiro rascunho.

– Legal. E o livro é sobre o quê?

– Hum?

– O livro. É sobre o quê?

– Vai ser sobre o nada se você não parar de me distrair. – Ele batuca os dedos na perna, parecendo reconsiderar a própria rispidez. – Desculpa, é que não gosto de contar pra ninguém além do meu agente no que estou trabalhando até terminar. Eu sou... supersticioso, acho.

Ergo uma sobrancelha, mas tenho que admitir que fico estranhamente satisfeita com essa evidência adicional de como Hollis é diferente de Josh. Se você perguntasse a Josh qual era o assunto do livro quando ele começava a escrever, ele dizia umas coisas tipo: *É um Dostoiévski moderno, que explora a natureza do sofrimento e da atração numa sociedade pós-industrial.* O que seria só um blá-blá-blá literário pretensioso para não dizer: *É sobre um contador cuja melancolia só é eclipsada pelo desejo de comer a atendente da cafeteria perto do escritório dele, e se passa em 2009 por algum motivo.*

– Interessante – digo devagar, abrindo a embalagem de um Reese's Cup e enfiando um inteiro na boca. – E não vem fingir que você não gosta quando eu te distraio.

As palavras saem como uma sequência ininteligível de vogais: *e ão ẽ ii e oê ão óa ão eu e iaio.*

– Só dirige, Millicent.

Estamos vários quilômetros mais ao sul e com menos duas barras de chocolate, um pacote de batatas chips e uma caixinha de minidonuts quando meu celular vibra na mochila. Ele continua num ritmo constante que anuncia uma ligação telefônica. E outra, depois mais outra. Meu primeiro pensamento, mesmo passados dois meses, é que deve ser a Sra. Nash ligando do telefone fixo que fica em sua sala de estar. Meu estômago afunda quando penso que estou longe demais para ajudá-la se tiver acontecido alguma coisa, depois desaba quando lembro que tanto ela quanto o telefone de discar já se foram.

Mas alguém com certeza está ávido para fazer contato.

– Pode dar uma olhada pra mim?

Hollis pega meu celular no bolso da frente da mochila a seus pés quando o aparelho começa a vibrar de novo.

– Seu pai – informa ele. – Quer que eu atenda pra você?

– Ah, não, Deus me livre. Você não sabe como ele vai surtar se um homem desconhecido atender o meu celular. Coloca no viva-voz.

Hollis obedece, e a voz do meu pai já está gritando "Alô? Alô?" antes que eu consiga pronunciar uma palavra.

– Oi, pai – digo. – Tá tudo bem?

O sotaque carregado de Long Island do meu pai, que, por algum motivo, ele nunca perdeu apesar de trinta anos longe de lá, agora preenche o carro.

– Você que tem que me dizer, Millie. O que é que tá acontecendo?

– Nada de mais. Só estou dirigindo.

– A sua mãe está doente de preocupação.

– Ah, não culpa a Millie só porque estou quase de cama querendo saber se ela está bem – diz a minha mãe.

Bubbe, minha avó paterna, poderia fazer um peixe se sentir culpado por nadar, e eu sempre achei fascinante ela ter conseguido passar um pouco desse talento para a nora.

– Não tem nada com que se preocupar. Eu estou bem. Como disse na mensagem.

– Nada pra se preocupar?! – diz meu pai, entre uma pergunta e uma exclamação. – Ficamos dias sem notícias suas e depois vemos você se agarrando com um desconhecido, usando brócolis no cabelo no meio do nada. E ainda por cima você ignora as nossas perguntas...

Eu não entendo por que o meu pai fica parecendo um cobrador de impostos quando está estressado.

– Mais uma vez, como eu disse na mensagem, eu não estava com o celular na mão.

Para ser exata, eu estava sem o celular. Mas eles não precisam saber disso.

– Você não disse pra ninguém aonde estava indo, com quem estava...

– Eu falei pra Dani.

– Você poderia estar morta numa vala sem que ninguém soubesse, Millie.

– Mas eu não estou – retruco. – Dá pra saber pelo fato de vocês estarem conversando comigo neste momento.

– Mas você *poderia estar* – ouço minha mãe dizer ao longe.

Pelo barulho alto ao fundo, ela deve estar usando o liquidificador.

– Bem, eu definitivamente não estou – continuo. – Só estou de férias.

– Férias? – Meu pai está incrédulo. – Estar de férias é descansar numa praia, Millie. Explorar um parque nacional. Não participar de um desfile de verduras e fazer uma demonstração pública de afeto com um desconhecido.

– Fazer uma demonstração pública de afeto? – murmura Hollis. – Agora eu entendo de onde vem o seu jeitinho com as palavras.

– Quem foi que falou? – pergunta o meu pai. Aparentemente, ele é um cobrador de impostos com uma audição exemplar. – Quem é que está aí com você?

– Hollis – respondo. – É o cara do vídeo. E ele não é um desconhecido. Somos amigos.

– Ah, amigos, é? – retruca o meu pai. – Talvez eu seja meio antiquado, mas, no meu tempo, um homem não beijava uma mulher daquele jeito se ela fosse só uma amiga.

– Mas é o que somos.

Eu mordo o lábio, sabendo que o meu rosto deve estar vermelho como um tomate a esta altura. Parte de mim queria que Hollis me salvasse de algum jeito, mas também sei que, se ele fizesse isso, eu ficaria irritada por ele achar que não consigo lidar com meus próprios pais. Além do mais, o que ele poderia dizer para eles pararem de me encher? Alguma coisa do tipo: "O senhor está certo. Eu entrei com bola e tudo dentro da Millicent hoje de manhã, então 'apenas bons amigos' não é a representação mais precisa do nosso relacionamento atual"? Teria sido ótimo. Além disso, com base no que eu sei sobre Hollis, fazer sexo com alguém e ser apenas amigo dessa pessoa não são duas coisas incompatíveis na visão dele.

– Nós estamos no viva-voz? – pergunta meu pai, arrancando-me dos meus devaneios.

– Estão – confirmo.

– Ótimo. Hollis, nos diga: por que deveríamos confiar em você com a nossa filha?

– Ai, meu Deus – resmungo.

Se eu não estivesse dirigindo, cobriria o rosto com as mãos. Isso é pior do que quando o meu pai deu ao garoto que me levou ao baile de formatura um folheto sobre como usar camisinha corretamente. Como naquela época, eu sei que ele tem boas intenções, mas...

Hollis pigarreia e se senta mais ereto.

– Você não tem que... – começo.

Mas ele pousa a mão na minha coxa e diz:

– Vocês devem confiar em mim com a Millicent porque ela decidiu que confia em mim. Isso deveria bastar.

– Entendo o que você está dizendo – concorda o meu pai. – E a Millie é uma garota maravilhosa, não me entenda mal. Mas ela é boa demais e facilmente manipulável...

– Ela é uma adulta que sabe tomar as próprias decisões – afirma Hollis. – Ela sabe o que está fazendo.

– Rá.

De alguma forma, toda a intensa discordância do meu pai em relação a Hollis consegue se encaixar nessa palavrinha minúscula. Parece que alguém está puxando o meu coração, testando para ver até onde ele consegue se esticar antes de rasgar.

– Se ela soubesse o que está fazendo – continua ele –, não teria desperdiçado três anos com aquele cretino do Josh.

Os dedos de Hollis se fecham com força, e tenho a leve impressão de que ele está prestes a dizer alguma coisa muito grosseira para o meu pai. Sei que preciso encerrar essa conversa agora mesmo, antes que ela saia ainda mais do controle. Então, por que, em vez disso, fico esperando ouvir o meu novo amigo colorido me defender?

Porém, antes que Hollis consiga repreender meu pai do jeito que ele provavelmente merece, luzes azuis e vermelhas aparecem no espelho retrovisor.

– Desculpa, tenho que desligar – digo, ligando a seta.

– Ai, merda – diz Hollis, vendo a viatura da polícia atrás de nós no mesmo momento em que a sirene toca. Ele aperta a minha coxa. – Eles nos encontraram. Pisa fundo no acelerador, Millicent.

Bato no braço de Hollis. Ele sorri ao ouvir o pânico crescente na voz da minha mãe quando ela pergunta o que está acontecendo, e eu mal consigo conter a gargalhada que está se formando na minha garganta.

Hollis leva o celular até perto da boca para garantir que os meus pais vão ouvi-lo.

– Mais rápido, querida, mais rápido. Eu não posso voltar pra cadeia.

– Millie! – gritam meus pais em uníssono.

– Ligo mais tarde, amovocêstchau! – falo apressada enquanto paro no acostamento.

E tenho quase certeza de que a última coisa que os meus pais escutam quando Hollis desliga sou eu às gargalhadas feito uma bruxa animatrônica de decoração de Halloween.

16

– QUE GESTO LEGAL DO SEU AMIGO RYAN nos emprestar um carro com a lanterna traseira queimada – diz Hollis.

– Garanto que ele não fez isso de propósito.

Quer Ryan soubesse, quer não, a conversinha com o patrulheiro Rodrigo no acostamento da interestadual 95 nos custou 45 minutos de viagem até agora. Cerca de dez desses minutos foram gastos tirando tudo do porta-luvas abarrotado para tentar encontrar o documento do carro e o comprovante do seguro, que, na verdade, estavam presos ao para-sol do carona o tempo todo. Como eu não tinha a menor ideia de onde estavam os documentos, minha carteira de motorista é de outro estado e eu não sabia o sobrenome de Ryan até ler no papel, o patrulheiro Rodrigo resolveu ligar para ele e confirmar se tínhamos permissão para dirigir o seu carro.

– Meus pais normalmente ficam preocupados com a possibilidade de eu ser vítima de um crime, e a polícia acha que eu posso estar cometendo um – reflito, enquanto esperamos o patrulheiro voltar da viatura.

– Ah, não sei. Graças a mim, os seus pais agora devem estar convencidos de que viramos Bonnie e Clyde.

Cubro o rosto e dou risada.

– Não acredito que você fez aquilo. Eles devem estar ligando pra todas as patrulhas rodoviárias dos estados do Sul pra saber se fui presa.

– A propósito, me desculpa se passei dos limites – diz Hollis. – Não quero que ache que eu estava tentando fazer *mansplaining* com você pra sua mãe e pro seu pai.

– Não, *eu* que peço desculpas por meus pais te colocarem na berlinda daquele jeito. Eu gostei de você me defendendo. Mesmo que não estivesse falando sério.

– Eu estava falando sério. Sei que implico com isso, mas percebi nos últimos dias que você tem um tipo de sistema pra calcular o risco. Mesmo que eu não entenda o tempo todo, tenho que admitir que tem funcionado pra você nos últimos vinte e tantos anos.

– Quase trinta – digo. – Mas você não é a mesma pessoa que decidiu me deixar vir com você pra Miami porque estava crente que eu tinha cem por cento de chance de ser assassinada e desmembrada se fosse deixada à minha própria sorte?

– Não cem por cento. Talvez noventa e cinco. Sem contar que eu ainda não conhecia o seu sistema naquele momento – explica ele. – É que você parecia um barquinho feliz flutuando no meio de um furacão, sem perceber que estava perigosamente perto de ser jogada nas pedras.

Dou um sorriso com a analogia.

– Por favor. Nessa história aí, eu sou o furacão – brinco.

– Já percebi. E estou começando a desconfiar que *eu* posso ser o barquinho.

Ele solta um suspiro pesado.

– Não se preocupa – digo. – Usarei o meu incrível poder pra te guiar em segurança até a orla.

O canto da boca de Hollis se curva para cima.

– Acho que você não sabe muito bem como os furacões funcionam.

O patrulheiro Rodrigo ainda está sentado dentro da viatura com o celular no ouvido. Espero que ele consiga entrar em contato com Ryan (cujo sobrenome agora eu sei que é Dubicki). Caso contrário, minha segunda vez num carro de polícia pode acontecer menos de 48 horas depois da primeira.

– Eles sempre foram tão superprotetores? – pergunta Hollis.

– Os carros de polícia?

Ele estreita os olhos, confuso.

– Seus pais.

– Ah. Certo. – Isso faz muito mais sentido. – Não, nem sempre. Quero dizer, eles sempre foram cuidadosos. Mas a preocupação excessiva começou quando eu estava fazendo *Penelope volta ao passado*. A fama, mesmo em pequena escala, tira as pessoas esquisitas e sinistras da toca. Então, mesmo após a maioria dos esquisitos e sinistros ter voltado pra toca depois que eu já estava longe da TV por um tempo, minha mãe e meu pai continuaram em alerta máximo. E se mantiveram assim pelos últimos quinze anos. Eles têm boa intenção, mas é chato.

– Como foi que você foi parar na TV? Imagino que não tenha sido ideia dos seus pais. E você não era tão talentosa assim...

– Uau, obrigada – digo.

Ele levanta as mãos.

– Só estou repetindo o que você disse várias vezes.

– Ah, tá, claro. – Sendo sincera, eu não consigo nem fingir indignação. – Nepotismo. Foi assim que eu comecei. Minha tia Talia é diretora de elenco em Hollywood. Ela convenceu os meus pais a me deixarem fazer uns comerciais locais quando eu tinha 6 anos. Alguém na emissora viu um dos que eu fiz pra uma loja de móveis em Burbank, achou que eu tinha a aparência certa pro papel da Penelope e me chamou pra um teste. Meus pais não ficaram muito animados. Minha mãe estava grávida do meu irmão, e isso provocou várias mudanças na nossa família de uma vez só. Mas eu adorava fazer os comerciais e ainda não tinha percebido que estava sobrevivendo apenas do meu rostinho bonito. Esperava que *Penelope* mostrasse a todo mundo como eu era maravilhosa, que levasse a coisas maiores e melhores. Eu queria ser uma estrela de cinema. Mas uma que fizesse rir. Tinha acabado de ver *Os sete suspeitos* pela primeira vez e estava meio obcecada pela Madeline Kahn.

Dou um sorriso triste para Hollis.

– Eu tinha facilidade pra decorar os roteiros, mas descobri que representar todas aquelas falas era outra história. Eu não tinha ilusões com o estrelato quando parei de atuar. A puberdade estilhaçou as últimas que restaram.

– Como assim?

– Você já viu as capturas de tela. O biquíni amarelo. Foi por causa dele que o programa acabou.

– Não entendi.

– Depois daquele episódio, algumas pessoas da emissora ficaram horrorizadas por eu ter tido a ousadia de desenvolver seios. Será que eu não sabia que a Penelope deveria ser uma personagem *inocente*?

Eu reviro os olhos, na esperança de que isso ajude a disfarçar que a lembrança ainda dói um pouco quando a cutuco, não muito diferente da dor incômoda causada pela escoriação na minha testa.

– Ah, eles que se fodam – diz Hollis.

– Bom, também havia um contingente nada insignificante que ficou empolgado ao ver que a Penelope passou a ter sex appeal. Eles acharam que os meus novos peitos poderiam fazer maravilhas pela audiência, abrir novas oportunidades de marketing.

– Ok, mudei de ideia. Eles que se fodam *muito*.

– A coisa toda foi péssima pra minha saúde mental. Eu já tinha bastante vergonha do meu corpo naquela idade. Meu contrato seria renovado no final da temporada, mas minha mãe e meu pai me disseram que eu não estaria mais no programa. Eu fingi sentir raiva deles por terem tomado a decisão por mim, mas sei que conseguiram perceber que a minha raiva era falsa. No fundo, eu estava incrivelmente aliviada de acabar com aquilo.

Filmar os últimos episódios foi um pesadelo; tentar dizer as minhas falas e me movimentar enquanto me sentia desnorteada sabendo que as pessoas estavam discutindo cada movimento meu e cada nova curva. Eu forço um sorriso, fecho os olhos e solto um suspiro demorado. A mão de Hollis pousa sobre a minha, acolhedora e reconfortante, mas ele a afasta quando o patrulheiro Rodrigo aparece ao lado da minha janela.

– Falei com o proprietário – informa ele. – Ele confirmou que vocês têm permissão pra dirigir este veículo. Eu o alertei sobre a questão da luz traseira, e ele prometeu consertar assim que vocês devolverem o carro, então não vou fazer um pedido de reparo. Mas, por favor, lembrem o Sr. Dubicki disso quando o encontrarem.

– Obrigada – digo, pegando os documentos que entregamos a ele.

– Boa viagem.

O patrulheiro Rodrigo bate duas vezes no nosso teto antes de voltar para a viatura.

Já passam das sete, e todas as guloseimas da loja de conveniência parecem empilhadas num lado só do meu estômago, me deixando meio enjoada e meio faminta. Sem que nenhum de nós diga uma palavra, pego a próxima saída e me aproximo do estacionamento de um Taco Bell. Hollis e eu trocamos de banco para ele poder fazer o pedido quando entramos no drive-thru. Tento não demonstrar como valorizo o fato de essa coisa que ele faz por mim ter se tornado automática, apenas mais uma parte da nossa rotina. Um burrito de feijão e arroz equilibra a sensação assimétrica em meu estômago e a transforma numa coisa pesada, mas pelo menos mais bem distribuída. Estou feliz por não ter que dirigir agora, porque o único destino que consigo ver à frente é a Cidade dos Sonhos.

Vou conectar meu celular de novo no rádio do carro, mas Hollis segura a minha mão no meio do caminho até o cabo auxiliar.

– Espera.

– Hollis, por favor. Estou cansada – digo, numa voz muito mais mimizenta do que eu pretendia.

– Já ouvimos a sua playlist inteira duas vezes durante a viagem. E isso vai esgotar a bateria do seu celular.

Hollis liga o rádio e passa pelas estações, provavelmente procurando uma rádio universitária.

– Mas...

Antes que eu consiga terminar a minha objeção, ele para na estação que queria. Mas o que ouço não são notícias. São os Doobie Brothers cantando "What a Fool Believes".

– Eu vi o outdoor de uma estação de rock clássico alguns quilômetros atrás – explica Hollis, como se estivesse prevendo a minha pergunta. – Anotei pro caso de eu surtar de repente e jogar o seu celular pela janela na vida real em vez de fazer isso apenas nos meus devaneios.

– Ah.

O vocal emocionado de Michael McDonald me envolve num abraço aconchegante. Observo o perfil de Hollis com olhos pesados, sem nem tentar disfarçar que estou analisando esse resmungão que está sempre me surpreendendo com a gentileza dele. Enquanto repasso os acontecimentos do dia na mente, começando com as horas escuras e tempestuosas da madrugada, quando ele me beijou pela primeira vez, e terminando com este momento, meu peito se enche de alguma coisa parecida com afeto. Uma coisa quase parecida com...

Não. Eu não vou pensar nisso. Eu não quero ser como o tolo da música e me apaixonar por alguém que mal vai pensar em mim depois que seguirmos caminhos diferentes.

A percepção surpreendente de que a única coisa que vai me impedir de sair dessa história com o coração partido é a minha própria força de vontade deploravelmente fraca deveria me manter acordada, mas, não sei como, a minha exaustão vence a batalha. Sonho com Michael McDonald usando um colete fluorescente e a minha coroa de flores de brócolis, segurando uma placa laranja e enorme que diz ATENÇÃO: CONDIÇÕES PERIGOSAS ADIANTE.

17

O QUE ME ACORDA É A FALTA DE BARULHOS. Nenhum motor zumbindo nem o ruído dos carros passando. Nenhuma estação de rádio nem playlist de viagem tocando uma música atrás da outra. Só a respiração de Hollis no banco do motorista.

– O que está acontecendo? – pergunto, as palavras se alongando assim como o meu corpo.

Ele tira a chave da ignição.

– Vamos parar pra descansar.

– O quê? Não. Hollis, a gente não pode...

Hollis pega as minhas mãos. No início eu acho fofo, até perceber que é só para me impedir de continuar a me debater em pânico. Ele me faz olhar direto nos olhos dele antes de falar.

– Escuta, Millicent. Ainda falta muito pra gente chegar a Key West. Se continuarmos dirigindo hoje à noite, vamos chegar lá às quatro e pouca da manhã. Mas, se pararmos aqui, poderemos dormir um pouco, lavar umas roupas e ainda conseguir sair cedo o suficiente pra chegar ao asilo assim que começa o horário de visitas.

Meu cérebro vagueia, acordado o suficiente para perceber que estamos estacionados numa entrada de garagem residencial em frente a um rancho de estuque branco com telhado reto no estilo espanhol, exceto por uma inclinação íngreme sobre a garagem para dois carros.

– Onde é que a gente está?

– Em Boca Raton. Vem.

Hollis salta do carro antes que eu tenha a chance de pedir que explique melhor o que está acontecendo. Ele pega as nossas coisas no porta-malas e vai em direção às portas duplas de madeira, e minhas pernas estão rígidas demais para segui-lo, por causa das muitas horas dormindo sentada.

– Espera – digo, porque esses eventos estão ocorrendo rápido demais para mim em meu estado sonolento.

Hollis mexe num termômetro de ambiente perto da porta. Ele o abre e pega uma chave.

– A gente vai arrombar a porta e entrar? – sussurro.

– Só entrar. Não precisamos arrombar nada – diz ele, enfiando a chave na fechadura e abrindo a porta.

Atravesso a soleira e chego a uma sala grande com piso de cerâmica. Quando Hollis acende a luz, vejo que o ambiente é decorado em bege e marrom-chocolate com detalhes em amarelo-manteiga. Tiramos os sapatos antes de prosseguir, e o toque do piso frio é agradável.

– É um Airbnb? – indago.

– Não, é a casa do meu pai – responde ele, deixando as malas no chão.

– Ele não está aqui?

– Tá numa conferência em Paris.

– E não se importa de dormirmos aqui?

Hollis balança a cabeça.

– Não. Mandei uma mensagem quando paramos no posto e perguntei se podíamos dormir aqui, se fosse necessário. Ele disse que era pra gente se sentir em casa.

Vou até a estante embutida e passo os dedos nos livros encadernados em couro enfileirados nas prateleiras. As letras douradas nas lombadas parecem estar em cirílico.

– Isso é russo?

– É. Meu pai se especializou em literatura russa. É um dos maiores especialistas dos Estados Unidos em Dostoiévski.

– Aposto que ele adorou o livro do Josh, então.

– Hein?

– O livro do Josh. Supostamente é uma leitura moderna de *Memórias do subsolo*.

– Ah. A intenção dele era essa? Achei que fosse só um monte de umbiguismo pela perspectiva de um contador deprimido e tarado.

Uma risada se origina no fundo do meu estômago, passa pelas minhas costelas e explode pela minha boca.

Hollis parece perturbado pelo som que estou emitindo; deve achar que é uma reação desproporcional ao que ele disse.

– O que foi?

Quantas vezes Josh disse que eu simplesmente não *entendia* o trabalho dele? Mas Hollis não se deixa enganar pela enrolação do meu ex, o que significa que não sou a única. É isso que mais adoro em Hollis: ele me faz sentir que não existe nada de errado comigo. Com todo o estardalhaço em relação à minha talvez preocupante alta tolerância ao risco, ele me convence de que posso confiar em mim mesma. E talvez eu não tenha percebido até ele me estimular a voltar a fazer isso, porque é algo que eu não vinha fazendo com muita frequência nos últimos meses.

– Ganhei o dia, só isso – digo.

Meu sorriso está começando a fazer as minhas bochechas doerem, mas se recusa a sumir. Alguma coisa dentro de mim parece brilhar, e meu sorriso pateta é a única maneira de deixar um pouco da luz e do calor saírem em segurança antes de eu explodir.

Hollis me encara como um gato avaliando um rato. Ele se aproxima e me envolve por trás. Nunca tinha me tocado desse jeito. Por outro lado, ele só está fazendo essas coisas há poucos dias, então ainda deve ter inúmeras maneiras de me tocar que ainda não pôs em prática.

A intimidade entre nós aumenta muito de novo, não só fisicamente, mas em algum aspecto que não consigo identificar, e o brilho dentro de mim está crescendo com o estímulo do calor dele – tanto literal quanto metafórico. Porém, esfria quando lembro que somos apenas amigos. Amigos que fazem sexo e podem continuar a fazer. Mas, mesmo assim, apenas amigos e nada mais. Gostar não é amar. Não posso me esquecer disso.

Meus olhos procuram alguma coisa na sala para comentar, para romper o silêncio e pôr os meus sentimentos de volta nos trilhos. Encontro uma foto num porta-retrato numa das prateleiras à minha frente. É um homem de meia-idade e uma mulher jovem. O homem com certeza é o pai de Hollis; os dois são praticamente idênticos, mas o cabelo dele é de um grisalho lindo, e não castanho-escuro, e seus olhos são ambos da mesma cor – o azul-acinzentado do olho direito de Hollis.

– Quem são? – pergunto, apontando para o porta-retrato. – Seu pai e sua irmã?

– Não, essa é a Noiva Número Quatro. Acho que o nome dela é Madison.

– Ah. Ela é... hum... jovem.

– Tem 23 anos. – Nessa posição, o hálito de Hollis faz cócegas na minha orelha quando ele fala. – Meu pai envelhece, mas as namoradas não.

– Ah. Bem... Ela parece... legal.

– Deve ser. Ainda não conheci essa. Meu pai só começou a sair com ela depois que eu vim aqui no Natal, e a pediu em casamento algumas semanas atrás.

Viro a cabeça para tentar olhar nos olhos de Hollis, mas, em vez disso, quase dou uma cabeçada nele.

– Eles ficaram noivos depois de namorarem por menos de cinco meses?

– Foi um recorde pro meu pai. Três meses do primeiro encontro até o pedido de casamento costuma ser o *modus operandi* dele. Acho que ele está ficando mais comedido na velhice.

Tem uma pitada de amargura no sarcasmo de Hollis que me deixa tentada a interrogar mais, porém ele volta a falar antes de eu ter essa chance.

– Vem, vamos jogar a roupa na máquina pra gente poder ir pra cama.

Ele desliza a mão pelas minhas costas e me conduz por um corredor. Paramos numa porta que parece que vai dar num armário de roupas de cama, mas atrás dela ficam a máquina de lavar e a secadora. Hollis pega a minha sacola de roupas sujas na mala e a esvazia na máquina, depois acrescenta as dele, que estão na bolsa de viagem.

– Tira a roupa – ordena ele.

A ideia de ficar completamente nua no corredor da casa de um desconhecido me detém por um instante. E se o pai de Hollis não estiver em Paris, França, mas, tipo, em Paris, Mississippi, e decidir voltar para casa mais cedo? Mas, como Hollis está parado na minha frente usando apenas óculos e relógio, parece mais desconfortável não me despir. Entrar e encontrar o filho e a amiga nus pode ser constrangedor, mas encontrar o filho nu e a amiga totalmente vestida provavelmente vai gerar mais questionamentos.

– Preciso de ajuda com o vestido – digo.

Ele abre o zíper, com o hálito quente no meu pescoço, mas sem encostar a boca na pele. Eu me lembro de hoje de manhã cedo, quando ele deixou um rastro de beijos nos meus ombros e passou as mãos pelo meu corpo enquanto o vestido caía no chão, e fico um pouco decepcionada por ele não iniciar uma repetição dessa performance. Por outro lado, três orgasmos nas últimas 24 horas já são uma quantidade extremamente admirável.

Será que eu deveria me preocupar com o fato de Hollis me fazer passar com tanta velocidade de envergonhada por me despir na casa do pai dele a querer que ele me possua no chão?

O vestido só aceita lavagem a seco (por isso Connie não se importou de se livrar dele), então eu o enfio na mala e jogo meu sutiã e a minha calcinha com cachorros de óculos escuros na máquina de lavar. Hollis coloca o sabão e aperta o botão para iniciar o ciclo.

– Vamos subir – diz ele.

Ele me guia pelo corredor, voltando a mão para as minhas costas agora nuas. O toque dele faz meu corpo parecer um espaguete muito cozido. No final do corredor, subimos uma escada pequena que leva a um quarto. Pelo ângulo do teto, dá para ver que estamos sobre a garagem.

– Este era o meu quarto nos verões e nos feriados – explica Hollis. – E na época da faculdade, sempre que a namorada do meu colega de quarto aparecia. Ela roncava feito uma serra elétrica.

O quarto está limpo, apesar de não ser usado; a cama está feita, a poeira é mínima e não tem nenhum cheiro esquisito. Tirando isso, é uma cápsula do tempo. Um diorama de museu com a seguinte legenda: *Quarto de um adolescente em meados da década de 2000.*

– É um espaço legal. Estou surpresa por seu pai não ter transformado num quarto de hóspedes, numa biblioteca ou algo assim até agora. Parece que não tocou em nada aqui dentro. – Eu reviro uma pilha de caixas de videogames. – Caramba, você tem um PS2? Eu sou muito boa no Guitar Hero.

– Eu te daria uma surra – diz ele.

Não é uma ameaça muito poderosa, já que ele dá sinais de que vai cair no sono a qualquer segundo.

Minha atenção salta para um diploma do ensino médio emoldurado.

– "Certificamos que Frederick Hollis Hollenbeck completou..." Pera aí. *Frederick*?

– É. Igual ao meu pai.

– Você é um Júnior?

Ele se joga na cama.

– Não. A gente tem nomes do meio diferentes.

– Tá me dizendo que esse tempo todo eu podia estar te chamando de Freddie? Ou Fred? Aaah. Soa muito melhor.

– Vamos fingir que eu *não* te contei isso.

Meus dedos passam pelas lombadas dos livros numa prateleira estreita ao lado da televisão de tubo antiga. *O sol é para todos*, *1984*, *O apanhador no campo de centeio*. Provavelmente as leituras da aula de inglês no ensino médio. Vejo alguns livros didáticos de disciplinas básicas da faculdade, alguns dos maiores sucessos de Shakespeare, uma cópia surrada do Novo Testamento. É interessante examinar o que foi considerado indigno da jornada de 1.500 quilômetros até as prateleiras de livros do apartamento dele de adulto.

– Para de acariciar os meus livros – ordena Hollis.

Ele está com os braços cruzados e, como está nu e relaxado na cama, parece posar para uma aula de desenho de modelo vivo.

– Tá com ciúme? – pergunto, bocejando no meio da frase.

Vou até minha mala, aos pés da cama de casal no canto, e procuro o meu nécessaire.

Eu o encontro, mas me distraio de novo antes de chegar ao banheiro. Tem muita coisa interessante neste quarto. Troféu da Liga Infantil. Carrinho azul e laranja impulsionado por gás carbônico. Foto do Hollis adolescente com uniforme de beisebol (cabelo desgrenhado, cara fechada, desajeitadamente fofo).

– Sério, cara? – pergunto, segurando um DVD de *Showgirls* que encontro ao lado da TV, entre *Zoolander* e *Super Tiras*.

– Sou muito fã do Kyle MacLachlan – argumenta ele.

– Ceeeerto.

Pego na mesa de cabeceira uma tartaruguinha de madeira pintada à mão com a cabeça móvel. Tento imitar a cena de "Bohemian Rhapsody" no filme *Quanto mais idiota melhor*, mas ela escapa da minha mão e acaba rolando para baixo da cama. Eu me ajoelho, e o carpete cor de aveia arranha a minha pele nua enquanto me enfio embaixo da estrutura de metal e resgato a tartaruga.

– Ei, você sabia que tem um taco de beisebol aqui embaixo? – pergunto. – E uma lanterna? Pelo menos eu espero que seja uma lanterna.

– Não sei o que mais poderia ser – diz Hollis, num tom de falsa inocência que deixa claro que ele sabe bem do que estou falando. – Agora, por mais fascinante que seja te ver rastejando com a bunda pelada pra cima...

– Pera aí... O que é isso? – Pego um livro verde embaixo da cama e leio a capa. – Walt Whitman. Você sabia que isso estava aqui embaixo?

– Espera – diz Hollis.

Ele quase cai da cama ao estender a mão para pegar o livro. Desvio e abro na folha de rosto. Alguém escreveu ali: "*Para Hollis: Eu amo todas as suas multiplicidades. Para sempre sua, Vanessa.*"

Hollis arranca o livro das minhas mãos, o rosto desprovido de cor.

– Então... Vanessa – digo, tentando parecer casual. – Quem é ela?

– Ninguém sobre quem valha a pena comentar – responde ele, e arremessa o Walt Whitman na lata de lixo vazia perto da porta.

– Espera um segundo. Outro dia, quando eu brinquei falando que você não se envolve mais em relacionamentos porque alguém partiu o seu coração... Hollis, foi isso mesmo que aconteceu?

Estou prestes a rir quando ele se vira de costas para mim, com o corpo duro e tenso. Ah. Essa não é só mais uma lembrança da juventude que ficou para trás neste quarto quando ele chegou à idade adulta. É algo que ele ainda carrega consigo.

Eu o abraço por trás. Esta é a minha chance de descobrir se o que fez ele parar de amar é algo que está disposto a superar em algum momento.

– O que foi que deu errado com a Vanessa pra você nunca mais querer tentar?

Hollis não responde.

– Posso tentar adivinhar? – pergunto, com a boca encostada nas costas dele.

Ele solta um suspiro cansado.

– Você nunca vai acertar.

– Ela te traiu?

É óbvio demais, mas eu seria negligente se não começasse por aí. Espero um instante, mas só recebo silêncio.

– Tá, não foi isso. Ela não amava de verdade todas as suas multiplicidades e não aprovava as suas aspirações de se tornar escritor?

Nada.

– Tá. O que foi, então? Ela era terraplanista? Comeu seu peixinho dourado na sua frente? Tentou te incriminar por sonegação fiscal? Não me fala que essa bobagem de "Amor duradouro não existe" é porque, no final das contas, vocês queriam coisas diferentes.

Hollis me dá um daqueles sorrisos falsos horríveis com os dentes cerrados.

– Se "querer coisas diferentes" significa que eu queria me casar e ela queria se vingar do meu pai, então, sim, acho que a gente queria coisas diferentes.

– Quê?

Seus ombros desabam quando ele expira, como se não conseguisse mais esconder o peso que carrega.

– Podemos pelo menos ter essa conversa sentados? – sugere ele.

Hollis pega a minha mão e me leva até a cama. Ele se senta na beirada e me puxa para o colo. O contato de pele dura uns dez segundos.

– Meu Deus, os seus ossos da bunda são afiados – reclama ele, e me empurra para longe.

Eu solto um gritinho quando caio de costas no edredom. Hollis se esparrama ao meu lado e joga um braço sobre os meus quadris, me puxando para perto. Os olhos dele se movimentam rapidamente, observando o meu rosto. Minha determinação de ouvir sua explicação deve estar aparente, porque ele pergunta, cansado:

– Tem algum jeito de eu conseguir dormir hoje à noite sem falar sobre isso?

– Não. Porque acho que *eu* não consigo dormir sem falar sobre isso. Você não pode simplesmente soltar uma coisa dessas e não explicar direito.

– Tá bem – diz ele. – Resumo da história: eu era veterano na faculdade, conheci uma aluna do segundo ano do doutorado em literatura numa palestra, me apaixonei perdidamente por ela rápido demais, pensei que ela sentisse a mesma coisa, trouxe a moça para conhecer o meu pai e a minha irmã e descobri que ela era uma ex do meu pai e que só estava comigo pra se vingar por ter sido dispensada por ele.

Arregalo os olhos e levo um tempo para me lembrar de piscar.

– Eu tenho... tantas perguntas. Quero dizer, como é que você não...?

Não sei se o nível de desconforto de Hollis é o maior que já vi ou se o fato de estarmos deitados lado a lado está exagerando sua expressão de raiva. Mesmo assim, entendo o recado: este assunto é muito doloroso. Desconfiando que o meu tempo para questionar é limitado, reajusto a minha estratégia para extrair o máximo possível.

– Então, obviamente tudo terminou entre você e ela. O que aconteceu com você e o seu pai?

– Tivemos uma briga muito feia. Sobre como o *egoísmo* dele tinha magoado tantas pessoas... e ainda tenho essa opinião, na verdade. Mas falei umas coisas horríveis e desnecessárias pra ele. Tipo como eu sempre carregaria a decepção de ter um pai que não era um homem digno.

Sinto muita vontade de tentar cavar mais fundo para saber o que ele quer dizer com o "egoísmo" do pai, porque a maneira como enfatiza a palavra me lembra de como ele insiste que não é governado por nada além dos próprios impulsos egoístas. Como se talvez Hollis tivesse se convencido de que as escolhas do pai são um sintoma de algo genético, uma coisa inescapável que também está no DNA dele. Mas tudo que eu consigo dizer é:

– Eita.

– Eu só tinha 21 anos – explica ele. – Jovem. Impetuoso. Eu sabia, de alguma forma, que não podia culpar o meu pai pelo que a Vanessa fez e até concordei com os motivos que ele teve pra terminar com ela. Apesar de todos os defeitos, o meu pai sempre foi estranhamente ético nos namoros; aquela foi a primeira e última vez que ele saiu com uma aluna do mesmo departamento. Mas eu estava com raiva e sofrendo muito. E a minha mãe tinha acabado de morrer. Eu precisava sentir ódio de alguém. Culpar alguém. Acho que ele entendeu. Que entende. Mas isso certamente piorou muito o nosso relacionamento, que já era meio tenso, por um tempo.

– Considerando que a gente está na casa dele, isso significa que agora está melhor?

– Pelo menos a gente voltou a se falar. Em grande parte, por causa da minha irmã. Ela insistiu que a gente se acertasse antes do casamento dela. Então, nos últimos anos, tenho vindo aqui no Natal e sempre que ela e o Jan decidem visitá-lo. E tá... tá tudo bem.

A mensagem de Josh para Hollis pisca na minha mente. *Fica sabendo que ela só tá te usando pra se vingar de mim. Deve ter ouvido que é só pra isso que você presta.*

– Que canalha – digo.

– Como é?

– O Josh. Ele sabe dessa história, do que aconteceu com a Vanessa, não sabe? Foi por isso que ele disse aquilo na mensagem. Sobre eu te usar. Pra desenterrar todas essas lembranças ruins.

– É. Quando a gente estava fazendo um exercício sobre autobiografia numa das nossas aulas, eu escrevi um pouco sobre isso. – Ele tira o cabelo do meu rosto, ainda tomando cuidado para evitar o machucado do cervo. – Falando nisso, me desculpa por ter deixado as mensagens idiotas dele me atingirem. Você não se parece em nada com ela. Na verdade, você é o oposto da Vanessa.

– E eu *juro* que nunca conheci o seu pai.

Hollis dá um empurrãozinho no meu ombro até eu estar deitada de costas.

– Não tem graça – protesta ele na nova posição em cima de mim, mas com um sorrisinho despontando no rosto.

– Sinto muito por ela ter te magoado – digo.

Tiro os óculos dele e os coloco na mesa de cabeceira. Ele está com um olho animado e o outro irritado. Mas, quando ele assimila as minhas palavras, os olhos mudam. Agora expressam vulnerabilidade e um tipo de ternura que eu nunca tinha visto ali.

– Eu também.

É uma resposta tão estranha e inesperada que eu reajo logo antes que ela passe despercebida.

– Por que *você* sente muito? – Como ele não responde na mesma hora, eu o cutuco com o cotovelo. – Se você precisa pedir desculpas por alguma coisa, é pelo seu péssimo gosto por filmes quando era mais novo.

Os olhos dele seguem os meus, que desviam para um pôster da versão de 2004 de *Mulher-Gato*.

– Você achou o meu DVD de *Showgirls* e acha que a Halle Berry seminua estava no meu quarto porque eu era fã do filme? Entre todas as pessoas, você devia saber como os garotos agem com celebridades gatas.

– Eca – digo.

– É, bom, se serve de consolo, eu prefiro morrer a encontrar a Halle Berry num aeroporto e confessar que eu costumava bater uma pra ela todo dia.

– Olha só, parece que o cavalheirismo não morreu, afinal – digo.

Hollis me beija com uma intensidade suspeita. Está tentando me distrair. Mas não vai funcionar. Pelo menos por não mais do que... alguns minutos.

– Por que você sente muito por ela ter te magoado? – repito.

Viro a cabeça para fugir do próximo beijo quando a minha necessidade de ouvir as palavras dele acabam prevalecendo sobre a minha necessidade de beijar sua boca. Sei que já estamos no nível mil das intimidades. Sei que isso foi mais do que Hollis quis compartilhar comigo. Mas estou ávida pelo que está por trás disso. Estou descobrindo que me sinto ávida por tudo quando se trata dele.

Hollis faz uma pausa, soltando um suspiro lento.

– Porque – sussurra ele na minha pele enquanto os dedos mergulham mais fundo no meu cabelo –, se eu ainda acreditasse em "felizes para sempre", acho que eu meio que teria curtido ter um com você.

Hollis me encara. Se ele está esperando uma resposta verbal, nós vamos ficar aqui por muito tempo. Não consigo formular um pensamento coerente, quanto mais colocar em palavras. A declaração de Hollis foi como um apagador passando freneticamente por um quadro-negro, só que o quadro é o meu cérebro e agora está quase em branco, exceto por um pouco de pó de giz para me lembrar de que já existiu alguma coisa ali.

Pego o rosto dele e o puxo até beijar sua boca. Sei que é uma saída fácil. Mas o meu afeto por Hollis está crescendo tão rápido que eu mal consigo acompanhar (quanto mais fugir). E eu não sei como colocar isso em palavras sem parecer um lamento por ele não poder me oferecer nada além do que estamos tendo agora.

Fico surpresa e também não muito surpresa de perceber que estou decepcionada. Ele admitir que poderíamos ter tido um futuro em circunstâncias diferentes parece ter aberto o pequeno baú de tesouros cheio de esperança que eu mantive enterrado bem no fundo do meu coração nos últimos tempos e depois saqueado o conteúdo num único ataque. Beijar o pirata parece mais fácil do que confrontá-lo sobre o roubo.

Nossa nudez apressa as coisas, e pouco tempo depois Hollis desce pelo meu corpo e apoia a cabeça num dos meus seios enquanto segura o outro. O polegar dele roça no meu mamilo de um lado para outro várias vezes. Fecho os olhos para saborear o jeito como a sensação puxa um nó intricado no meu estômago, ameaçando desfazê-lo. Meus dedos mergulham no cabelo de Hollis, e ele solta um gemido que mal dá para ouvir enquanto imito o ritmo no couro cabeludo dele. Em pouco tempo, os movimentos dele desaceleram. A frustração inicial que sinto quando a mão dele para é eclipsada pela expectativa de que ele vai mudar de lado ou, talvez, usar a língua. Só que ele não faz nada disso. Porque caiu no sono.

– Ei – digo, cutucando o ombro dele. – Acorda.

– Desculpa – murmura ele. – Eu só estava... dando um tempinho.

– Ah, tá, lógico.

– Onde eu estava?

Ele dá um beijo no meu pescoço, depois boceja com a boca tão aberta que consigo ver a campainha na goela dele.

Eu dormi umas cinco horas no carro, mas Hollis está de pé desde hoje de manhã cedo. E a noite passada não foi exatamente "repousante".

– Hora de *mimir* – declaro, saindo de baixo dele.

– Mas, Mill, eu quero te...

– Eu vou me sentir incrivelmente ofendida se você dormir dentro de mim, e a chance de isso acontecer se a gente continuar não é pequena. Dorme, Hollis.

Enquanto ele se arrasta sonolento até o travesseiro, murmura um lembrete sobre a máquina de lavar e alguma coisa sobre a maldição de ele nunca conseguir passar dos beijos neste quarto. E apaga antes que eu consiga pedir a senha do wi-fi.

Chicago, Illinois
Setembro de 1950

ROSE ATENDEU AO TELEFONE NO SEGUNDO TOQUE. A telefonista pediu que ela aguardasse pela ligação interurbana da Srta. Elsie Brown, de Los Angeles. O coração martelava as costelas dela de um jeito que a deixou sem fôlego, esperando pela voz de Elsie surgir pela linha telefônica, aquela voz tão familiar e ao mesmo tempo tão pouco ouvida desde a guerra.

Naquela primeira carta, em 1946, Rose tinha confessado que se arrependia da maneira como as coisas haviam chegado ao fim entre elas. Elsie respondera: "Então não vamos permitir que seja o nosso fim." Desde então, as duas se correspondiam com frequência. Com Rose casada e a mais de mil quilômetros de distância de Elsie, o relacionamento tinha se transformado numa coisa mais parecida com amizade do que com paixão. Mesmo assim, as palavras que elas não podiam colocar diretamente no papel eram como fantasmas assombrando os espaços entre cada linha; o amor entre elas perdurou mesmo quando foi obrigado a assumir novas formas.

– Quem é? – perguntou Dick no sofá, com o rosto enterrado num livro para uma das aulas dele na faculdade.

– Minha amiga Elsie Brown. Da Marinha. Ela está ligando de Los Angeles.

– Los Angeles? Achei que a Elsie ainda morasse na Flórida.

Elsie, brincando que nunca mais conseguiria morar num estado sem acesso ao mar, havia alugado um apartamento em Miami depois de ter sido dispensada, em vez de voltar para Oklahoma. Rose franziu a testa e cobriu o gancho do telefone com a palma da mão.

– Eu também. Não tenho a menor ideia do que ela está fazendo na Califórnia.

– Bom, mande lembranças a ela – murmurou Dick com o cachimbo na boca enquanto notava uma mancha de tinta na perna da calça.

Ele já tinha a aparência do bibliotecário que estava estudando para ser.

– Vou mandar – disse ela.

É lógico que Rose nunca havia contado a Dick que Elsie era muito mais que uma amiga. Às vezes, Rose ficava pensando se o marido teria ciúme se soubesse. Ela se perguntava se ele entenderia a magnitude do amor dela por Elsie e se isso o faria sentir raiva ou talvez pena ou – talvez pior ainda – se ele faria pouco caso, como se fosse apenas um pecadilho bobo de tempos de guerra incapaz de incomodá-lo.

Embora as cartas chegassem com regularidade, ela e Elsie só tinham se falado por telefone poucas vezes: uma vez em 1947, alguns dias depois que um furacão terrível atingiu a Flórida e Rose não conseguiu esperar receber uma carta para saber como Elsie estava, e na última noite de ano-novo, quando Elsie ligou depois de tomar alguns copos de uísque e falou com a voz enrolada sobre fazer amor na praia enquanto o ruído de uma conversa animada, o tinido de taças de champanhe e a música "Careless Hands", de Mel Tormé, competiam pela atenção de Rose na sala de estar.

– Rosie.

Agora a voz vinha pelo gancho como uma expiração, e Rose percebeu que aquela ligação não era cortesia de um surto de nostalgia alimentado pelo álcool.

– Els. Aconteceu alguma coisa?

– Me tiraram da Reserva. A Marinha foi pega desprevenida na Coreia. Eles precisam de todos os médicos possíveis.

As palavras de Rose ficaram presas na garganta, e talvez tenha sido melhor assim, porque ela só conseguia pensar em como a Coreia ficava longe – mais longe ainda do que Elsie já estava dela.

– Rosie, minha querida? Você está aí?

– Estou, sim. Desculpe. A Marinha vai mandar você para a Coreia, então?

– Para perto de lá. Um navio-hospital. O *USS Haven*. Partiremos na próxima semana.

Rose lutou contra o pânico crescente – Elsie, do outro lado do mundo, perto do front – e procurou uma ação concreta que pudesse aliviar a preocupação que fechava sua garganta.

– Será que... será que eu deveria ir até aí de avião para me despedir?

Dick espiou por cima do livro com um interesse súbito.

A risada musical de Elsie viajou pelos cabos telefônicos e fizeram cócegas no ouvido de Rose como se estivesse bem ao lado dela.

– Não, Rosie. Não, seria caro demais, e você tem a sua família para cuidar. Como estão Dick e os meninos?

– Eles estão bem, mas, Els...

– Além disso, se você aparecer aqui e eu te abraçar de novo, não sei se vou conseguir entrar naquele navio.

A voz parecia densa de emoção. As lágrimas de Rose ameaçaram escapar dos olhos. *Agora não*, pensou ela, *não na frente de Dick.*

– Falando em coisas muito caras – continuou Elsie, com o tom leve de novo, de um jeito artificial que só piorava tudo –, esta ligação é interurbana, e eu voltei a ser uma enfermeira cirúrgica pobre da Marinha. Mesmo com o desconto noturno, os minutos estão sendo contados. – Ela fez uma pausa. – Escute, sei que você provavelmente não pode dizer a mesma coisa, pois não está sozinha, mas... eu liguei porque precisava dizer, antes de partir, que eu te amo, Rosie. Você é o amor da minha vida. Não importa o que aconteça, nem onde eu esteja, ou com quem eu esteja, sempre vai ser você. E, caso aconteça...

– Não, por favor, não...

– Caso aconteça – repetiu ela – alguma coisa comigo, preciso que saiba que, nos meus últimos momentos, sejam eles amanhã ou daqui a cem anos, estarei pensando em você. No seu sorriso e na sua risada, em abraçar você na areia quente.

Rose olhou para o marido. Toda a atenção de Dick agora estava voltada para ela.

– Elsie, por favor, tome cuidado lá.

Ela esperava que tudo que queria dizer encontrasse o caminho até o coração de Elsie apenas com essas palavras.

– Pode deixar. Eu prometo. Mas agora preciso ir. Alguém está esperando para usar o telefone e começando a ficar impaciente.

– Está bem.

– Está bem.

Houve um breve silêncio, e Rose ficou preocupada de elas já terem sido desconectadas. Mas aí a voz de Elsie veio de novo pela linha, tão suave e tão doce.

– Me mande um pombo, querida, se um dia tiver vontade.

– Eu vou mandar, Els. Vou mandar.

– Adeus, Rosie.

A ligação foi encerrada, e as lágrimas de Rose por fim escorreram. Dick apareceu ao lado e segurou sua mão.

– Você se esqueceu de mandar as minhas lembranças – disse ele baixinho, dando um beijo na palma da mão de Rose antes de ir ver os filhos adormecidos e deixar a esposa sozinha com seus pensamentos.

18

ESTOU ENVOLVIDA NOS BRAÇOS DE HOLLIS quando o alarme do meu celular toca. Segunda noite, e a minha regra autoimposta de não dormir de conchinha já foi estilhaçada. Depois que a máquina de lavar apitou, coloquei as roupas na secadora, fui ao banheiro e voltei para a cama. Fiquei olhando Hollis dormir até parecer esquisito. Depois pensei "Por que não?" e dei um beijo de boa-noite na bochecha dele. Hollis se mexeu o suficiente para me agarrar com os braços fortes e, apesar de não me sentir nem um pouco cansada um instante antes, morri para o mundo em pouco tempo.

Estendo a mão e silencio o celular. Eu não me lembro de tê-lo colocado para despertar, mas fico grata por ter feito isso. Hoje é o dia. Nós vamos reunir a Sra. Nash e Elsie. Existem muitas maneiras de isso dar errado, mas eu me recuso a pensar em qualquer uma delas. Porque, apesar de o meu cérebro ter ficado em branco ontem à noite, agora de manhã ele está zumbindo como uma colmeia de abelhas bebedoras de café. Estou começando a entender que, embora gostar não seja amar, meu coração está chegando perigosamente perto disso. Talvez a única coisa que impeça o sentimento de ser mútuo seja a necessidade que Hollis tem de provar que o "felizes para sempre" existe na vida real e não só nos contos de fadas. Ele não me disse no carro que quer ser convencido de que está errado?

Por isso, precisamos pegar a estrada. Eu tenho que dar à Sra. Nash e a Elsie o "felizes para sempre" das duas. Porque acho que, se eu conseguir fazer isso acontecer, pode ser que eu também consiga um para mim.

Roço a bunda na virilha de Hollis.

– Acorda, acorda, acorda – digo, numa voz robótica.

– Você é o despertador mais irritantemente excitante – murmura ele, deslizando a mão pela minha barriga em direção aos pelos acobreados entre as minhas pernas.

– Nada disso. Não temos tempo a perder.

Escapo dos braços dele e vou até a minha mala. Ele geme.

– Eu não sei por que isso seria uma perda de tempo. Fiquei de pau duro quatro vezes desde ontem à tarde sem poder gozar. Se as minhas bolas estivessem mais azuis, elas poderiam assumir o lugar de Urano e Netuno numa maquete do sistema solar.

– Desculpa – digo. – Essas preliminares falsas também não foram fáceis pra mim.

Abro uma gaveta da cômoda e encontro uma coleção de meias velhas enroladas como bolas.

– Agora, ou você levanta nos próximos trinta segundos ou eu vou jogar essas bolas em você. Não deixa a maciez delas te enganar. Eu tenho um braço ótimo. Joguei softball tipo... duas vezes. E o meu time quase venceu numa dessas vezes. Não brinca comigo, Frederick Hollis Hollenbeck.

Ele suspira e revira os olhos como o adolescente que costumava morar neste quarto, mas sai da cama mesmo assim. Tomo um banho rápido no banheiro da suíte do pai dele enquanto Hollis faz o mesmo no banheiro menor do corredor, para não nos distrairmos. Pouco nos falamos enquanto dobramos as roupas lavadas e guardamos o punhado de itens que tiramos das malas.

Não sei se é porque ontem à noite minha única resposta ao que ele disse foi enfiar a língua na boca dele, não sei se é porque hoje é o fim dessa jornada, mas uma energia tensa e pesada se instalou nas nossas interações, como um cobertor terapêutico que está aumentando a minha ansiedade em vez de controlá-la.

No carro, abro um pacote de biscoitos recheados de figo que encontramos na despensa. Não é necessariamente o meu café da manhã ideal – figos não me caem bem desde que eu soube como são polinizados –, mas, ao contrário do gosto por mulheres, as preferências culinárias do pai de Hollis com certeza combinam com a idade dele, e esses biscoitos parecem mais apetitosos que uma caixa de palitinhos de trigo.

– Figo – diz Hollis.

Ele estende a mão. Eu lhe dou um biscoito e o observo mastigá-lo, os dentes afundando na maciez enquanto ele dá ré para sair da entrada da garagem.

– Você sabia que, pros figos crescerem, pelo menos uma vespa tem que morrer dentro dele e ser absorvida pela fruta? – pergunto.

Ele para de mastigar por um instante.

– Eu não sabia. Que fato delicioso pra compartilhar quando estou no meio da mordida.

Dou uma mordida no meu biscoito, mas descubro que não estou com muito apetite. Não por causa das vespas. Mas porque, a cada minuto, a cada fração de quilômetro que nos deixa mais perto de encontrar Elsie, eu fico mais nervosa. Meus joelhos tremem. Meu coração bate como um objeto pesado rolando por vários lances de escada. Sou uma bola de energia apavorada. Por um instante absurdo, penso em sair do carro e correr até Key West. Voar como um pássaro ou um foguete. Se eu sacudisse a minha ansiedade dentro de uma garrafa, abrisse a tampa e a deixasse explodir, ela provavelmente me lançaria pelo resto do caminho até o nosso destino.

E, pensando bem, essa é só uma fração minúscula do que a Sra. Nash teria sentido se houvéssemos tido a oportunidade de visitar Elsie juntas – com a Sra. Nash viva, e não na minha mochila, quero dizer. Como deve ser ver a pessoa que você ama depois de décadas e décadas de separação? Meu coração fez uma versão meio bêbada da "Macarena" hoje de manhã quando Hollis saiu do banho, e ele só ficou longe da minha vista por vinte minutos. Não que o que eu sinto por Hollis chegue aos pés do amor duradouro que a Sra. Nash sentia por Elsie. O que nós temos nem é amar, é só gostar. Um gostar extremamente forte. Agora meu joelho está tremendo em parte por causa da missão de hoje e em parte porque estou com medo de Hollis conseguir enxergar através da minha falsa tranquilidade e saber que espero mudar a opinião dele sobre o amor duradouro por motivos que vão além de eu querer estar certa.

– A Sra. Nash soube que você encontrou a Elsie? – pergunta ele.

– Não. Eu só a encontrei um mês depois que a Sra. Nash morreu. – Eu me ajeito no banco, subitamente consciente de todos os pontos que me deixam desconfortável. – Ia começar a procurar logo depois que ela me contou da Elsie, mas tinha concordado em fazer uma checagem de fatos pra um filme sobre a Guerra de 1812, e isso acabou tomando a maior parte do meu tempo por um período. – Mexo no zíper da mochila. – Eu queria ter priorizado isso. Às vezes fico pensando se a Sra. Nash teria vivido mais tempo caso eu houvesse encontrado a Elsie antes. Tipo, se ela soubesse que a Elsie não tinha morrido na Coreia, a perspectiva de vê-la de novo talvez fosse suficiente para mantê-la viva.

– Não é culpa sua a Sra. Nash ter morrido, sabe? – diz ele com uma voz grave e acolhedora que acaricia a minha consciência culpada. – Não acho que o que você fez ou deixou de fazer tenha exercido qualquer efeito nesse timing.

Eu sei disso, mas é uma daquelas coisas fáceis de saber, mas não de sentir.

– Você é muito bom em absolver as pessoas. Devia ter sido padre.

– Em primeiro lugar, não sou católico. Em segundo, eu deveria ficar ofendido de você preferir que eu fosse celibatário?

– Ah. Certo. Não dá pra ser padre, então.

Minha mente perdeu o controle muito rápido, me fazendo vestir mentalmente Hollis em diferentes uniformes de trabalho.

– Você seria um mecânico muito gostoso – digo.

– Eles absolvem as pessoas?

– Não, mas usam macacão. Acho que você ia ficar ótimo naquela roupa.

Hollis balança a cabeça com um sorriso torto.

– Você é muito esquisitinha – diz ele, com o mesmo afeto que eu ouvia na voz da Sra. Nash sempre que ela me chamava de *coisinha boba*.

– Você sabe que me ama – retruco sem pensar.

Um silêncio constrangedor cai sobre nós. Estendo a mão para ligar o rádio, na esperança de encontrar um jeito de fugir do silêncio, mas a nova estação de rock clássico que Hollis encontrou quando perdemos a anterior está tocando uma sequência interminável de comerciais.

– Então… o capitalismo tardio. Nada bom, né? – digo, me agarrando à primeira mudança de assunto que aparece na minha cabeça.

Uma leve risada escapa pelas narinas de Hollis.

– Aposto que você é ótima socializando em festas.

– Sou mesmo. Sou ótima em festas. – Se eu não estivesse sentada, teria colocado as mãos na cintura. – Fique sabendo que a maioria das pessoas me acha um charme.

– Não duvido. Por que está supondo que fui sarcástico?

– Porque você tem dois modos, Hollis: sarcástico e escritor pessimista.

– Acho que eu devia me sentir ofendido – diz ele. – Mas prefiro entender como um elogio.

Mais um comercial – desta vez, de uma concessionária de carros em Miami – faz Hollis baixar o volume.

Os olhos dele disparam na minha direção por um instante muito fugaz. Ah, não. Ele quer conversar sobre alguma coisa; posso ver pela maneira como morde a bochecha. Espero sinceramente que não seja sobre o meu comentário "Você me ama". Não tem a menor necessidade de enfatizar que ele não me ama.

– Eu queria te fazer uma pergunta pessoal – diz ele. – Não precisa responder.

– Ah. Hum. Tá bom – digo.

– Josh Yaeger. Por quê?

– Tipo, por que eu namorei o Josh?

– Namorou, dividiu a cama, morou com ele. Sim. Tudo isso. Por quê?

Levando em conta tudo que eu disse sobre Josh e o nosso relacionamento, consigo entender por que alguém questionaria o apelo de um babaca dissimulado e egoísta que não conseguia me fazer gozar na maioria das vezes. Mesmo assim, a pergunta dói. Parece que Hollis está perguntando como eu consegui ser tão burra. Embora eu tenha que admitir que já me fiz essa mesma pergunta um milhão de vezes após o término, ela provoca uma dor diferente quando sai da boca dele.

– Ele não foi sempre um ser desprezível, sabe? – digo, incapaz de não soar na defensiva. – Eu não o conheci como ele é hoje e fiquei *Uau, que partidão*. Ele era…

Mordo o lábio, tentando me lembrar dos bons tempos. Os cafés da manhã na cama e a viagem surpresa a Nova York para ver Dani e comemorar o meu mestrado (ou será que tudo isso foi só para o Instagram também?).

– Ele era bonito. Ambicioso. Meio nervosinho, sim, mas de um jeito encantador e pomposo. Era divertido fazê-lo se soltar um pouco. Impedir que se levasse a sério demais. Mas aí, durante o segundo semestre do mestrado, o Josh ganhou um prêmio por um conto, e um autor famoso que ele conheceu numa conferência encheu a bola dele falando que ele podia ser o próximo grande romancista americano. Foi aí que ele mudou. A ambição parou de ser atraente. Ele ficou obcecado pelo sucesso e pela ideia de as pessoas acharem que ele é brilhante e... Bem, você sabe como ele é agora. Vê as outras pessoas ou como concorrentes ou como um meio para chegar a um fim.

Hollis não diz nada, estendendo a mão para pegar a minha, seu polegar acariciando a palma. O movimento me traz para o presente ao mesmo tempo que lança faíscas de prazer na minha corrente sanguínea.

– Uma vez, Josh me disse que me amava porque eu sempre conseguia resgatá-lo dos estados de espírito sombrios em que mergulhava quando escrevia. Que eu lembrava a ele a importância de se viver na luz. Eu achava isso romântico. Só no final percebi que ele estava simplesmente agindo como o cara do filme *Hora de voltar*.

Hollis tira a mão de cima da minha para poder ultrapassar um carro grande e lerdo, e sinto falta do contato no mesmo instante. Vai ser um problema enorme se eu tiver que me afastar dele de repente.

– Quer dizer que pra ele você era a garota excêntrica que aparece nos filmes pra salvar o homem atormentado? – pergunta ele.

– Isso. Ei, você entendeu essa.

– Dormir no meu antigo quarto parece ter trazido as suas referências pro século atual – diz ele.

– Ah, não se acostuma com isso, não – alerto.

– Tá. O início do século é recente demais pra uma alma velha como a sua.

– Argh.

Mostro a língua para ele.

– O que foi? – pergunta Hollis.

– Essa expressão, "alma velha". Quase todo mundo que me chamou assim até hoje era um homem com o dobro da minha idade tentando explicar por que não era nojento ele querer tirar a minha roupa.

Hollis fecha ainda mais a cara.

– Anotado, não vou usar mais.

– Enfim – digo –, depois que ficou claro que eu tinha minhas próprias ideias e meus sonhos e não era a tábua de salvação dele nem um acessório divertido pra animar sua personalidade de merda, acho que o Josh começou a sentir raiva de mim. Mas escondeu isso muito bem. Eu não percebi até acontecer o lance do Instagram. Pensando bem, houve indícios, mas... Não sei. Eu achava que ele me amava. Eu não tinha nenhum motivo pra questionar isso.

– É. Sei como é – declara Hollis.

Acho que ele sabe mesmo. Talvez o relacionamento dele com Vanessa não fosse tão diferente do meu com Josh – só mais curto e tendo rolado há mais tempo. Nós dois fomos usados pelas pessoas que diziam gostar de nós. Só que Hollis olhou para o casamento falido dos pais, a tendência do pai de ir de aluna em aluna e a dissimulação de Vanessa e viu evidências de que o amor duradouro é uma mentira; ao passo que eu coloquei três colheres de sopa da minha melhor amiga idosa na mochila e reservei um voo para a Flórida a fim de provar que não é besteira continuar acreditando que alguém pode gostar de verdade de outra pessoa por toda a vida.

Quando o mar que sinaliza que chegamos a Key West aparece na minha janela, cintilando sob o sol nascente, percebo que falta pouco para descobrirmos qual de nós está certo.

19

– VOCÊ TÁ CALADA HÁ UM TEMPO. Tá me deixando nervoso – comenta Hollis enquanto pegamos mais uma ponte.

– Desculpa. Não estou a fim de conversar.

– Tudo bem. A gente pode só ouvir música.

Desistimos da rádio uma hora atrás, depois que a suposta estação de rock clássico tocou Nickelback. Surpreendentemente, Hollis ficou mais chateado com isso do que eu e insistiu que voltássemos a ouvir a minha playlist. Quem diria.

"Never Going Back Again" começa a tocar, e eu automaticamente estendo a mão para proteger o botão de desligar do aparelho de som.

– Tá, eu sei que você não gosta de Fleetwood Mac. Mas essa é curtinha e não é a Stevie Nicks cantando, então a gente pode, por favor...?

– Millicent – diz ele. – Eu não ia desligar. Eu não me incomodo com essa música, e sei quanto você gosta dela.

– Pera aí. Não. Para com isso. Para de não ser rabugento com a minha música. Passa a impressão de que está com pena de mim, e não existe nenhum motivo pra você sentir pena de mim por enquanto. Não age como se eu já tivesse fracassado.

– Eu não sinto pena de você, mas, meu bem...

– *Meu bem*? – Eu reajo ao tratamento carinhoso como se ele tivesse beliscado o meu braço. – O que diabos está acontecendo com você? Por que está me chamando assim? Para com isso.

Os olhos de Hollis se desviam por um segundo, e sua cara fechada de sempre fica um grau mais carrancuda, o que significa que está frustrado.

– Para você.

– Por que não vem me fazer parar, então? – resmungo.

– Porque... – diz Hollis – eu não faço os macacos, só os treino.

– Ah, é, bem... Espera. Isso foi...? Hollis, você citou *As grandes aventuras de Pee-Wee*?

Meus olhos piscam rapidamente, como se tentassem expulsar um cisco, sem conseguir acreditar no que estão vendo. A boca de Hollis está se transformando aos poucos, os cantos se esticando e subindo, os lábios se abrindo e expondo dentes. Mas isso não termina naquele sorriso lindo e genuíno. Não! Os dentes se separam um pouco e um som alto e alegre vem de algum lugar bem fundo no corpo dele. Puta merda. Hollis está gargalhando. Não está soltando uma bufada de diversão, mas uma *gargalhada* de verdade.

Ela me atinge no peito como uma onda enorme e inesperada, ainda mais porque, por algum motivo, eu me convenci de que os meus sentimentos por ele eram só uma banheira, e não um oceano.

– Para o carro.

Minha voz sai estridente. Talvez o meu coração esteja arranhando o meu esôfago enquanto tenta sair pela boca.

A gargalhada diminui e se transforma na sua versão mais familiar e menos destrutiva.

– O quê? Por quê?

– Para o carro – repito. – Por favor.

Eu perdi a noção de onde estamos, então é pura sorte eu ter feito essa exigência enquanto estávamos numa das ilhas, e não no meio de uma longa autoestrada sobre o mar. Hollis entra num estacionamento vazio de uma loja de presentes chamada The Sea+Shell, que não está aberta a esta hora da manhã.

– O que aconteceu? – pergunta ele. – Não me diz que você deixou a Sra. Nash na casa do meu pai...

– Não, não. Ela está comigo. Eu só precisava, eu preciso...

Eu enterro os dedos no meu cabelo, quase arrancando o couro cabeludo.

– Do que você precisa, Mill?

Eu preciso de você. Agora e depois que tudo isso acabar. Porque acho que estou me apaixonando, e sinto muito. Sinto muito mesmo. Sei que não é assim que esse arranjo deve funcionar e que você não se envolve em relacionamentos. Não espero que sinta o mesmo, eu só... Merda. Desculpa. Eu juro que não queria isso.

Isso é o que vai sair da minha boca em mais ou menos três segundos se eu não agir imediatamente. Com a necessidade de chegar até Elsie a tempo (e conhecê-la) já roubando cada centímetro quadrado disponível da minha ansiedade – sem falar que Hollis e eu vamos ficar presos neste carro por mais uma hora –, sei bem que este não é o momento de mergulhar de cabeça. Eu me inclino para o lado do motorista, tentando diminuir a distância entre nós, mas o cinto de segurança protesta contra o meu movimento súbito e trava, me puxando de volta para o banco.

– Eu preciso de você...

Isso é tudo que consegue escapar dos meus lábios antes de Hollis apertar o botão para me soltar do cinto.

Ele me puxa para si, e o beijo nos salva da minha incapacidade de esconder qualquer coisa. Meu pé direito está embolado na alça da mochila, e a alavanca da marcha aperta o meu quadril. Mas eu me sinto mais certa do que me senti desde que saí dos braços dele hoje de manhã. Hollis solta o próprio cinto de segurança para poder ajeitar a posição, e as mãos dele estão no meu cabelo, agarrando, puxando com delicadeza para eu inclinar a cabeça mais para trás.

– Ótimo – diz ele nos meus lábios.

Não tenho a menor ideia se o comentário é sobre eu precisar dele ou sobre o meu desempenho no beijo. Seja qual for, eu aceito.

Eu praticamente jogo os óculos dele no painel do carro, depois levanto sua camiseta e deslizo a mão por dentro para tocar na pele quente da barriga. A língua de Hollis abandona minha boca e eu choramingo em protesto até que ela reaparece na pele sensível embaixo da minha orelha.

– Camisinha? – pergunto, ofegante.

A resposta dele é ou me fazer um carinho com o nariz ou balançar a cabeça.

– Enfiada na minha bolsa, no porta-malas – responde ele.

Por um breve segundo, eu me imagino declarando que não me importo, que eu quero ele dentro de mim agora mesmo e dane-se a Regra Número Dois. Apesar de a loucura ser extremamente fugaz e eu ter quase certeza de que não falei nada em voz alta, Hollis congela.

– Não. Nós... Não, Mill... A gente não pode.

A Regra Número Dois pode ser descartada num surto de paixão (ou de burrice). Mas a Regra Número Um é inegociável. Além do mais, eu sei que o calor e a tensão que estão se retorcendo pelo meu corpo são mais emocionais do que físicos. O sexo não vai aliviá-los – não por completo. E será que a gente quer pagar uma limpeza completa no carro de Ryan antes de devolvê-lo?

Seguro o maxilar de Hollis e viro a cabeça dele até os nossos lábios se encontrarem de novo. Nossos beijos são lentos e delicados. Um alongamento para relaxar depois de uma corrida precipitada.

– Eu estou nervosa sem saber como isso vai acabar – sussurro na boca dele.

– Eu também – diz ele, pegando os óculos. Sua atenção se volta toda para tirar uma impressão digital de uma das lentes com a barra da camiseta. – Mas vamos descobrir juntos.

Estamos parando no estacionamento do asilo quando me dou conta de que talvez a gente não estivesse falando sobre a mesma coisa.

Chicago, Illinois
Agosto de 1952

COBERTO COM MUITOS SELOS E CARIMBOS, o envelope parecia mais alguma coisa em que Richie tinha praticado caligrafia do que uma carta devolvida. Rose havia mandado várias para Elsie nos últimos dois anos, e todas tinham chegado a ela pontualmente e sem incidentes (exceto aquela de uns meses atrás, que teve um dos selos arrancado por Walter sem ela perceber). Os selos estavam intactos nesta, mas talvez ela tivesse cometido outro erro bobo. Pelo menos havia sido devolvida bem a tempo; no dia seguinte, eles se mudariam de Chicago. Iam para Washington, D.C., onde ficariam com um amigo de Dick da Força Aérea até conseguirem encontrar um apartamento. Era maravilhoso o marido dela ter sido contratado pela Universidade George Washington, mas a logística envolvida na mudança estava se revelando péssima para o casamento dos dois.

Ela encarou o envelope nas próprias mãos. Se ao menos conseguisse ler através das linhas vermelhas e grossas e da tinta preta e marrom desbotada que declarava isso e aquilo para determinar qual delas tinha uma explicação para o motivo de a carta não ter chegado a Elsie... Pelo menos agora ela poderia se concentrar melhor, com Richie e Walter finalmente dormindo.

Rose estava parada na sala de estar, em meio a dezenas de caixas de mudança, algumas em pilhas de três, tentando avaliar as marcações sobrepostas do envelope. Por fim, na parte da frente, sob o endereço e várias linhas destacando-o, ela viu – num cinza rosado escuro e desbotadas pela viagem – as letras ofensivamente diretas e indiferentes: MORTE CONFIRMADA.

Rose caiu de joelhos, levando a carta ao peito, como se quisesse pressionar uma ferida fatal numa tentativa inútil de estancar o sangramento. Foi assim que Dick a encontrou quando chegou em casa meia hora depois: ajoelhada no carpete atrás de uma torre de caixas, os olhos inchados de tanto sofrimento, a pele do rosto esticada depois que as lágrimas evaporaram, o corpo tremendo.

– Rose? O que aconteceu? Os meninos estão bem? – perguntou ele, agachando-se no chão ao lado dela.

– Ela se foi. A Elsie. Ela está… ela está morta.

Dick pegou Rose no colo e a carregou para a cama como tinha feito na noite de núpcias. Ela se sentou na beira do colchão e permitiu que o marido descalçasse os sapatos e as meias dela, abrisse os onze botões na parte da frente do vestido e o tirasse, jogando-o para longe. As peças íntimas foram um leve desafio, mas Dick convenceu a esposa a cooperar o suficiente para livrá-la do espartilho e do sutiã apertados. Ele a vestiu com uma das camisas de pijama dele, que era uma das poucas roupas de dormir que ainda não tinham encaixotado. Enquanto ele enfiava os braços dela nas mangas e puxava e abotoava a parte da frente, Rose se sentia uma criança pequena e impotente. Em seguida, Dick a cobriu e se deitou na cama ao lado dela.

Ele puxou Rose para si e, por uma fração de segundo, ela se sentiu indignada com o som do coração dele, batendo com tanta força no peito enquanto o de Elsie tinha parado para sempre. A vergonha que ela sentiu desse pensamento conseguiu desenterrar um estoque desconhecido de lágrimas, e ela soluçou no peito forte e quente do marido.

– Shh – sussurrou Dick no cabelo dela. – Eu sei, meu amor. Eu sei.

Rose duvidava muito. Como é que ele poderia saber qual é a sensação de perder alguém que parecia parte de você, já que ele mal sabia que a esposa nunca havia sido totalmente sua?

– Dick, eu… eu…

Ela não conseguiu dizer que amava Elsie; as palavras se recusavam a sair depois de tantos anos praticando guardá-las para si. A vergonha agora a tomava de novo, desta vez porque ela suspeitou que Elsie soubesse o tempo todo que Rose não era corajosa o suficiente para amá-la em voz alta.

Dick ajeitou Rose até poder envolver o rosto dela com as mãos.

– Elsie era mais que uma amiga para você, não era?

A voz dele estava baixa, e os olhos cintilavam como se ele também estivesse prestes a chorar.

Rose conseguiu baixar um pouco o queixo e assentir com muita discrição.

– Você a amava – disse Dick.

Não era uma pergunta.

– Sim – sussurrou Rose, fechando os olhos com força, tentando aliviar a dor que se instalava em cada parte do seu corpo. – Muito.

– Ah, meu amor. Como eu queria poder trazê-la de volta para você.

Dick aninhou o corpo trêmulo de Rose no dele de novo e encostou os lábios em sua têmpora enquanto ela chorava até dormir.

20

• • •

DE FORA, O THE PALMS PARECE UM HOTEL – três andares, parede de estuque amarelo-manteiga com janelas venezianas verde-esmeralda que combinam com os arbustos tropicais nos arredores, um anexo de um andar que poderia abrigar uma piscina coberta. Mas, por dentro, não tem como negar que o lugar não é um hotel de luxo, e sim um hospital disfarçado. Lâmpadas fluorescentes, pisos de linóleo desgastados, o bipe ritmado de uma máquina em algum lugar do corredor. O cheiro de xarope de bordo barato das bandejas de café da manhã empilhadas num carrinho perto de nós briga com o de algum tipo de desinfetante à base de cloro e o odor de dejetos humanos. Uma enfermeira com suprimentos empilhados nos braços atravessa o saguão a passos firmes. Um residente está sentado a uma mesa montando um quebra-cabeça, e seus olhos se estreitam enquanto ele finge não ouvir a conversa de duas mulheres em cadeiras de rodas.

– Ei – diz Hollis. – Você está bem?

– Estou, por quê?

Ele passa a mão no meu braço.

– Está tremendo.

– Deve ser hipoglicemia. Meu café da manhã foi só um biscoito de figo.

Hollis não parece nem um pouco convencido, mas não argumenta. Os dedos dele se entrelaçam nos meus enquanto nos aproximamos da mesa da recepção em semicírculo no centro do saguão.

A mulher está ao telefone, prendendo-o entre a orelha e o ombro como uma profissional. Ela nos dá um sorriso para avisar que vai nos atender em breve. Reconheço o leve sotaque jamaicano. Então esta deve ser Rhoda, a recepcionista com quem falei quando liguei outro dia.

– Olá – diz ela, pondo o telefone no gancho quando a ligação termina. – Posso ajudar?

Olho para Hollis, implorando com o olhar para que ele fale por mim. Ele balança a cabeça de leve e aperta a minha mão. Está certo; foi para isso que eu vim aqui e sou eu quem precisa tomar as rédeas. Por mim. E pela Sra. Nash.

– Viemos ver uma residente. Elsie Brown – eu me obrigo a dizer. – Não sei o número do quarto dela, mas acredito que ela está em... sob cuidados paliativos.

O sorriso gentil da recepcionista desaparece, e eu sei. Eu simplesmente *sei* o que está por vir. É como se eu estivesse parada no meio de uma ponte desgastada e a madeira podre e a corda gasta que evitam a minha queda no abismo escuro e molhado lá embaixo estivessem se desintegrando rapidamente diante dos meus olhos.

– Você é a moça que ligou na quarta, não é? – pergunta Rhoda.

Faço que sim com a cabeça. Não consigo falar com esse nó na garganta. Meu nariz arde enquanto as lágrimas se acumulam, prestes a escorrer.

– Sinto muito, querida. Eu quis te avisar, mas não tinha como me comunicar com você. A dona Elsie faleceu na quinta de manhã.

– Não – eu escuto a minha voz dizer. – Não, isso não pode estar certo. O meu voo estava marcado para quinta *à tarde*. Eu ia chegar aqui cedinho na sexta. Ela não podia ter... Ela tem que estar...

De repente, não estou mais dentro de mim mesma, mas fora. Hollis está envolvendo o corpo de uma mulher ruiva e baixinha com os braços, puxando-a para si e evitando que ela desabe no piso frio de linóleo. Ele diz baixinho "shhh" e "eu estou aqui" no ouvido dela várias vezes, e o som é surpreendentemente audível de onde estou, longe deles. Deve ser tão bom ser consolada desse jeito, acabo pensando, antes de lembrar que eu *estou* sendo consolada desse jeito. E então todas as sensações voltam num piscar de olhos. Braços fortes que me apertam quase a ponto de provocar dor no meu corpo fraco. Os lábios de Hollis no meu ouvido enquanto ele tenta me acalmar com um fluxo de palavras que o meu cérebro não consegue processar. As lágrimas quentes que escorrem pelo meu rosto. Uma bolha nojenta de muco que infla e desinfla no ritmo da minha respiração instável.

– Millicent – diz Hollis.

Levanto o rosto para encontrar os olhos dele. Aquilo é umidade cintilando no canto do olho azul-acinzentado ou só parece umidade porque estou olhando através de uma cortina de água?

– Eu vou te levar de volta pro carro, tá bom?

Tento assentir, mas o movimento se transforma num episódio novo e mais forte de choro. Enterro o rosto no peito dele, molhando sua camiseta.

– Se agarra em mim – diz ele.

Como se um dia eu pudesse te soltar. Felizmente, meu cérebro bêbado de luto pensa mas não consegue fazer minha boca pronunciar as palavras. Melhor assim, porque parece que ele estava falando literalmente. Então me pega no colo, carregando-me como uma noiva. Passo o braço pelo pescoço dele e seguro sua camiseta.

Ouço um som metálico quando Hollis chuta o botão da porta automática na parte baixa do batente, seguido do chiado baixo da porta se abrindo. A leve brisa parece gelo no meu rosto molhado, como naquela noite em frente ao restaurante em Georgetown. Mas, aqui em Key West, os lábios de Hollis encostam na minha têmpora para fazer o calor voltar.

– Agora vou te colocar no chão – informa ele.

Ele se curva até a sola da minha sandália alcançar o asfalto, soltando-me aos poucos para garantir que eu não desabe assim que ele me largar. Finalmente estou de pé, sem nenhum apoio.

– Sinto muito, Mill – diz ele, envolvendo o meu rosto com as mãos. – Sinto muito mesmo.

– Não – retruco. – É um engano. Tem que ser mais um engano.

– Millicent.

A voz de Hollis está carregada de tanta piedade que rasga a minha tristeza e a transforma em raiva.

Eu o empurro para longe.

– Não! Esta não é a primeira vez que ela faz isso, você sabe. Ela não está morta de verdade. A gente só precisa encontrá-la. Eu a encontrei antes, consigo encontrá-la de novo.

– Mill, ela se foi. Sinto muito, mas ela se foi de verdade.

Estou de volta aos braços de Hollis, e a mão dele está na minha nuca. Eu sei, lá no fundo, que ele está certo, e os meus ombros se sacodem a cada soluço.

– Eu vou te botar no carro e depois voltar lá dentro. Você vai ficar bem por um minuto?

Eu não entendo por que o Hollis vai voltar lá, o que ele espera conseguir. Nós chegamos tarde demais. E eu teria chegado tarde demais mesmo que tudo tivesse corrido de acordo com os planos. Eu nunca tive sequer uma chance, não é?

Faço que sim bem de leve com a cabeça enquanto sou guiada para o banco do carona, e Hollis põe a minha mochila de couro no meu colo.

– Vou deixar vocês duas conversarem – declara ele, parecendo estar surpreso por não achar essa frase absurda.

Ele aperta o meu joelho e fecha a porta.

É bom ele ter saído, porque começo a me conscientizar do meu estado deplorável e, ah, não, que humilhação. Ele precisou *me carregar no colo* até aqui. Tenho certeza de que o The Palms tem sua cota de amigos e parentes chorosos, mas algo me diz que os residentes e funcionários vão falar da ruivinha histérica por semanas.

– Ah, Sra. Nash. Me desculpa. Sinto muito. Eu fiz uma cena. Não tenho o menor direito de ficar tão chateada por ela ter morrido… Eu nem conheci a Elsie… mas… – Engulo outro soluço. – Eu queria muito. E, mais do que tudo, eu precisava fazer isso pela senhora. Eu fracassei. Eu fracassei com a senhora.

Sei que a Sra. Nash não teria me culpado. Chegar aos 98 anos significa perder muitas pessoas que você ama muito; ela viveu mais que o marido, um dos filhos, os pais, a maioria dos irmãos, inúmeros amigos e – acreditava ela – Elsie. Ela compreendia melhor que a maioria das pessoas que a morte não se importa com coisas como horários de voo. Mas saber disso não implica conseguir acreditar nisso agora.

Hollis volta para o carro um tempo depois e me encontra semiadormecida, agarrando a mochila junto ao peito.

Ele se aproxima para dar um beijo na minha têmpora, depois ajeita meu cabelo atrás da orelha com o polegar e me dá outro beijo, leve como uma pluma, ao lado do meu hematoma roxo e dourado.

– Vamos pro hotel – diz ele.

A doçura extrema dele parece demais com pena – um lembrete do meu fracasso – e me dá vontade de começar a chorar de novo.

O hotel – que foi muito solícito nas três vezes em que liguei para mudar a reserva enquanto estávamos na estrada – não fica longe do The Palms. Antes que eu perceba, estou parada, com o rosto vermelho e os olhos inchados, diante de uma mesa de recepção grande e branca enquanto Hollis cuida de tudo.

Como eu conseguiria lidar com isso se ele não estivesse comigo? Quero acreditar que teria me saído bem se estivesse sozinha. Sou uma mulher adulta e capaz que consegue enfrentar tudo que a vida me apresenta. Mas estou muito feliz de não precisar provar isso neste momento.

No nosso quarto de hotel, eu me sento na beira da cama num estado de semipresença, vagamente consciente do som de água correndo no banheiro. O tempo se estica e se contrai, e não sei quanto tempo se passou quando Hollis reaparece, ajoelhando-se na minha frente.

– A banheira está pronta – informa ele. – Vamos tirar as suas roupas, tá bem?

Consigo assentir, mas não tenho energia para muito mais que isso. Hollis descalça os meus sapatos e as meias primeiro e dá um beijo leve no meu tornozelo antes de tirar a camiseta, a calça, o sutiã e a calcinha enquanto sussurra pedidos para eu erguer os braços, os quadris, ficar de pé. O toque dele é delicado e acolhedor, íntimo sem exigir nada. É assim que ele me banha também; o modo como passa a esponja na minha pele é minucioso sem ser clínico, carinhoso sem desviar para o erótico. Em algum momento, a doçura dele para de me irritar, sem parecer mais forçada ou piedosa, mas como se fosse uma parte secreta dele que eu desbloqueei. Eu me sinto cuidada. Adorada.

Reunir Elsie e a Sra. Nash deveria me lembrar que o amor pode durar uma vida inteira. Que o "felizes para sempre" também é uma possibilidade para mim, desde que eu siga acreditando. Mas, quando Hollis me enrola num dos roupões brancos felpudos pendurados atrás da porta do banheiro, me leva até a cama e me aninha em seus braços, de repente entendo que não foi no "para sempre" que eu quase perdi a fé. Foi nos milhões de "agora" ao longo do caminho.

21

DEPOIS DE ALGUMAS HORAS, começo a me sentir eu mesma outra vez. O mundo para de ficar indo e vindo como um filme mal editado e simplesmente... existe. Estamos sentados na cama, apoiados em uns dez travesseiros macios de hotel, e a minha cabeça está aninhada no ombro de Hollis. Ele liga a TV e aperta o botão do guia de programação.

– Quer ver o quê? – pergunta ele.

– Tanto faz – murmuro.

A voz sai rouca e congestionada, como se eu fosse um sapo com rinite.

– Ah, aqui – diz ele. – *Os irmãos cara de pau*. Era desse filme que você e Mike estavam fazendo piada, né?

Uau. Mike e o aeroporto parecem uma lembrança distante, mas foi só quatro dias atrás. Faz quatro dias que estou viajando com Hollis. Faz quatro dias que Elsie morreu. Como é que tanta coisa pode mudar em menos de uma semana?

Tento prestar atenção a Jake e Elwood Blues com suas bocas sujas e atitudes questionáveis. Hollis dá uma risadinha com algumas falas, e o olho que está mais perto de mim – o azul-acinzentado – brilha em resposta às perseguições de carro gratuitas. Eu normalmente ficaria empolgada por ele estar curtindo, mas é um desafio sentir qualquer coisa neste momento sem que isso me leve de volta ao luto profundo e sombrio que me fez soluçar de novo no peito de Hollis depois do banho. Em vez de me arriscar a repetir a performance, eu me obrigo a me concentrar nos dedos de Hollis, no modo como eles acariciam o meu braço com pressão suficiente apenas para eu sentir o toque dele através do tecido felpudo do roupão.

– Me desculpa – digo.

– Pelo quê?

– Por estar tão abalada.

Ele se mexe para encostar os lábios na minha cabeça. Sinto vários beijinhos ao longo da minha testa quando sua boca se move com as palavras.

– Você tem permissão pra estar abalada. Está de luto.

– Não tem nenhum motivo pra eu estar tão angustiada. Eu nem a conhecia. Não de verdade.

– Você pode lamentar a morte de alguém que não conhece – diz Hollis. – Mas não acho que esteja de luto pela Elsie.

– Eu... não estou?

– Não. Quero dizer, talvez um pouco. Mas não é isso que está te deixando tão triste.

– O que é, então?

– Acho que você está de luto pela Sra. Nash – declara ele.

– Isso não faz o menor sentido – protesto. – Ela morreu há mais de dois meses.

– É. E o que foi que você fez quando isso aconteceu?

– Bom, quando ela não acordou, eu liguei pra emergência...

– Não, não estou falando dessa hora. Estou perguntando se você parou pra sofrer por ela. Por todas as coisas que você perdeu.

– Ela era muito idosa – digo. – Era a hora dela, e eu sei que ela não tinha medo...

– Não importa se era meio esperado ou se foi um acidente horrível. Você era muito próxima dela. – Em resposta ao meu olhar vazio, ele continua: – Millicent, você terminou com o seu namorado de longa data, saiu do apartamento que dividia com ele, perdeu sua melhor amiga e teve que achar outro lugar pra morar em, tipo, seis meses. É muita coisa pra processar. Muita perda e muita mudança. E você conseguiu? Você processou tudo de verdade?

Será que processei alguma coisa carregando as cinzas da Sra. Nash enquanto rastreava obstinadamente a mulher que ela amava para me assegurar de que querer alguém que também me queira pelo resto da vida não é inútil?

– Tá tudo bem – afirma ele ao ver que eu não consigo responder em voz alta. – Não estou te criticando. Em termos de estratégias pra lidar com as perdas, se ocupar com tudo isso foi uma das melhores opções. Quando a minha mãe morreu e a Vanessa... – ele balança as mãos num gesto que acho que deve representar "me destruiu completamente em sua busca por vingança" – eu tentei evitar sentir qualquer coisa enchendo a cara e sendo babaca com todo mundo.

– Você ainda é babaca com todo mundo – digo, com o sorriso que o meu rosto cansado consegue dar.

– O que posso dizer? Achei que isso combinava comigo. Bem mais que a bebida, na verdade. Talvez você não acredite, mas eu sou um bêbado extremamente afetuoso.

Meu crânio parece estar cheio de concreto começando a secar quando eu o levanto do ombro de Hollis para dar uma olhada no rosto dele.

– Duvido – digo. – Não tem como.

– É verdade. A tequila, em especial, me faz insistir absurdamente em abraços grupais. Amigos, inimigos, conhecidos, desconhecidos. Toda e qualquer pessoa que estiver por perto tem que participar.

– Deve ter sido difícil. Todo esse trabalhão pra afastar as pessoas com a sua personalidade difícil desfeito pela sua inclinação de gostar de um bom amasso grupal.

– Amasso grupal – repete ele com um sorrisinho ínfimo. – Isso é um *millicentismo*, tenho certeza.

Envolvo o pescoço de Hollis com os braços e me esfrego no maxilar dele como se eu fosse um gato pedindo atenção. Ele me abraça forte.

– Eu sou uma pessoa apenas – digo, com a boca encostada no pescoço dele. – Mas isso serve pra você?

– Precisa ter mais braços.

– Me desculpa por não ser um polvo.

O hálito dele sopra o cabelo perto da minha têmpora quando ele suspira e diz:

– Ninguém é perfeito.

Eu me ajeito no colo dele, envolvendo-o também com as pernas.

– Assim está melhor?

– Não posso reclamar.

Ficamos assim por um tempo, eu agarrada nele como se quisesse ser absorvida pelo seu corpo e Hollis me abraçando com tanta força que parece que ele nem se importaria com isso.

– Se eu ainda não disse, obrigada por cuidar de mim durante o meu vergonhoso surto em público.

– Disponha – retruca ele.

O peito de Hollis sobe e desce encostado no meu. A pulsação dele bate no meu ouvido. Isso aqui já está no nível cem mil das intimidades, muito além do que já vivi – com Hollis ou com qualquer outro homem. Não parece muito. Não parece insuficiente. Parece a quantidade certa para este momento.

– O que a gente faz agora? – pergunto.

– Provavelmente vamos comer daqui a pouco. Você mal se alimentou hoje.

Como se ouvisse a deixa, meu estômago ronca alto e por muito tempo, como uma avalanche iminente.

– Dei o número do seu celular para a Rhoda passar pros parentes da Elsie – relata ele, admitindo saber o que eu estava realmente perguntando. – Falei que ficaríamos na cidade por mais um ou dois dias. Talvez a gente pudesse pelo menos se encontrar com alguém que conhecia a Elsie, conseguir algumas respostas pra você.

– Obrigada. Obrigada por pensar nisso. Por fazer isso.

Espero ele tentar explicar que é outra ação egoísta, mas ele não diz outra palavra além de "por nada".

Gostar não é amar, meu cérebro me lembra. Mas fazer tudo isso por alguém de quem ele apenas gosta não faz muito sentido.

– Hollis – sussurro, inclinando o rosto para poder ver os olhos dele.

Eles estão voltados de novo para a TV, encantados como os de uma criança por outra cena de perseguição de carro.

– Hum?

– Por que você está aqui?

Ele ajeita os braços para que fiquem mais baixos nas minhas costas enquanto o olhar volta a se concentrar em mim.

– Suponho que não esteja falando em termos existenciais.

– Não. Por que você veio até Key West comigo?

– Pra você não ficar sozinha – responde ele.

– Mas por que se importou com isso? – pergunto. No entanto, o tempo passado parece errado, considerando as últimas horas, então eu me corrijo: – Por que se *importa*?

Ele me olha como se eu fosse uma página especialmente desafiadora de palavras cruzadas e, por estar ficando sem pistas fáceis, agora precisasse revisitar as mais difíceis, que estava deixando para depois. O olho azul-acinzentado parece frustrado. O castanho parece perplexo. Mas, juntos, eles parecem delicadamente curiosos.

Talvez ele não me responda nada. Talvez os seus motivos para tudo que faz sejam tão egoístas quanto ele alega. Mas alguma coisa dentro de mim, a coisa que quer contar a ele que estou me apaixonando, acredita que tem mais por trás. Mais *nós*. E eu quero que ele admita.

Em vez disso, ele diz:

– O nome da minha irmã é Rhiannon.

– Quê?

– Meus pais tinham um acordo. Meu pai podia escolher o primeiro nome dos filhos. Minha mãe podia escolher o das filhas. Então, meu pai me deu o nome dele e minha mãe deu à minha irmã o nome da música preferida dela.

– Do Fleetwood Mac – sussurro.

Hollis me dá um sorrisinho minúsculo. É um novo, que eu só consigo descrever como triste.

– Faz mais de dez anos e eu ainda... Olha, eu não escuto músicas que me fazem sentir saudade da minha mãe, tá? Eu não falo com meu pai sobre nenhum assunto que não seja beisebol e livros, e eu não faço sexo com ninguém que queira mais de mim do que diversão e uma amizade superficial.

A última parte parece uma repreensão. Como se ele percebesse que estou desenvolvendo sentimentos sérios por ele e tentasse evitar isso, lembrando que esse não foi o acordo que fizemos quando nos envolvemos. Eu sou só mais uma amiga com quem ele às vezes dorme – uma Yeva Markarian menos voluptuosa, mais pálida e ruiva.

– Eu não espero nada – digo, apressada. – Eu sei que você não... que você não é... Mas, Hollis, você está certo. Eu perdi muita coisa nos últimos tempos e não lidei com nada. Agora, daqui a pouco tempo, eu também vou te perder, e não quero fingir que não sinto nada em relação a isso. Porque, se eu fingir que não dói e me afundar no trabalho ou alguma coisa assim, vai ser só uma questão de tempo até eu perder totalmente a cabeça dentro da Biblioteca do Congresso, e eles realmente odeiam gemidos nos salões de leitura. Gemidos de choro, quero dizer. Não gemidos tipo... sexo e tal, embora isso também seja...

– Millicent – sussurra Hollis. – Para de falar. Por favor.

Os lábios dele roçam nos meus, uma vez para cima, uma vez para baixo, antes de parar. O beijo não é covarde como o que eu dei no quarto de infância dele; não é uma tentativa de mudar de assunto, e sim uma conversa sem palavras. Mas não sei muito bem se minha interpretação está correta. Porque parece que ele está dizendo que entende, que ele também está se apaixonando por mim, e isso não pode estar certo. Hollis não se envolve em relacionamentos. Ele não acredita no amor duradouro, e nada do que aconteceu ao longo deste dia terrível deu a ele qualquer motivo para reconsiderar essa crença. E, mesmo assim... *Estou sentindo o mesmo que você*, me diz a boca dele. *Você não vai me perder*, afirma ela. Talvez eu esteja traduzindo errado, entendendo como eu quero entender. Ou caindo numa mentira. Se for só isso, é extremamente convincente. Até porque Hollis mente muito melhor do que eu.

Meus braços e minhas pernas ainda estão envolvendo o tronco de Hollis, como se eu fosse um coala e ele, uma árvore. Só que o coala e a árvore estão se beijando, então acho que não é nada parecido com isso. Os braços dele me soltam e as mãos dele escorregam entre nós. Elas deslizam para dentro do meu roupão, seguindo as minhas curvas. O toque dele deixa um rastro de calor, e o efeito fica num ponto entre reconfortante e sensual.

– O meu problema é que eu não gosto de sentimentos fortes, Millicent – continua ele. – Minha vida adulta toda, minha personalidade toda, foram construídas evitando até mesmo a possibilidade de me deparar com esse tipo de sentimento.

Abro a boca para pedir desculpas por jogar os meus sentimentos fortes e conturbados em cima dele. Mas ele me dá outro beijo. Um silenciar preventivo que mostra como ele conhece bem o meu cérebro apesar do pouco tempo que passamos juntos. Hollis me inclina para trás, e mais um pouco, até eu estar em paralelo com o colchão e ele estar em cima de mim. Meus braços e minhas pernas cedem à gravidade e eu caio na cama. O frio do ar-condicionado soprando na minha pele nos pontos onde o roupão está aberto enfatiza a súbita distância entre os nossos corpos. É assim que termina? O momento em que ele me diz "Sinto muito, mas isso é demais e não foi o que combinei, boa sorte e tchau"?

Ele me encara com aquele olhar doce de frustração desnorteada.

– Mas não dá pra evitar você, não é? Eu tentei no início. De verdade. Eu já estava *dentro* do meu carro no aeroporto, com a chave na ignição, antes de voltar pra te procurar. Que merda, eu até tentei te despachar pra fazer sexo com outra pessoa, na esperança de que isso me ajudasse a manter distância.

O rosto dele muda, como se a última resposta tivesse surgido na mente dele e as palavras cruzadas estivessem completas.

– Estou começando a perceber que você é inevitável, Millicent. É como se você tivesse amarrado o meu cadarço de um pé com o do outro no instante em que a gente se conheceu e, quanto mais eu tento te deixar pra trás, mais forte o nó vai ficando. Só que... eu não tenho a menor ideia do que fazer com toda essa intensidade, esse anseio, essa... coisa meio dolorida no meu coração que parece esperança, medo e *necessidade*. Os músculos que carregam esses sentimentos fortes atrofiaram há muito tempo, e o peso está me esmagando.

Eu nem percebo que estou boquiaberta, tentando processar essas palavras inesperadas até que o toque de Hollis atrai a minha atenção para o meu lábio inferior. Seu polegar o acaricia quando ele diz:

– Quer saber por que estou aqui em Key West com você? Porque ver você existir no mundo, confiante, amorosa e lindamente esquisita... isso deixa esses sentimentos ainda mais pesados, mas, ao mesmo tempo, mais fáceis de suportar.

Puta merda. Hollis tem sentimentos fortes por mim. Ele pode não querer ter, mas *tem*. É lógico que ele dizer que está cansado de lutar contra isso não é uma promessa de que vamos ficar juntos para sempre (nem mesmo uma admissão de que ele acredita que o "para sempre" é uma possibilidade para qualquer pessoa). Mas, numa perspectiva mais ampla, o que as promessas significam? No fundo, uma promessa é pouco mais que uma intenção sincera; aprendi que o universo costuma rir delas e fazer o que bem entende. Talvez seja por isso que eu tenha tanta disposição para esperar o melhor das pessoas. Não quero presumir a maldade quando de modo geral somos todos apenas vítimas dos caprichos do universo.

– Eu te assustei? – pergunta Hollis diante do meu silêncio, parando de mover o polegar.

Meu sorriso se espalha lentamente pelo rosto quando fito aqueles olhos diferentes um do outro.

– Não. Só estou pensando que nós todos estamos fazendo o melhor possível diante de um universo instável.

– Certo – diz ele. – Faz sentido.

– E que você não devia estar usando tantas roupas.

Desta vez, quando a boca dele encosta na minha, não há nenhuma necessidade de traduzir nem de adivinhar. Ele não poderia ser mais claro nem se contratasse um avião para escrever as intenções dele no céu em letras garrafais. Eu estou sentindo essa mesma compulsão por transformar as palavras em ações. Depois que ele tira os óculos, eu pego a parte de trás da camiseta dele e a puxo, obrigando-o a se afastar de mim o suficiente para se sentar e passar os braços pelas mangas. Minhas mãos deslizam pelo peito dele, e eu enterro o nariz no ponto em que o pescoço e o ombro dele se encontram, onde o perfume dele, de dia chuvoso com um livro preferido, é forte e reconfortante. Os dedos dele na minha pele geram uma sensação efervescente de anseio que circula pela minha corrente sanguínea e me deixa desajeitada quando tento ajudá-lo a tirar a calça jeans e a cueca, que ainda estão nos tornozelos dele quando me aproximo.

Hollis solta uma leve bufada de divertimento enquanto afasta os quadris e segura a minha mão. Ouço um gemido de protesto que deve ter saído de mim, embora eu não me lembre de meu cérebro ter ordenado às minhas cordas vocais que fizessem isso.

– Espera – diz ele, tirando o roupão dos meus ombros até estarmos os dois nus e de joelhos. – Sem pressa. Temos todo o tempo do mundo.

Isso provavelmente não significa nada. *Temos todo o tempo do mundo* – é uma frase que as pessoas dizem com frequência sem a intenção de serem literais. Mas eu quero muito acreditar, neste momento, que o "para sempre" pode ser uma opção, que Hollis pode mudar de ideia sobre o amor duradouro e decidir que o que existe entre nós não precisa terminar ao fim desta viagem. Apesar da falta de evidências concretas, eu quero acreditar que a Sra. Nash e Elsie se amaram até o fim e quero acreditar que Hollis está dizendo que gostaria de nos dar uma chance de começar. E assim eu correspondo com um beijo lento e preguiçoso e me permito acreditar. A necessidade frenética que me impulsiona em direção ao fim não desaparece, mas sai da rodovia e passeia devagar ao longo de uma estradinha panorâmica.

Hollis sussurra que volta logo e sai da cama para pegar a caixa de camisinhas na mala. Quando volta, coloca uma e me chama de novo para o colo dele. Eu afundo nele e envolvo os braços no seu pescoço e as pernas nos quadris, de modo que o meu corpo está cercando o corpo dele o máximo possível. Ele inclina a cabeça, apoiando a testa na minha e, durante muito tempo, nenhum dos dois se mexe. Este é o número máximo de intimidades. Não sei nem como quantificar – 27 zilhões, talvez? –, mas deve ser o limite, porque não consigo imaginar como poderíamos nos sentir mais próximos do que estamos agora.

O corpo de Hollis empurra para a frente e para cima. Sigo seu comando, me balançando em cima dele num ritmo que lembra o da onda varrendo a areia. O movimento é tão sutil que há espaço para perceber cada sensação, ter plena consciência de cada detalhe de cada respiração, de cada deslizada milimétrica e de cada beijo na pele coberta de suor. A tensão aumenta de modo lento e constante, e agora estou totalmente convencida de que esse é o melhor jeito de vencer esse tipo específico de corrida. Só que, neste momento, eu não quero vencer nada; eu não quero que acabe nunca.

– Pode se soltar, Mill. Eu estou te segurando. Eu sempre vou te segurar – sussurra Hollis.

Parece tanto com uma promessa que eu entendo como a permissão para me desintegrar, de que eu nem sabia que precisava, e é como se todo o meu luto e a minha preocupação se dispersassem para os confins do meu cérebro a fim de dar espaço para um momento de êxtase onde não existe nada além de alegria, amor e alívio.

Hollis me abraça mais forte e continua se mexendo, sussurrando cada pensamento doce e obsceno que passa pela cabeça dele, e o meu coração bate no mesmo ritmo dos seus movimentos. Os espasmos do clímax dele parecem alguém soltando fogos de artifício em formato de coração que explodem no meu peito. As brasas caem feito chuva, chiando, e eu nem fico surpresa quando uma voz baixinha e levemente rouca diz na minha cabeça: *Você o ama, sua coisinha boba.* Porque eu sei.

Eu já sei.

Washington, Distrito de Colúmbia
Outubro de 1953

TINHA LEVADO MAIS DE UMA HORA, mas as duas crianças finalmente estavam na cama e em silêncio, ainda que não estivessem dormindo. E silêncio era tudo que Rose podia pedir depois de um dia como aquele. Primeiro, Richie havia acordado reclamando de dor de barriga. Depois, Walter ficou com ciúme porque a atenção da mãe estava voltada para o irmão mais velho, e alegou que estava com o mesmo problema. Ele rolou no chão, segurando a barriga e uivando de maneira tão convincente que o cachorro da família, um vira-lata macho que os meninos insistiram em chamar de Lady, se juntou a ele. Em seguida, Dick havia entrado no quarto – aparentemente ignorando o caos que já estava instalado – para perguntar se Rose tinha visto a gravata preferida dele. Ela teve que lembrá-lo de que ele sujara uma parte grande da gravata no molho de tomate na semana anterior, quando se inclinou para beijá-la no fogão, e precisava buscar a peça na lavanderia. Isso fez Dick reviver a lembrança, ficando irritado de novo com a própria falta de jeito – que Rose achava encantadora, na verdade –, mas isso o atrasou para o trabalho, e o dia todo tinha corrido mais ou menos nesse ritmo.

Agora Rose se acomodava na sua poltrona preferida – de estofamento bege com palmeiras laranja-ferrugem que lembravam a ela o pôr do sol e o calor de Key West – e tirava as sapatilhas. Dick iria voltar a qualquer minuto, se o ônibus dele não pegasse muito trânsito no centro da cidade, e ela esperava ansiosa para jantar com ele, depois tomar um drinque e talvez fazer amor, se ele não estivesse cansado demais. Eles vinham discutindo a possibilidade de um Terceiro Bebê Nash, mas, com Richie e Walter fazendo pirraça e Dick dando aulas naquele semestre, eles pareciam nunca ter tempo nem energia para isso. Além do mais, outro filho exigiria mais espaço do que eles tinham, e Rose e Dick haviam concordado que preferiam morrer no apartamento de dois quartos perto de Dupont Circle a lidar com o estresse de uma nova mudança.

Os pensamentos de Rose vagaram até Elsie, como costumavam fazer nos raros momentos de tranquilidade. O luto por ela tinha sido um processo que tomara o último ano. Em meio a toda a raiva, a dor e a culpa, Rose retornava sempre para aquele dia no bangalô em Key West, quando Elsie pediu a ela que prometesse que ia tentar ser feliz com Dick Nash. *Continue tentando ser feliz com essa vida, por ela*, lembrava a si mesma toda vez que as coisas pareciam muito pesadas. Mas, naquela noite, quando Rose olhou ao redor da sala de estar e notou o soldado de brinquedo errante deitado e derrotado sobre a mesa de centro, Lady cochilando ao lado do sofá e o último catálogo da Sears com metade das páginas marcadas para indicar itens a serem considerados para o Natal, ela se viu suspirando, satisfeita. Em algum lugar do caminho, percebeu Rose, ela havia parado de precisar tentar – e agora simplesmente era feliz.

22

DEVO TER CAÍDO NO SONO. Não é nenhuma surpresa, levando em consideração que acordamos antes do nascer do sol hoje de manhã. E também que eu chorei litros num lugar público, chorei mais no hotel, persuadi Hollis a confessar que está sentindo alguma coisa parecida com o que estou sentindo e depois experimentei o sexo mais transcendental da minha vida. O dia foi uma montanha-russa longa e exaustiva.

Hollis não está ao meu lado na cama. Não tem nenhum barulho vindo do banheiro, mas ele deve ter tomado banho; o ar levemente úmido e o aroma cítrico do xampu do hotel escaparam para o quarto. Eu o chamo, mas ele não responde. Uma pequena parte de mim entra em pânico. E se ele ficou apavorado com toda essa nova intensidade entre nós e foi embora? Mas aí eu vejo o bilhete na escrivaninha, ao lado do meu celular e do caderno de Hollis. É um papel de carta do hotel com uma mensagem escrita em uma caligrafia apressada e solta:

Fui buscar o jantar. Já volto. – H

A TV de tela plana ao lado da escrivaninha reflete o enorme sorriso que ocupa quase todo o meu rosto. Parece estranho ficar tão feliz ao mesmo tempo que abrigo tanta decepção e tanto luto, mas também tem uma faísca de alegria dentro de mim que vira uma fogueira sempre que penso em Hollis e nas coisas que ele disse. A irritação na sua voz quando me chamou de inevitável não deveria ter sido algo doce, mas, saindo da boca dele, foi como um pêssego tirado direto do pé no auge do verão.

Meu Deus, ele está me contagiando, não é? Estou praticamente contaminada com essa tendência dele de fazer descrições rebuscadas. E suja, cheia de suor seco. Estou cheirando a cebola frita com toranja.

A pressão do chuveiro está fraca, como um chuvisco preguiçoso em vez do efeito de cachoeira prometido, mas eu desfruto mesmo assim. Parece que estou lavando a tristeza do dia, mas também seu pequeno triunfo. Fico um pouco relutante em me livrar da sujeira salgada do amor que fizemos, mas digo a mim mesma que teremos outras oportunidades. Para que Hollis confessaria aquilo tudo se planejasse terminar assim que voltássemos a Washington?

Tem que ter mais. Pode ser o fim da estrada para a Sra. Nash e Elsie, mas é um começo para mim e Hollis. Se não for, tudo pelo que passamos é insignificante. E eu não posso aceitar isso de jeito nenhum. Nem a notória instabilidade nem os caprichos cruéis do universo fariam isso comigo.

Vamos precisar ter uma conversa séria em algum momento. Uma conversa em que nós dois estejamos vulneráveis o suficiente para enunciar com clareza o que queremos e precisamos um do outro e por quanto tempo. Beijar e tocar é ótimo, não me entenda mal. Porém, isso nunca vai funcionar se continuarmos deixando nosso corpo falar por nós. Mas esse é um problema para depois. Talvez no carro, a caminho de casa. Neste momento, vou curtir a possibilidade de que a minha sina de perder tudo que eu quero manter finalmente tenha chegado ao fim.

Meu celular vibra na escrivaninha enquanto estou fazendo uma trança no cabelo molhado. Não falo com os meus pais desde ontem, então provavelmente são eles surtando. Não sei se tenho energia para explicar tudo a eles neste momento. Mas, quando estendo a mão para mandar a ligação para a caixa postal, vejo que não são os meus pais. É um número da Flórida. Lembrando que Hollis pediu que o asilo desse o meu número para um parente de Elsie, pego o celular e consigo atender no último toque.

– Alô?

– Oi. É a Millicent?

– É, oi. Quem está falando?

– Meu nome é Tammy Hines. Eu sou sobrinha-neta da Elsie Brown. Peguei o seu número com a Rhoda, no The Palms. Ela disse que você queria falar comigo. Ainda está na cidade?

– Estou! Sim. Oi. Sim.

– Ah, que ótimo. Bom, acho que tenho umas cartas pra te dar. Supondo que você seja o... hum... papagaio, era isso?

– Pombo – corrijo.

– Isso. Certo. A tia Elsie disse pombo mesmo. Desculpa, a minha cabeça não está bem. Enfim, acabei de atender um cliente agora, mas devo estar livre daqui a... hum... – Ela faz uma pausa. – Vinte minutos. Ah, onde você está hospedada?

– Ah... nós estamos em New Town, no...

– Ah, que bom. É perto do meu escritório. Tem uma Starbucks na esquina da Seventh com a North Roosevelt. Podemos nos encontrar lá umas seis horas? Ou você prefere esperar até amanhã?

– Não, hoje às seis está perfeito – respondo.

Hollis e eu vamos ter que comer depressa quando ele voltar, mas não vou esperar mais um dia de jeito nenhum. Cartas! Eu guardei as cartas de Elsie para a Sra. Nash num pacote que está ao lado da caixa de madeira com as cinzas dela. Então, as cartas de Tammy devem ser as da Sra. Nash para Elsie. A ideia de ver a bela caligrafia da Sra. Nash de novo faz os meus olhos marejarem. Mas não tenho tempo para isso – Tammy está falando alguma coisa.

– Desculpa, o que foi que você disse? – pergunto.

– Você tem papel e caneta? Este é o número do meu escritório, então deixa eu te dar o número do meu celular, pro caso de acontecer alguma coisa.

– Ah, tá bom. Só um segundo.

Viro o caderno de Hollis para o lado em branco. Papel, ok.

– Caneta, caneta, caneta – resmungo para mim mesma.

Meus olhos procuram a caneta de plástico barata que costuma ficar ao lado do bloco com a logo do hotel, mas ela não está ali.

– Desculpa – digo. – Estou procurando uma caneta.

Deve ter uma em algum lugar, porque Hollis escreveu o bilhete e... achei. Não é a caneta do hotel (sabe Deus onde ela foi parar), mas a preta retrátil de Hollis, que encontrei enfiada no caderno feito um marcador de página. Tomo o cuidado de usar o dedo mindinho como marcador enquanto anoto o número do celular de Tammy e a esquina da Starbucks.

– Te vejo às seis – diz ela, depois que confirmamos os detalhes.

– Certo. Muito obrigada. Te vejo mais tarde.

Abro o caderno de Hollis para devolver a caneta. Meu coração dá uma balançadinha animada, parecendo uma bundinha de corgi, ao ver a página cheia com as palavras escritas por ele. Mas, quando os meus olhos param de ver o texto como um todo e focalizam as letras em si, os espaços, meu coração desaba e vai parar em algum lugar perto do estômago.

Porque o nome da Sra. Nash está na página. Os filhos, o marido, o *cachorro* – os nomes deles também estão ali. Por que eles estão no caderno de Hollis? Leio a passagem com pressa, na mesma velocidade em que ele deve ter escrito. E leio de novo, devagar desta vez, na esperança de significar alguma coisa diferente.

Washington, Distrito de Colúmbia
Outubro de 1953

Tinha levado mais de uma hora, mas as duas crianças finalmente estavam na cama e em silêncio, ainda que não estivessem dormindo. E silêncio era tudo que Rose podia pedir depois de um dia como aquele. Primeiro, Richie havia acordado reclamando de dor de barriga. Depois, Walter ficou com ciúme porque a atenção da mãe estava voltada para o irmão mais velho, e alegou que estava com o mesmo problema. Ele rolou no chão, segurando a barriga e uivando de maneira tão convincente que o cachorro da família, um vira-lata macho que os meninos insistiram em chamar de Lady, se juntou a ele. Em seguida, Dick havia entrado no quarto – aparentemente ignorando o caos que já estava instalado – para perguntar se Rose tinha visto a gravata preferida dele...

23

SÃO PÁGINAS E MAIS PÁGINAS. Se eu não estivesse tão atordoada com a descoberta de que Hollis vinha escrevendo sobre mim, sobre nós e sobre a Sra. Nash e Elsie, eu poderia ter ficado impressionada. Deve haver milhares de palavras neste caderno, todas escritas nos últimos quatro dias. Elas são estruturadas como vinhetas narrativas, eu acho, e saltam no tempo e no espaço, do passado para o presente e de volta mais uma vez.

Leio a primeira frase de cada uma, na esperança de que a realidade do que estou lendo mude de algum jeito. Mas, por mais que eu folheie, é tudo mais do mesmo. Alguns diálogos nas partes da Sra. Nash com Elsie se baseiam no que contei a ele ou foram extraídos das cartas que estão na minha mochila; ele deve ter lido essas cartas em algum momento, quando eu estava dormindo ou tomando banho (e isso me parece uma violação à parte). Mas outros trechos são palpites dele sobre como a conversa teria acontecido. Não sei se estou mais chateada por ele ter colocado palavras na boca e pensamentos na cabeça da Sra. Nash ou por alguém que nem a conhecia ter conseguido captar o espírito dela quando ele me parece cada dia mais fugidio.

E aí tem as partes sobre mim. Sobre nós.

Parece uma repetição da história de Josh com a conta do Instagram. Este caderno foi preenchido com os nossos momentos íntimos embalados para consumo público, e dói muito mais do que algumas fotos na internet porque, ao contrário de Josh, parece que Hollis estava me usando desde o início. Pelo menos no caso de Josh começou como algo verdadeiro. Mas com Hollis…

Volto para as páginas iniciais.

Estamos um pouco ao norte de Richmond quando percebo que Millicent não é maluca. Só é romântica.

É fácil confundir as duas coisas, ainda mais quando a ruiva miúda no banco do carona do seu carro tem uma caixa cheia com as cinzas da amiga idosa enfiada na mochila. Mas, quanto mais Millicent fala, mais percebo as diferenças sutis. Os malucos se movimentam de maneira errática, como uma abelha bêbada voando pelo ar. Mas os românticos como Millicent se movimentam com propósito em direção a um objetivo, seguindo um rastro infinito de esperança. Migalhas otimistas que prometem terminar com um "felizes para sempre". E as migalhas de Millicent, pelo que ela me informou, levam até Key West.

Ela encara o nada, como se o para-brisa fosse um portal para outra época. E, por fim, os lábios carnudos se abrem, e ela começa a me contar uma história de amor:

"Estar baseada em Key West parecia uma recompensa celestial. Rose McIntyre tinha enfrentado vinte invernos frios e escuros do Wisconsin, mas, no final de novembro de 1944, a Marinha dos Estados Unidos deu a ela mais sol e calor do que ela conseguia aproveitar."

Passo para outra seção, mais adiante:

O sexo com Millicent é como passear num jardim no auge do verão. A boca com sabor de menta reivindica cada centímetro que consegue alcançar. Ela é verde e doce na minha língua, como tomates-cereja tirados diretamente do pé. E, quando ela se afasta, é como ver uma rosa desabrochar em câmera lenta, as coxas rosa-claras aveludadas se abrindo como pétalas aturdidas pelo calor. O suor que umedece o meu cabelo e escorre pelas minhas costas poderia ser de um dia de julho sem fim sob o sol, correndo no quintal dos meus avós até os vaga-lumes anunciarem o crepúsculo. Tocar em Millicent, sentir o gosto dela, estar dentro dela é como ter todas as lembranças ambrosíacas que eu já acumulei sendo repassadas dentro da minha alma ao mesmo tempo, e...

– Ai, merda – diz Hollis na porta. Ele está com uma sacola de papel marrom nos braços. – Mill, eu...

– Não fala nada.

Ele se aproxima de mim e pousa a sacola de comida na escrivaninha.

– Eu não queria que você descobrisse desse jeito. Eu ia te contar, e em breve. Mas com todas as coisas...

– Eu disse *Não fala nada*.

As palavras saem num tom baixo porém feroz, e ele estremece. Ótimo. Frio é bom. Frio gera distância.

– Foi por causa desse novo projeto que você ligou pro seu agente, né? Você pretendia publicá-lo?

Há uma fração de segundo em que eu acho que ele pode mentir, pois os olhos estão disparando de um lado para outro, como se cogitasse a ideia. Mas ele deve perceber que já está num buraco fundo demais.

– Sim, mas...

– Eu confiei em você – digo, cutucando o peito dele com o dedo indicador. – E eu sei que parece que eu confio em todo mundo, então talvez você ache que ter a minha confiança não é grande coisa. Mas continua sendo uma grande coisa pra mim.

Hollis franze as sobrancelhas.

– Lógico que é uma grande coisa. Eu nunca quis...

– Você nunca *quis*? Ninguém escreve um livro sem querer, Hollis!

– Não é... Isso é tipo um quinto de um livro. Um quarto, no máximo.

– Ah, sim. *Essa* é a parte importante da conversa. O fato de você ainda poder me trair com muitas palavras.

– Millicent, por favor, me deixa explicar.

– Tá, vai em frente – digo, fingindo apontar um palco para ele brilhar.

A boca dele se abre, e eu espero. Mas não sai nada dali.

– Certo. Eu acho que é bem simples. Você estava me usando – continuo. – Estava escrevendo o que eu te contei sobre a história da Sra. Nash com a Elsie pra poder ter lucro com ela.

– Eu não estou escrevendo só sobre a Sra. Nash e a Elsie. É sobre você também. A maior parte é sobre você, na verdade.

– Incrível. Então você está explorando *três* mulheres, em vez de duas. Isso deixa tudo muito melhor.

Ele passa as mãos pelo cabelo, deixando-o em pé, e solta um grunhido.

– Eu não estou explicando as coisas direito.

– Não mesmo.

– Não ajuda muito o fato de você estar me olhando como se fosse esmagar as minhas bolas. A gente pode... a gente pode comer e conversar sobre isso mais tarde, quando você estiver menos sensível?

Estreito os olhos. Não estou acreditando...

– O que foi que você acabou de dizer? – pergunto.

– A coisa errada. O que eu disse foi a coisa errada. – Ele se senta ao pé da cama e enterra o rosto nas mãos. – Meu Deus, eu detesto brigar – murmura ele. – É exatamente por isso que eu não me envolvo em relacionamentos.

– Ah, que bom que a gente não está num relacionamento de verdade, então, né?

Pego o pedaço de papel com o número de Tammy e o enfio na minha mochila. Penduro a alça no ombro e saio pisando firme em direção à porta.

– Millicent, espera. Você está...

– Eu tenho um compromisso. Tchau, Hollis.

A porta se fecha com um estrondo, e olho para os meus pés descalços no carpete do corredor. Ai, merda. Não estou usando nada além do maldito roupão do hotel. Aquele último "Você está..." provavelmente ia ser "Você está sem roupa". A porta se abre atrás de mim, e Hollis está parado ali, me olhando de cima a baixo de um jeito que me dá vontade de chutar a canela dele ou beijá-lo até ele desmaiar. Minha saída dramática já era.

– Não fala *nada* – alerto, empurrando-o para voltar ao quarto.

– Você pelo menos leu as partes que falam de você? – pergunta ele. – De como eu me sinto com você?

Deixo o roupão cair dos meus braços e formar uma pilha branca felpuda no chão. Brigar nua deveria me deixar exposta e vulnerável, mas eu me sinto uma guerreira invencível atacando com plena liberdade numa batalha.

– Tá falando de como achou que eu era louca até perceber que sou só idiota?

– Isso não... Millicent, não foi isso que escrevi. Eu jamais diria isso. Não coloca palavras na minha boca.

– Ah, como você fez com a Sra. Nash e a Elsie?

Estou tão revoltada que a torre de roupas que estou fazendo na cama fica caindo o tempo todo por causa da minha fúria e da minha pressa. Minha calcinha embolada cai no chão. Eu a pego e jogo de volta na cama, e ela cai de novo.

– Que merda – resmungo, e solto um rosnado frustrado que parece mais um grito contido.

Hollis pega a calcinha e a coloca delicadamente na pilha de roupas. Sei que está tentando ajudar, mas a maneira como a calcinha obedece a ele é irritante. Ele está muito calmo, ao passo que as minhas emoções são a encarnação do caos. Lágrimas de frustração e mágoa escorrem pelo meu rosto antes mesmo de eu perceber a presença delas. Estou nua, chorando e *furiosa*.

– Para de me ajudar! – berro. – Eu nunca pedi a sua ajuda. Eu nunca pedi que fingisse se importar com tudo isso ou comigo.

– Eu me importo! Como pode achar que eu...? Millicent, eu fui sincero em cada palavra que falei mais cedo. Se você ler o resto do que escrevi, vai ver que eu...

– O jogo acabou, cara – digo, vestindo a calcinha.

Felizmente, as minhas pernas entram nos buracos sem nenhum problema; agora não é o momento de quase cair enquanto me visto.

– Pode parar de fingir que sou mais que uma fonte de informações e uma trepada conveniente.

Fecho o sutiã, depois entro no meu vestido comprido. Ele é longo demais, e tenho que dar um nó na bainha para ela não se arrastar pelo chão. Preciso de três tentativas até dar um nó direito, pois o meu cérebro está incapaz de coordenar as minhas ações e as minhas emoções ao mesmo tempo.

– Droga, Mill, me escuta. Você sabe que não é isso que você é pra mim.

Ele me segura pelos ombros e me encara. Seria muito romântico se eu não quisesse dar uma cabeçada nele e depois uma joelhada na virilha.

– Nos últimos quatro dias, você me arrastou por caminhos que eu não tive coragem de explorar durante quase uma década. Me fez sentir que posso ir a qualquer lugar contanto que você esteja do meu lado pra iluminar o caminho.

– Que belo clichê – digo. Balanço a cabeça e solto um muxoxo. – Não é a sua melhor obra, Sr. Hollenbeck. Mas talvez você consiga criar alguma coisa melhor quando escrever esta cena no seu livrinho idiota.

Eu me solto dele e vou até a minha mala. Não preciso de nada que está dentro dela, mas vasculhá-la me faz ter alguma coisa para fazer enquanto evito o contato visual.

– Tá vendo, esse é o problema – falo. – Eu não sou a porra da sua lanterna. Eu não existo pra consertar o Josh e não existo pra consertar você. Eu não entrei na sua vida pra inspirar a sua maldita arte nem te libertar nem qualquer outra merda que você queira contar a si mesmo.

Eu me viro para encará-lo e jogo as mãos para os lados, deixando outro grito gutural escapar por entre os meus dentes cerrados.

– Eu sou esquisita, Hollis. É o que eu sou. Uma pessoa esquisita. E isso não tem absolutamente nada a ver com você. Quando estou sozinha, sou exatamente igual. Eu não me desligo como um robô de brinquedo, esperando até a próxima vez que você queira brincar comigo. Eu não sou a garota excêntrica cujo único propósito na vida é dar extravagância à vida triste e sem graça do escritor torturado. Eu tenho meus próprios problemas, e nesta história o escritor torturado é aquele que estava só seguindo o fluxo.

– É sério que você vai dizer que estou te tratando como alguém que apareceu pra me salvar? – Hollis leva os dedos até as têmporas, como se *eu* estivesse provocando uma dor de cabeça *nele*. – Meu Deus, para de transferir pra mim toda a sua bagagem com o Josh Yaeger, exigindo que eu resolva um monte de merdas pelas quais eu nem fui responsável.

Caramba, ele está certo. Estou fazendo exatamente isso. Estou projetando nele muita coisa do meu sofrimento do passado. Talvez porque seja mais fácil repetir alguma coisa à qual eu já sei que consigo sobreviver do que explorar esta nova dor que pode me rasgar ao meio. Minha voz sai como um sussurro:

– Como eu disse antes, eu tenho um compromisso. E tenho que sair agora, ou vou me atrasar.

Hollis segura o meu pulso quando passo por ele. A mão dele é quente e forte e me puxa delicadamente, como fez num quarto escuro numa pousada da Carolina do Sul duas noites atrás.

– Espera, Millicent. Por favor.

Os olhos dele imploram, e isso inicia uma contagem regressiva dentro de mim. Ela está marcando os segundos até eu me permitir perdoar essa traição e suplicar a ele que me ame. *Não me deixa*, é o que eu vou dizer. *Eu não me importo se você só estava me usando, contanto que a gente possa continuar fingindo que é mais que isso.* É o que eu sinto num canto sombrio de mim mesma, e eu odeio. Eu odeio que o meu instinto seja sempre aceitar menos do que mereço. Deixar a incapacidade ou a falta de disposição de um homem de me aceitar e me respeitar totalmente se transformar numa culpa paralisante. Quantas vezes eu fiz isso com Josh, sem perceber como estava comprometendo o meu amor-próprio? Chega. Não posso fazer isso nunca mais. Muito menos com alguém que se tornou tão importante para mim em tão pouco tempo.

A contagem regressiva já está em um dígito. Sinto o meu coração ficando mole, tornando-se flexível, tranquilizado pelo olhar de súplica de Hollis e do aperto reconfortante no meu pulso. Só tem um jeito de eu sair disso antes que seja fácil demais ficar: eu vou ter que magoá-lo também, para que ele queira se afastar de mim.

Todas aquelas brigas idiotas com Josh me prepararam para este momento. Vou na jugular. Acabar com isso de uma vez.

– Sabe o que o Josh me disse naquela noite, pouco antes de eu sair do restaurante chorando? Ele disse que, se eu quisesse ser uma esquisita de merda, eu pelo menos devia ser uma esquisita de merda famosa de novo, pra ele não ficar comigo à toa.

As palavras ferem ainda mais quando percebo que estava tão desesperada para acreditar que Hollis poderia me querer sem nenhum interesse que eu caí nos mesmos truques – a falsa gentileza e o falso afeto – de novo.

– Aquele merda não te merecia – diz Hollis. – Mas eu não sou ele.

– Não. Não é mesmo. Porque, pelo menos, quando o Josh foi desmascarado, ele me fez o favor de não fingir ser um homem digno.

Quase consigo ver o momento em que ele registra a reformulação das palavras que ele disse ao pai dez anos atrás. Com algumas outras frases estratégicas, sei que consigo fazer essa raiva tombar para a dor com a mesma facilidade de uma colher de metal num pote de iogurte vazio. E, se eu sofrer um pouco também, bom... é só mais uma gota no oceano, a esta altura.

– É, eu sei – continuo. – Eu não deveria estar tão surpresa. Tudo que você faz é por egoísmo. Você me avisou desde o início, várias vezes inclusive, e a culpa é minha por não ter escutado. Eu deveria ter aceitado o que você era em vez de me permitir achar que tinha alguma coisa a mais sob a superfície. Pelo menos agora vejo que você é exatamente quem sempre alegou ser. Você é egoísta e insensível. Você é filho do seu pai. Você é uma torrada queimada sem nada por baixo além de mais torrada queimada.

As narinas de Hollis inflam enquanto ele tenta regular a respiração. Os olhos dele queimam nos meus – o azul-acinzentado furioso e o castanho também furioso. É um alívio ver os nossos níveis de raiva se equivalendo. Agora não estou mais sozinha no meu sofrimento. Nós dois vamos deixar este lugar um pouco destruídos, e isso é perversamente reconfortante. Ele solta o meu pulso, deixando-o cair como se fosse uma fruta que ele acabou de perceber que está coberta de formigas.

– Você vai voltar à noite? – pergunta ele, rangendo os dentes com tanta força que os molares de cima e de baixo devem estar correndo o risco de se fundirem.

– Duvido – digo.

– Vou deixar a sua mala na recepção, então.

– Seria ótimo. Obrigada.

Hesito por um breve instante quando estendo a mão para a maçaneta. Em parte porque estou checando se estou usando sandálias desta vez, mas também porque sei que ainda não é tarde demais para pedir desculpas, conversar e resolver tudo. Deve haver um jeito de podermos seguir em frente como amigos pelo menos, se não como... o que nós fomos nos últimos dias. O que eu *achei* que éramos. Mas preciso me encontrar com Tammy. Não tenho tempo para vasculhar os destroços em busca de alguma coisa que possa ser salva neste momento, e nem sei se quero isso.

– Bom, a gente se encontra nas estradas da vida – digo, sem olhar para trás quando saio e bato a porta.

Tenho quase certeza de que essa frase nunca foi dita com tanta ira.

Estou na metade do corredor quando ouço uma porta se abrir atrás de mim. Eu não me viro, mas sinto a aproximação de Hollis. É uma coisa física: o ar fica eletricamente carregado quando ele chega perto de mim, e todos os meus íons se animam.

– O que você quer? – digo, virando-me para trás.

Ele está tão perto que a minha trança pesada e ainda úmida dá um tapa nele. *Que bom.*

– Você esqueceu a Sra. Nash de novo – diz ele, segurando a minha mochila com uma das mãos enquanto a outra está apertando o lugar no ombro em que o meu cabelo o atacou.

– Obrigada.

Injeto o máximo possível de raiva na palavra e puxo a mochila da mão dele com mais força que o necessário. Pode parecer petulante, mas sei que não posso ceder nem um centímetro, senão o meu pobre coração bobo vai insistir em ceder dois mil quilômetros para ele.

Hollis chega mais perto e segura o meu rosto. Meu desejo de me afastar é anulado pelo meu instinto de me aninhar nas mãos dele. Acho que ele sabe que a minha raiva é uma daquelas lareiras falsas – muito calor mas nenhuma chama de verdade. Posso fazê-lo suar e querer manter distância, mas não vou queimá-lo de verdade se ele tiver coragem suficiente para se aproximar. E ele tem. Os lábios dele encostam na minha testa.

– Me desculpa – diz ele. – Eu sinto muito, Mill. Sei que isso provavelmente não basta e entendo por que você não quer ficar. Mas, por favor, pelo menos me diz aonde você vai?

Eu balanço a cabeça, e as mãos dele caem.

– Você não tem o direito de saber como isso acaba – declaro, e me afasto.

24

SE EU ESTIVESSE COM UM HUMOR MELHOR, poderia ter achado graça em viajar até Key West para acabar esperando a sobrinha-neta de Elsie numa Starbucks genérica de shopping. Mas é óbvio que estou com um péssimo humor, por isso estou basicamente indignada. Tammy está quinze minutos atrasada. Isso não seria tão grave em circunstâncias normais, mas eu tive um dia muito difícil. Pouco depois de chegar, enfiei uma fatia de bolo de banana na boca e tomei um mocha gelado grande em tempo recorde. Acho que estou funcionando apenas à base de açúcar, cafeína, ansiedade e a dor da traição. Não é a receita ideal para esperar pacientemente.

Uma mulher esbelta usando um conjunto de paletó e calça de linho malva entra e leva os óculos escuros até o alto da cabeça, puxando, sem querer, uns fios do coque banana louro. Sua pele é quase tão branca quanto a minha; eu não diria que ela é da região, só que ela é a cara de Elsie. Se Tammy passasse alguns dias pegando sol, seria difícil diferenciar uma foto dela de uma da tia-avó que encontrei nos arquivos do Comando Naval de História e Patrimônio. Isso é impressionante, já que Elsie tinha 20 e poucos anos naquela foto, e Tammy deve estar perto dos 50.

Os olhos dela encontram os meus do outro lado do salão, e eu aceno.

– Millicent? – pergunta ela.

– Uhum. Oi, Tammy.

– Me desculpa por te deixar esperando. Eu trabalho como corretora de imóveis e estava finalizando uma oferta, esperando os clientes me mandarem umas informações, mas acabou demorando mais do que achei que ia demorar e... enfim, estou aqui agora.

Eu me obrigo a sorrir, embora não tenha muita vontade.

– Não tem problema – digo.

– Quer dizer que você é... sobrinha-bisneta da Rose?

– Não, eu...

– Desculpa, espera um pouco. Deixa só eu fazer o pedido rapidinho. Você quer alguma coisa?

Ela vai apressada até o balcão. Solto um suspiro. Isso não está acontecendo como eu imaginei. Por outro lado, nada aconteceu como eu imaginei hoje, então por que seria diferente agora?

– Pronto – diz ela.

Tammy se senta na minha frente depois de pegar a bebida. Ela toma um gole do café gelado extragrande, que eu ouvi o barista alertar que leva *cinco* doses de espresso. Meus batimentos ficam irregulares só de olhar para essa quantidade de cafeína. Aparentemente, Tammy é mais resistente que eu.

– Você estava falando da sua tia-bisavó? – prossegue ela.

– Ah, não, não tenho nenhum parentesco, na verdade. Eu morei com a Sra. Nash no fim da vida dela. Meio que como uma cuidadora.

Se a Sra. Nash me ouvisse falar de mim mesma nesses termos, teria um chilique. Ela odiava qualquer insinuação de ser incapaz de cuidar de si mesma. Caso eu não tivesse precisado sair do apartamento que dividia com Josh, duvido que ela concordaria em permitir que alguém morasse com ela. Eu sempre fui apresentada a médicos, parentes e qualquer outra pessoa que encontrávamos juntas pelo mundo como "uma boa amiga" ou "colega de quarto" da Sra. Nash (uma vez, quando estava furiosa comigo por eu ter comprado leite de aveia em vez de leite de amêndoas, o preferido dela, ela me chamou de "inquilina temporária"). Mas a Sra. Nash não pode protestar agora, e eu cuidei mesmo dela de todas as maneiras, então cuidadora é a explicação mais fácil.

Além do mais, estou começando a desconfiar que Tammy não está muito interessada nesses detalhes. Minha suspeita é confirmada quando ela me dá um sorriso constrangido e diz:

– Eu tenho que ser sincera com você, Millicent. Quando a tia Elsie disse que eu precisava entregar cartas pro pombo da Rose, eu achei que os medicamentos pra dor que ela tomava estavam deixando a pobrezinha tantã. Só percebi o que ela queria dizer quando Rhoda me ligou e disse que você tinha passado no The Palms pra ver a Elsie. É que, bem, ela mal falava da Rose.

Engulo o nó na garganta. Tammy deve ter percebido, porque pousa a mão brevemente sobre a minha, numa tentativa de me confortar. Em vez disso, é meio vergonhoso.

– Por outro lado, ela não gostava de falar do passado – diz ela. – A tia Elsie era muito reservada. Quando eu era pequena, achava que ela era só uma solteirona, casada com a carreira. Aí, quando ela se aposentou da medicina em 1983 e não tinha mais que se preocupar com o que as outras pessoas iam pensar, foi ser voluntária numa clínica pra pacientes com aids e decidiu morar com a Martina e assumir o relacionamento. Eu vinha passar o verão com elas quando era adolescente, e me lembro de pensar: *Agooora faz sentido.*

Tammy solta uma risadinha.

– Martina? – pergunto.

Eu não esperava que Elsie fosse ficar sozinha pelo resto da vida – afinal, a Sra. Nash tinha o Sr. Nash. Mas a ideia de que havia outra pessoa que significava alguma coisa para Elsie me dá uma pontada vergonhosa de ciúme em nome da minha amiga.

– Martina era enfermeira cirúrgica no hospital onde a Elsie trabalhava. Elas ficaram juntas por quase trinta anos.

– O que aconteceu com ela?

– Ela voltou pra Bulgária pra ficar mais perto da família. Isso foi em… 2005, talvez? Elsie não quis sair de Key West, então elas terminaram. Foi tudo amigável, pelo que entendi. Elas mantiveram contato. Martina queria vir pro funeral, na verdade, mas ela está velha demais pra esse tipo de viagem. – Tammy desvia o olhar, fazendo um cálculo de cabeça. – Ela era um pouquinho mais nova que a tia Elsie, mas deve ter quase 90 anos agora.

Essa conversa sobre Elsie amar outra pessoa além da Sra. Nash parece se aproximar perigosamente de Hollis estar certo. E Frederick Hollis Hollenbeck é a última pessoa para quem eu quero dar o braço a torcer neste momento.

– E o funeral já aconteceu?

Cruzo os dedos sob a mesa, na esperança de que ele ainda não tenha acontecido.

– Nós fizemos uma coisinha ontem à tarde no The Palms. Só uma pequena reunião com a família e os amigos dela no asilo.

– Ah. Ela foi enterrada aqui perto?

Talvez, se visitar o túmulo, eu encontre um tipo de encerramento. Isso era tudo que a Sra. Nash e eu tínhamos planejado originalmente, na verdade.

Tammy se recosta na cadeira e cruza as pernas.

– A tia Elsie doou o próprio corpo pra ciência. Parece que eles podem usá-lo por até dois anos, depois vão cremar o que sobrar e espalhar as cinzas no Golfo do México.

– Legal – digo, tentando me convencer. – Eu sei que ela adorava o mar.

– É mesmo?

Tammy parece duvidar. Será que ela conhecia a própria tia? Ou o pouco que eu sei nem é verdade? Pigarreio antes de continuar:

– Você sabe alguma coisa sobre o que aconteceu quando ela estava servindo na Coreia? Quando ela foi declarada morta?

– Ah, sobre *isso* ela falava. A tia Elsie adorava contar pra todo mundo que ficou morta por um tempo. Era uma das histórias preferidas dela.

– Talvez você possa preencher algumas lacunas pra mim, então – digo. – Nas minhas pesquisas, eu descobri que foi uma questão administrativa, mas você sabe como aconteceu?

– Houve um acidente de helicóptero. A tia Elsie e outras enfermeiras estavam indo ajudar um hospital que estava com poucos funcionários perto de... Como se chamava o lugar? Inky... Inchy... Incheon! É isso. Enfim, ela quebrou a perna e várias costelas na queda, mas o piloto e outra enfermeira morreram. O nome da enfermeira que morreu era Elise Bruhn. Então, Elise Bruhn e Elsie Brown estavam no mesmo helicóptero que caiu: uma morta e a outra ferida. Alguém trocou os nomes no meio do caminho e a Elsie ficou administrativamente morta por uma semana, mais ou menos, até alguém perceber o erro.

Elsie Brown e Elise Bruhn, duas enfermeiras da Marinha, servindo no mesmo navio, viajando no mesmo helicóptero quando ele caiu. Caramba.

Na faculdade, eu conhecia três Andrews que moravam no mesmo quarto do dormitório e achava *isso* confuso.

Tammy dá um sorriso educado.

– Isso resolve o mistério? – pergunta ela.

Faço que sim com a cabeça.

– Uma das cartas da Sra. Nash foi devolvida ao remetente com um selo que declarava que ela estava morta – explico. – Ela jamais ficou sabendo que Elsie ainda estava viva.

Aquela culpa familiar me domina de novo. Se eu a tivesse procurado antes... Se eu tivesse encontrado Elsie antes de a Sra. Nash morrer, talvez...

– Eu não entendo – diz Tammy. – A tia Elsie não teria escrito pra ela e contado o que aconteceu?

– A carta que foi devolvida dizia que o marido da Sra. Nash havia conseguido um novo emprego e que eles iam se mudar pra Chicago. Elsie nunca teve o novo endereço deles. Ela não devia ter como descobrir o que aconteceu com a Sra. Nash. Não tinha como saber pra onde ela se mudou.

– Que triste – diz Tammy, girando o copo no sentido horário. – Bem, triste se elas eram tão próximas quanto você parece achar.

Acho que, quando Tammy me ligou e pareceu muito feliz por me encontrar antes de eu sair da cidade, eu supus que ela quisesse chorar e relembrar fatos comigo, sofrer juntas a nossa perda mútua. Eu esperava que ela estivesse ansiosa para compartilhar sobre Elsie o tanto que eu queria compartilhar sobre a Sra. Nash, e que pudéssemos usar as lembranças uma da outra para montar um panorama mais completo da história de amor que por acaso nos trouxe até aqui. Mas parece que Tammy não é do tipo de chorar e relembrar. Ela não tem a menor curiosidade para saber da mulher que amou tanto e por tanto tempo a tia-avó dela. A nossa interação parece profissional e rígida, apesar dos sorrisos e dos acenos de cabeça.

Quero sair daqui. Não sei para onde vou, já que não posso voltar para Hollis. Outro hotel, talvez, qualquer outro lugar na ilha.

– Você disse que tinha cartas pra mim.

Minha intenção era fazer uma pergunta, mas sai como uma afirmação que parece meio brusca. Sinceramente, as minhas emoções estão muito abaladas. Não me sobrou muita energia para fingir ser educada, e Tammy não está me deixando muito inclinada a me importar com isso.

Por sorte, ela também parece não se importar.

– Ah, sim, claro – diz ela, pegando na pasta um grande envelope pardo com fecho de metal. – Tá aqui. Isso foi tudo que a Elsie me mandou entregar ao pombo da Rose.

O pacote me dá a sensação de que somos espiãs realizando a entrega de informações confidenciais menos disfarçada do mundo. Meus dedos tremem quando abro o envelope. Encaro o conteúdo de um jeito inexpressivo, tentando descobrir o que estou vendo. Eu esperava uma pilha de envelopes desgastados abertos ou um monte de papel antigo dobrado, como o que tenho na mochila. Mas é só um envelope padrão selado e um caderninho com uma capa de couro marrom surrada.

Pego o envelope branco e limpo. Parece bem novo. Como se tivesse sido tirado de um armário de suprimentos de escritório hoje de manhã.

– Eu não entendo – digo. – Achei que você tivesse falado de cartas no plural. Presumi que fosse me entregar as cartas que a Rose escreveu pra Elsie.

– Ah, desculpa. Acho que a Elsie não guardou essas cartas. Pelo menos, eu nunca vi.

– Ah – digo. – Tá. E, hum, o que é isto?

Eu levanto o caderno de couro marrom.

– As cartas – diz ela. – Aquelas que ela queria que ficassem com você.

Isso não está fazendo o menor sentido para mim, estou cada vez mais irritada com Tammy e provavelmente nem é por culpa dela.

Se for culpa de alguém, é de Hollis. Se ele não tivesse me usado, me traído, ele estaria aqui comigo agora. Estaríamos fazendo isso juntos. Acho que essa é a pior parte. A parte que está me deixando mais mal-humorada. Eu pensei que não iria precisar encarar nada disso sozinha. Mas aqui estou eu. Sozinha. Mais sozinha do que me senti em toda a vida.

– Ah, obrigada – digo, me levantando. – Agradeço muito por isso, mas tenho que ir.

– Sem problemas. Espero que faça uma boa viagem de volta.

– Obrigada.

Eu me viro para ir embora, mas de repente me lembro do que nos levou até ali em primeiro lugar. Eu estive tão mergulhada no meu próprio luto que esqueci que não sou a única que perdeu alguém que amava.

– Olha, sinto muito pela sua perda. Pelo que eu sei da Elsie, ela era uma pessoa incrível.

– Obrigada – diz Tammy. – Ela era mesmo. – A mulher abre um sorriso frágil que parece a coisa mais genuína que nós duas compartilhamos nos últimos dez minutos. – E você também. Quero dizer, sinto muito pela sua perda também.

Por um brevíssimo instante, penso que ela está falando de Hollis. Essa perda é a mais recente e a que está em primeiro plano na minha mente. Mas não, isso não faz o menor sentido. Ela está falando da Sra. Nash.

Saio às pressas da Starbucks para evitar esbarrar de um jeito constrangedor em Tammy de novo e acabo me sentando no meio-fio em frente a um salão de manicure. Um pombo pousa ao meu lado e inclina a cabeça na direção de um pedaço de chiclete velho na calçada. Ao perceber que não é o pedaço saboroso de comida que esperava, ele anda de um jeito empertigado e decepcionado.

– Sei como se sente, amigo – digo, olhando para o envelope pardo equilibrado nos meus joelhos. – O meu dia também foi assim.

Ele arrulha uma resposta.

Numa bela tarde de sexta na primavera, pouco antes de morrer, a Sra. Nash, observando pessoas em Dupont Circle, me explicou qual era o melhor jeito de pegar um pássaro, aprendido na época em que ela era pombeira.

– *Com as duas mãos, e se aproximando por cima. Desse jeito, se ele voar, você ainda consegue apanhá-lo.*

A lembrança se repete na minha mente quando o pombo se aproxima, e eu ponho as duas mãos sobre ele. Mas ele se abaixa e corre pela calçada, depois sai voando.

NÃO SEI POR QUANTO TEMPO FIQUEI ANDANDO pelo estacionamento do shopping como se fosse o meu labirinto de meditação pessoal. Estou pensando em voltar para o hotel e ver se eles têm um quarto disponível. Ou talvez eu pegue as minhas malas e encontre outro lugar para ficar. Talvez pague uma quantia exorbitante a um motorista de aplicativo que me leve até Miami para eu poder pegar o próximo voo para Washington. Considero – por mais tempo do que deveria – a possibilidade de ficar amiga de um velho da lancha e fazer uma jornada longa e relaxante pela Costa Leste, adiando o retorno à vida real ao mesmo tempo que saio daqui o mais rápido possível.

Eu me pergunto se a Sra. Nash ficou tão ansiosa quanto eu para sair de Key West. Tudo que ela contou sobre a dispensa dela da Marinha no fim do verão de 1945 foi que ela ainda estava desesperadamente apaixonada por Elsie, apesar de culpá-la pelo término das duas. O fato de já ter um noivo e uma nova vida esperando por ela em Chicago só exacerbou o sofrimento no início.

Na manhã em que ela me contou de Elsie pela primeira vez, eu estava sentada no chão diante da poltrona dela com as pernas cruzadas como uma criancinha no jardim de infância na hora da historinha.

– *Por favor, não pense que não amei o meu marido* – disse ela. – *Eu sempre tive carinho por ele quando era novinha, e esse sentimento se transformou em amor ao longo do nosso casamento. Dick se tornou um parceiro incrível e o meu melhor amigo. Mas, quando me casei com ele, parecia que ele estava me arrancando da vida que eu queria ter. A vida com a Elsie. Durante muito tempo, acreditei que ela teria me permitido ficar com ela se eu não tivesse nenhuma outra opção depois da guerra, e me senti muito ressentida com os dois por um tempo. Mas hoje acho que a Elsie nunca se convenceu totalmente do meu amor, e nada poderia ter mudado isso. Ela não conseguia acreditar que eu a teria escolhido no lugar de qualquer outra pessoa, por mais que isso me custasse. Pelo que ela me contou da infância em Oklahoma, não sei se alguém a tinha feito se sentir digna alguma vez. Espero que alguma mulher sortuda tenha conseguido isso e que a Elsie tenha permitido.*

Olho para o meu celular. Ele está vibrando com uma ligação. Meu coração acelera até o nome de Dani aparecer.

– Oi – atendo. – E aí?

– Você precisa ligar pros seus pais, Millie. Eles ficam ligando pra mim de hora em hora pra saber se tenho notícias suas. Por algum motivo, acham que você pode estar na cadeia.

– Desculpa. Vou falar pra eles se acalmarem. Eu só estava ocupada.

– Ah, imagino – diz Dani, com uma piscadela verbal.

– Não é isso. Na verdade, nós... Acabou tudo. Ele só estava me usando.

– Ai, merda. Me dá o endereço que eu vou dar uma surra nele, prima.

– Você é menor do que eu – observo.

– Ei, andei fazendo aula de kickboxing. Mas, se precisar de alguém grandão, eu peço pro Van ir até aí. O cara tem o corpo do Jason Momoa, e eu vou cobrir o turno dele hoje à noite, então ele me deve um favor.

– Não, eu prefiro esquecer tudo e ir pra casa.

– Mas, falando sério, você está bem? Parece... triste.

– Estou triste mesmo. Triste e decepcionada.

– Sabe quem mais ficou triste e decepcionado? O Pee-Wee quando descobriu que o Álamo não tinha um porão. Mas esse não foi o fim da grande aventura dele, e também não é o fim da sua. – Ouço Dani socando uma bancada para enfatizar cada palavra. – Ô-ou, o chefe acabou de entrar e está parecendo *puto da vida*. Tenho que ir. Te amo, prima. Aposto que você vai encontrar a sua bicicleta.

Ela desliga antes de eu conseguir agradecer. É um alívio poder conversar com Dani sem precisar explicar o que estou fazendo na Flórida. Enquanto mando uma mensagem rápida para assegurar aos meus pais que estou viva e não estou presa nem em fuga, para eles deixarem a minha pobre prima em paz pelo menos por algumas horas, percebo que a questão não é que a minha bicicleta está perdida; é que eu perdi de vista o que a minha bicicleta *representa*. Ou, na verdade, o que é representado pela minha bicicleta. Isso já está ficando confuso, e a voz passiva não está ajudando. O importante é que eu preciso me lembrar do que estava procurando no início, quando pedi a Geoffrey Nash um pouco das cinzas da avó dele. Não era uma prova do amor duradouro para ganhar uma discussão. Com certeza não era a minha própria chance de conseguir um "felizes para sempre".

Era a confiança que eu tinha perdido em mim mesma.

Eu vim aqui para encontrar uma comprovação de que ainda vale a pena ser guiada pelo meu otimismo. Eu queria uma garantia de que a minha crença inerente no amor duradouro compensa o sofrimento e os inícios malsucedidos que são necessários para descobrir que ele não é uma idiotice. Que eu não sou ingênua por continuar tentando. Por continuar tendo esperança. Isso tudo nunca teve relação com encontrar Elsie, começar um relacionamento com Hollis nem com receber uma pilha de cartas das mãos de uma corretora de imóveis movida a cafeína. Essas coisas seriam bônus providenciais, mas não eram a minha bicicleta metafórica.

Isso significa que Dani está certa: eu ainda não posso abandonar a busca. E acho que sei onde devo procurar agora.

25

A PRAIA DE BOCA CHICA NÃO É O TIPO DE PRAIA com que estou acostumada. Para começar, parece que usar roupas é opcional, o que descubro quando passo por dois idosos bronzeados fumando charutos com a bunda de fora, sentados em baldes. Eles acenam para mim de um jeito amigável, e eu retribuo. Enquanto ando pela orla para encontrar um lugar que pareça adequado, avisto estruturas e esculturas elaboradas de madeira de navio e pedra. Há um mural intricado pintado numa pequena área de terreno pavimentada que parece ter sido uma estrada. Barquinhos flutuam no horizonte. Dois cachorros rolam na arrebentação no limite da faixa de areia, enquanto os supostos donos praticam ioga perto deles.

Encontro um lugar sob uma árvore grande que me lembra as histórias do cantinho da Sra. Nash e de Elsie aqui, e enrolo o vestido nas pernas para impedir ao máximo que a areia grude na minha bunda quando me sento. Durante muito tempo, não faço nada além de observar o mar e deixar a minha mente recontar as histórias da Sra. Nash na voz dela – histórias sobre seu amor por Elsie e também sobre outras partes de sua vida. É difícil imaginar a Sra. Nash como eu a conhecia – rechonchuda, meio encurvada, com a pele fina e os movimentos lentos, usando calças com elástico na cintura e um batom rosa-choque – nesta praia de nudismo em Key West. Mas eu vi fotos dela da época da guerra, e é muito fácil imaginar *aquela* versão dela aqui: a jovem Rose McIntyre, longe de casa pela primeira vez e tão apaixonada por uma mulher que não sabia como acreditar na possibilidade da infinitude. Ela se encaixaria nesta praia tanto quanto eu me encaixo agora. E, considerando que ninguém está prestando atenção em mim, acho que me encaixo bem.

Tiro a mochila do ombro e a pouso no meu colo. Descartei o envelope pardo no shopping, pondo o envelopinho branco dentro do caderno de couro marrom e guardando-o na minha mochila. Agora, a ponta do envelope que guardei entre as páginas do caderno me saúda quando puxo o zíper para abrir o compartimento principal.

Lá vamos nós.

Puxo o envelope pela ponta. Ele resiste um pouco, como se estivesse perguntando se eu tenho certeza. Bem, eu tenho.

Porque percebo que o conteúdo não pode me dizer nada que eu já não saiba no fundo do meu coração. Sinto isso na maneira como ele continua batendo apesar das escoriações desbotadas deixadas pela frieza de Josh; apesar da incisão profunda que apareceu quando a minha amada melhor amiga morreu, que se cura e se abre de novo pelo menos doze vezes por dia; e apesar da facada profunda e recente da traição de Hollis, que talvez nunca seja curada por completo. Não sou ingênua de achar que nunca mais vou me magoar no caminho em direção ao "felizes para sempre", mas, não importa o que as cartas de Elsie digam, sei que vou continuar acreditando. Meu coração aguenta. Eu sou, em essência, uma pessoa que se agarra à esperança, e confiar nisso – confiar em mim mesma – vale qualquer sacrifício.

Passo a unha pela aba do envelope para abri-lo. Lá dentro tem uma folha de papel sulfite, igualmente branca e limpa. A caligrafia é cheia de voltinhas, mais parecida com a minha do que com a cursiva familiar das cartas antigas que estão na minha mochila. Talvez ela não conseguisse mais segurar uma caneta nos últimos dias e alguém tenha anotado as palavras que ela ditou – Rhoda, a recepcionista, ou um voluntário jovem, talvez.

Minha queridíssima Rosie, diz a carta.

Disseram que você está me mandando um pombo. Por que demorou tanto?

Quero acreditar que você ainda está viva, embora eu admita que não tenho certeza. Digo a mim mesma que eu teria sentido o momento da sua morte em algum lugar no fundo da minha alma. Talvez eu tenha sentido, mas entendi errado, achando que era a mesma dor que senti todos os dias desde que perdi você.

Meus anos de experiência concordam com os médicos com carinha de bebê daqui: minha hora está chegando. Caso eu tenha partido ou esteja incapacitada quando o seu pombo chegar, escrevo esta carta como uma apresentação às demais.

Mas é simples: apesar de as minhas cartas para você terem começado a retornar ainda fechadas, eu não conseguia parar de escrevê-las. Sempre acreditei que um dia poderia encontrar você de novo, e talvez pudéssemos nos deitar na cama por horas, e eu apoiaria a cabeça no seu ombro enquanto você lia sobre o que eu fiz com o meu tempo enquanto você estava longe. Você iria rir do meu dramalhão e eu não me importaria, porque seria até engraçado o tanto que sofri sem você, agora que o meu sofrimento teria acabado e você estaria comigo de novo.

Acho que nunca desisti de esperar que esse dia chegasse. Então continuei escrevendo, sem parar.

Sei que não vou poder me deitar ao seu lado enquanto você lê isto. Mas sinta-se à vontade para rir, se quiser, minha doce Rosie. Meu sofrimento acabou, e você finalmente está comigo de novo.

Com todo o meu amor,
nesta vida e na próxima,

Elsie

Seguro as lágrimas que ameaçam escorrer, sabendo que não vou conseguir ler o caderno de couro marrom com a visão embaçada.

Folheio a vida de Elsie, conhecendo-a por meio das páginas do diário em formato de cartas nunca enviadas.

Minha última carta retornou fechada, com uma mãozinha vermelha zangada apontando e declarando DEVOLVER AO DESTINATÁRIO. Parece que você se mudou e não deixou o novo endereço. Cobrei alguns favores para ligar para você, mas a telefonista disse que a linha foi desativada. Talvez você esteja tão furiosa por eu ter morrido que entrou num avião e está vindo até Tóquio para me dizer umas verdades.

• • •

Já se passou um mês sem notícias suas. Você deve estar pensando que eu morri mesmo. Ou isso, ou você decidiu que não se importa mais comigo. Acho que prefiro estar morta a não ter (pelo menos) a sua amizade.

• • •

Tive dispensa médica e estou de volta aos Estados Unidos, mas me sinto mais distante do que nunca de você...

• • •

Estou congelando aqui na Nova Inglaterra. Por que não escolhi uma faculdade de medicina num lugar mais quente?

• • •

Às vezes, quando ando pela cidade, vejo uma mulher com o seu cabelo escuro, o seu passo gracioso, o seu corpo perfeito e curvilíneo. Imagino que encontrei você até a pessoa se virar e eu ver que é uma desconhecida. Mas New Haven é um lugar tão bom para você quanto qualquer outro. Talvez um dia o seu sorriso vai me cumprimentar...

* * *

Estou gostando de Fort Lauderdale. Tenho uma casa bem perto da praia e nado todas as manhãs, sempre que o clima permite. A única coisa que falta na minha vida é você, minha doce Rosie...

* * *

Hoje eu perdi um paciente. Uma criança, mais ou menos da idade que o seu Walter deve ter agora.

* * *

Tenho passado um tempo com uma enfermeira do meu hospital. O nome dela é Martina. Compartilhamos um afeto muito forte, que se fortaleceu ainda mais com o entendimento de que não somos o amor verdadeiro uma da outra. M sabe que você sempre vai ser o meu coração e a minha alma. Ela perdeu a amada no ano passado para o câncer. Nós duas andamos por aí sentindo falta de uma parte de nós, mas uma faz a outra se sentir mais perto da completude. Fico pensando se é assim que você se sente em relação ao seu Sr. Nash, esse amor que é tão diferente do que sentimos uma pela outra, mas tão especial apesar de tudo...

* * *

Hoje a sua ausência doeu demais, como acontece de vez em quando. Eu queria não ter sido tão covarde e escolhido você naquela época, quando você tentou me escolher. Mais do que isso, eu queria ser corajosa o suficiente para tentar encontrar você agora.

* * *

M e eu nos aposentamos e nos mudamos para Key West. Hoje visitei a praia de Boca Chica pela primeira vez em mais de trinta anos. Você vai achar ridículo, eu sei, mas eu meio que esperava que você estivesse lá, perto da nossa árvore de sempre, com o rosto brilhando e a pele aquecida pelo sol e coberta de areia. Você não estava, é óbvio. Mas talvez um dia eu te encontre lá esperando por mim de novo.

26

MINHA CRENÇA NA VIDA APÓS A MORTE não se baseia em nenhum ensinamento religioso. É mais como uma sensação que foi se apoderando de mim ao longo dos anos à medida que eu experimentava mais vida e mais perdas. De algum jeito, sei que a Sra. Nash e Elsie estão bem. Talvez não literalmente deitadas em nuvens enquanto um anjo toca harpa, mas elas estão em paz e felizes. E estão juntas. Ou vão ficar – não conheço a mecânica exata da coisa. Então eu posso tentar facilitar ao máximo o encontro das duas.

Pego um graveto perto de mim e cavo um buraco. Depois de alguns minutos, fico impaciente com o progresso e cavo a areia úmida com os dedos. Um caranguejo minúsculo emerge e me lança um olhar raivoso. Peço desculpas enquanto ele se afasta apressado. Enfim, tenho um poço fundo o bastante para abrigar exatamente três colheres de sopa de restos mortais.

A caixinha de madeira que agora guarda o saquinho com as cinzas da Sra. Nash costumava ficar na mesa de cabeceira dela. Quando os filhos estavam em idade escolar, ela trabalhou como secretária de um professor de religiões orientais em meio período. Ele lhe trouxe a caixa como um suvenir de uma das viagens à Índia, e ela guardava as joias do dia a dia e o creme para as mãos ali dentro. Eu enterraria tudo, só que essa é a única coisa que eu tenho, além das cartas de Elsie, para me lembrar dela. Sem contar que, sendo bem sincera, estou cansada e não quero cavar um buraco maior. Abro a caixa, e o aroma de limão e limpador de joias fica suspenso no ar antes de se misturar com a brisa marinha e desaparecer por completo. Respirando fundo, ponho a caixa no colo.

– Oi, Sra. Nash. Sou eu, hum, a Millie. Mas você... provavelmente sabe disso.

Converso com o saquinho de cinzas, mas sei que ela não está ali de verdade. Aquela não é Rose McIntyre Nash. Podem ser os restos dela, mas a essência é outra coisa e está em outro lugar. Mesmo assim, tenho certeza de que ela está escutando.

– Eu queria te entregar direto nas mãos da Elsie. Mas não deu certo. Então, acho que esta é a melhor opção possível. A Elsie vai te encontrar aqui, se ainda não tiver encontrado. Tenho certeza. Se isso não acontecer, você pode me assombrar como vingança. Fique à vontade pra ser bem assustadora. Acho que eu mereço, já que separei um pouquinho de você da outra parte e te arrastei até a Costa Leste. Enfim... – Engasgo um pouco com o nó doloroso na minha garganta. – Estou enrolando. Eu sei. Só que... é difícil dizer adeus.

Espero o vento sussurrar uma sabedoria secreta na voz da Sra. Nash. Obviamente, isso não acontece. Então eu dou risada de mim mesma, permitindo que algumas lágrimas escorram livremente pelo canto do olho. Elas caem com mais frequência quando abro o saquinho e despejo o conteúdo com cuidado no buraco.

– Você foi minha melhor amiga – digo, cobrindo as cinzas da Sra. Nash com areia antes que a brisa marinha consiga soprá-las. – E eu te amo muito, muito.

Quando o buraco está coberto, noto uma grande concha marrom e branca em espiral perto do meu pé. Não parece ter nada vivendo ali dentro, então eu a coloco em cima do montinho de areia como uma linda lápide improvisada e sussurro:

– Adeus, Sra. Nash.

Fico sentada no mesmo lugar por muito tempo, apenas existindo. Depois de ouvir tantas histórias sobre a praia de Boca Chica, ela parece quase sagrada – mesmo com os peladões e tudo o mais. Meus esforços para secar as lágrimas com os antebraços são inúteis; outras substituem as que eu seco, turvando tudo ao redor. Os homens sentados em baldes e fumando são borrões avermelhados, os cachorros na água são manchas pretas numa faixa extensa de azul-turquesa. Tudo está pintado com o laranja-rosado do crepúsculo. A coluna embaçada que se aproxima de mim pode ser qualquer pessoa do planeta, de acordo com os meus olhos marejados. Mas, pela maneira como o meu coração acelera e todos os nervos do meu corpo pinicam, sei que só pode ser uma pessoa.

– Eu esperava te encontrar aqui – diz Hollis, sentando-se na areia ao meu lado.

O eco fraco das palavras de Elsie é suficiente para me fazer chorar ainda mais e, por mais que eu esteja com raiva de Hollis, só consigo sentir gratidão quando ele põe um braço ao meu redor e guia a minha cabeça para se apoiar nele. Sua mão sobe e desce pelas minhas costas, me acalmando com o toque enquanto eu soluço na dobra do seu pescoço.

– Ela se foi – digo, quando as lágrimas finalmente se esgotam. – Ela se foi mesmo.

Embora isso possa significar várias coisas neste contexto, Hollis não pergunta quem é "ela" nem que tipo de "se foi". Tudo que ele faz é beijar o topo da minha cabeça e me abraçar mais apertado.

Eu me solto do abraço depois de uns minutos e me viro para encará-lo. Minha raiva retorna, tanto pela traição dele quanto pela maneira como ele duvidou dessa missão desde o início.

– Ainda estou com raiva de você – digo.

– Eu sei, e tem todo o direito de estar. Mas eu quero muito conversar. Quando você estiver disposta.

– Não sei o que tem para ser conversado. Você estava planejando lucrar com duas mulheres que morreram. E com o seu... envolvimento comigo.

Cruzo os braços, na esperança de formar uma barreira para impedir que o que ele vai dizer alcance o meu coração e se instale ali como um sedimento.

Hollis solta um suspiro.

– Eu não vou mentir pra você, Millicent. O livro começou assim, é verdade. Eu achei as histórias sobre a Rose e a Elsie interessantes. Viajar com você e aprender sobre elas foi a primeira coisa em muito tempo que me instigou a escrever de novo. Comecei a trabalhar nele na sexta de manhã, e as palavras simplesmente transbordaram pro papel. E eu conversei com o meu agente, e ele concordou que o editor que está trabalhando no meu primeiro livro provavelmente ficaria interessado. Só que, quanto mais eu escrevia, mais eu percebia que não estava escrevendo a história da Elsie e da Rose. Ou melhor, estava. Mas também estava escrevendo a nossa. Incluir você no livro pode ter começado como uma narrativa secundária, mas aí você... bem, você se tornou tudo.

Hollis tira o caderno vermelho do bolso traseiro e bate com ele na palma da mão.

– No sábado, enquanto eu estava andando pela rua principal de Gadsley e você estava no carro, numa velocidade agonizantemente lenta na rota do desfile, percebi que jamais poderia publicar isto e mandei um e-mail pro meu agente avisando que o projeto não era viável. Eu sabia que me importava demais com você pra te trair desse jeito.

– Mas você continuou escrevendo – protesto. – Eu vi. E tem... muita coisa aí dentro. Coisas que eu te contei depois. Coisas que a gente fez depois.

– É. Eu continuei mesmo. As palavras ainda estavam fluindo, e eu não tinha nenhuma outra ideia. Produzir alguma coisa, mesmo que não fosse destinada a ser o meu segundo livro, no final das contas, era melhor do que cair de novo na estagnação. – Hollis massageia a orelha com uma expressão tímida. – Quando comecei, eu acreditava mesmo que era sobre a Rose e a Elsie. Que a história delas era o exemplo perfeito do inevitável fim do amor. Eu me vi tentando contá-la de um jeito que dava a entender que a Elsie não tinha outra opção a não ser deixar a Rose ir embora. Mas, na verdade, eu estava tentando me convencer disso pra poder te deixar ir embora no final da viagem e dizer a mim mesmo que isso também era necessário. E eu poderia me consolar com a ideia de que a transitoriedade, e não a perseverança, é o que torna especiais as conexões entre as pessoas.

Ele passa os dedos distraidamente na areia, deixando um padrão parecido com o de uma onda, depois me olha de novo.

– Mas, quanto mais eu me empenhava em escrever a história delas e quanto mais tempo nós passávamos juntos, comecei a ver que o fim nem sempre é inevitável. Eu não sei, e percebo agora que provavelmente nem devo tentar adivinhar, se a Elsie sentia que podia ter tomado uma decisão diferente, naquela época ou no futuro, se ela se arrependeu...

– Sim. Ela se arrependeu. De não ter deixado a Rose escolhê-la. Ela disse isso no diário.

– Diário? – pergunta ele.

– É. Eu me encontrei com a sobrinha-neta da Elsie. Não sei se gostei muito dela, mas ela me deu isto. – Mostro o caderno de couro marrom. – A Elsie continuou escrevendo cartas pra Sra. Nash nele todos esses anos. Na esperança de que as duas se encontrassem de novo.

– Bom, aí está a sua prova – afirma Hollis. – A Elsie e a Rose se amaram esse tempo todo, como você disse. O amor duradouro existe.

– Acho que era você que precisava de uma prova concreta disso – digo, cruzando os braços de novo. – *Eu* sempre soube.

– Tem razão. E, mesmo que a Elsie não tivesse deixado todas essas cartas, sei que você teria encontrado um jeito de manter a sua esperança viva. Porque é isso que você é: uma otimista. Mas eu sou pessimista, Millicent, e sempre vou ser. Um pessimista egoísta e mal-humorado que não consegue acreditar nas coisas sem provas. Foi por isso que continuei escrevendo. Eu parei de querer provar que estava certo e comecei a precisar provar que estava errado, pra convencer a mim mesmo de que, às vezes, se você tiver sorte, começos e fins são escolhas que podemos fazer. Eu achei que poderia encontrar o que eu precisava na história da Rose e da Elsie, mas eu estava procurando no lugar errado.

Hollis me entrega o caderno, marcando uma página com os dedos. Eu o abro no meu colo, afasto os meus olhos lacrimejantes do rosto dele e leio.

Comecei esta viagem como cético e vou terminá-la como cético. Quatro dias de viagem pelo país – mesmo as que são cheias de acontecimentos como foi a nossa – não conseguem mudar uma pessoa tão completamente a ponto de ela não ser mais a coisa fundamental que era antes. Sou grato por isso. Sou grato porque, quando voltarmos para Washington, Millicent ainda vai ser uma pessoa que acredita em coisas como amor duradouro, independentemente da decepção que tivemos em Key West. Eu, no entanto, ainda vou ser alguém que precisa de provas para me permitir aceitar uma possibilidade tão apavorante e maravilhosa. Mas agora, enquanto olho para Millicent, adormecida ao meu lado neste quarto de hotel, percebo que as provas não serão encontradas no final da história de outra pessoa; eu vou encontrá-las na nossa história e em cada momento de cada dia que eu conseguir passar ao lado dela.

– Hollis... – digo, e minha voz some quando percebo que não tenho uma resposta.

– Escrevi isso pouco antes de sair pra comprar o nosso jantar. A culpa pelo que eu fiz, por esconder isso de você, estava começando a me corroer por dentro. Então planejei te contar tudo e te dar o caderno hoje à noite. Depois, supondo que você me perdoasse, daqui a quarenta, cinquenta, oitenta anos, nós não teríamos que mandar uma pobre mulher até Key West em busca da garantia de que ela não é boba por acreditar que o amor pode durar a vida toda. Ela poderia simplesmente ficar em casa e ler sobre as décadas felizes e frustrantes que eu passei com você, compilando as minhas provas.

Ele acabou de falar em décadas? Hollis quer passar décadas comigo. São, tipo, várias dezenas consecutivas. Meu coração bate muito rápido, como se estivesse tentando somar quantos dias e noites e sorrisos e orgasmos cabem em todo esse tempo. Quantas festas não vão terminar comigo chorando, mas com Hollis me levando para casa.

– Eu vim aqui pra te encontrar porque, se tudo isso me ensinou alguma coisa, é que nós temos a sorte de poder fazer uma escolha, Millicent. Nós ainda podemos decidir se isto é um começo ou um fim. E talvez seja o meu egoísmo falando de novo, mas eu quero um começo. Eu quero você. Eu quero nós dois. – Ele passa uma das mãos pelo cabelo e encara o caderno que está na outra. – Mas você estava certa. Apesar de eu ter percebido logo no início que não posso publicar isto, continua sendo uma violação absurda da sua confiança eu ter escrito sem a sua permissão sobre as histórias que você me contou e as coisas que nós fizemos. E tenho certeza de que você percebeu que eu mexi na sua mochila na sexta de manhã enquanto você estava no banho e li as cartas que a Elsie mandou para a Sra. Nash, e essa é outra invasão absurda da sua privacidade. – Hollis se levanta lentamente. – Eu sinto muito mesmo, Mill. E só consigo pensar em um jeito de provar isso.

Ele levanta o caderno sobre a cabeça, balança o braço para trás, dá alguns passos enormes para a frente e *joga a porcaria do negócio no mar*.

– Por que você fez isso?! – grito, me levantando num salto.

Ele me olha como se a resposta fosse óbvia.

– Eu posso ser egoísta, mas não quero que você pense nunca que eu me importo mais comigo e com a minha carreira do que com você. E você não queria que eu publicasse, então agora não precisa se preocupar…

– Mas você acabou de passar um tempão me convencendo de que era um gesto romântico! Você me fez querer guardá-lo e depois *jogou o negócio na porcaria do mar!*

– Ah. Certo. Merda. Puta que pariu. Talvez eu consiga…

Hollis tira a roupa numa velocidade que deve ser um recorde mundial. Ele e aquela bela bunda nua entram na água, mirando mais ou menos onde o caderno caiu.

– Espera! – grito, enquanto ele mergulha e some. Ele não reaparece. – Hollis! – grito na direção do mar.

Mas que merda. Se ele morrer tentando recuperar aquele caderno idiota que jogou no mar feito um lançador de disco olímpico, eu vou ficar muito revoltada com ele. Tiro as sandálias cheias de areia, depois o vestido, a calcinha e o sutiã. Jogo tudo em cima da minha mochila. Se aquelas pessoas tão interessadas no biquíni amarelo de Penelope pudessem me ver agora… Obrigada, escuridão que se aproxima, por disfarçar todas as minhas partes que estão balançando enquanto eu corro para a água.

O mar é um choque para o meu corpo de marinheira de primeira viagem – faz anos que eu só nado numa piscina com muito cloro. Mas logo me ajusto ao modo como as ondas me empurram e chego o mais longe possível enquanto ainda continuo tocando o fundo arenoso com a ponta dos pés.

– Hollis! – grito de novo. – Hollis! Cadê você?

Alguma coisa chapinha e roça nas minhas pernas. Ai, meu Deus. É isso. De algum jeito, eu sempre soube que ia morrer nas mãos (ou, melhor dizendo, barbatanas) de um tubarão vergonhosamente pequeno que estava nadando no raso. Só que esse tubarão tem braços masculinos fortes e está me puxando para o peito molhado dele?

– Não consegui encontrar – diz o tubarão no meu ouvido. – Sinto muito.

(Hollis é o tubarão.)

– Por que diabos você fez isso? – pergunto.

– Não sei! Foi um impulso, e eu só queria que você soubesse que eu estava arrependido. – Ele geme. – Eu odeio isso. Te amar está me deixando idiota.

Eu me viro nos braços dele para encará-lo e quase sinto o gosto do ar salgado.

– Como é que é? O que é que está te deixando idiota?

– Te amar – diz ele, parecendo superfrustrado.

– Me amar.

– Isso. Se ainda não está extremamente óbvio até agora, eu estou apaixonado por você, Millicent.

– Você está apaixonado por mim.

– Sim – afirma ele. – Eu te amo. Sei que parece ridículo dizer isso depois de apenas quatro dias, mas...

– Dois anos – corrijo, embora eu provavelmente esteja me concentrando na parte errada dessa declaração. – A gente se conhece há dois anos.

– Você nem se lembra de ter me conhecido no sarau de poesia.

– Eu me lembro, sim. Eu me lembro de ter ficado meio perdida nos seus olhos quando apertei a sua mão. E isso é mais do que você se lembra de mim na festa de lançamento do livro do Josh.

– Eu me lembro de tudo sobre você naquela noite. E foi por isso que, quando te vi no aeroporto, fingi que não me lembrava nem um pouco.

– Hum... acho que nós vamos ter que descobrir a lógica por trás disso mais tarde. Mas a questão é: dois anos – digo. – Tecnicamente, nós nos conhecemos há dois anos. Então não é cedo demais.

Ele passa os dedos no cabelo molhado, tirando-o do rosto.

– Tanto faz como você conta, porque só nos últimos quatro dias eu percebi que te amo.

Dou uma risada com o jeito como ele diz isso, como se fosse uma enorme inconveniência.

– Você não precisa parecer tão chateado com isso.

– Mas eu estou chateado. Porque, se você também me amar, a minha vida vai ser horrível. Você vai me arrastar pra lojas de discos nos fins de semana e eu vou ter que continuar fingindo que só gosto um pouquinho de Hall & Oates, embora, em segredo, eu *adore* Hall & Oates. Tipo, eu já comprei ingressos pra gente ir ao show deles neste verão e vou ter que fingir que não estou ansioso pra dançar do seu lado no estádio feito um mané...

Meus lábios deslizam pelo sorriso que está lutando para aparecer na cara emburrada e pela boca salgada dele.

– Sinto muito por te dizer isto – declaro. – Mas o seu futuro parece bem sombrio.

– Ah, não – diz ele, e aquele sorriso genuíno lindo e raro vence a batalha. – Eu vou ter que ver muitas outras comédias da década de oitenta, né?

– Você já viu *Os Caça-Fantasmas*? Se não viu, esse com certeza vai ser o próximo da lista.

Sei que não preciso dizer que também o amo. Ele entende sem as palavras, porque ele *me* entende. Mas, mesmo assim, passo os braços no pescoço dele e sussurro no seu ouvido todas as coisas que eu estava guardando dentro de mim desde hoje de manhã. Falo vários "Eu te amo", "Eu preciso de você", "Eu te quero pra sempre", e ele os devora com gemidos baixinhos como se fossem rolinhos de canela açucarados do aeroporto.

Quando eu me afasto, ele me puxa de volta. A voz dele está grave e travessa.

– Me fala, Millicent Watts-Cohen. O que você vai fazer pelo restante da noite? Tenho uma caixa de chocolates no hotel e estou morrendo de vontade de dividir com alguém antes que eles derretam.

Uau, ele estava certo; essa *é* uma bela cantada. Mas, antes que eu consiga responder, uma onda joga alguma coisa no meu quadril.

– Ai, que porra é essa?

E aí eu vejo o que é: o caderno vermelho de Hollis. Ele começa a flutuar para longe, mas Hollis o agarra pela espiral de metal bem a tempo. Nós nos entreolhamos como se estivéssemos pensando se a Sra. Nash e Elsie teriam alguma coisa a ver com esse imenso golpe de sorte. Eu o abro e, bem, se de algum jeito elas mandaram isto de volta para nós, foi só para se divertirem, porque o caderno está absolutamente ensopado e a tinta está tão borrada que as palavras estão ilegíveis.

– Eu sabia que era bom demais pra ser verdade. – Solto um suspiro. – E eu não consegui ler quase nada.

Ele beija uma gota d'água no meu ombro.

– Posso escrever tudo de novo pra você – diz ele. – Mas vai ter que ser paciente. Deve demorar um pouco.

Ih, é. Hollis não está mais perto de terminar o manuscrito do segundo livro do que estava quando nos esbarramos no aeroporto.

– Acho que você precisa começar a trabalhar em alguma coisa nova, agora que esse virou um fracasso, né? – brinco.

– Ah, sim. Mas o que eu quis dizer é que não vejo a nossa história terminando tão cedo.

A doçura é quase insuportável. Eu o beijo na ponta do nariz, e dá para perceber que ele adora, e digo:

– Eu sei que você é, mas e eu?

– Essa frase não faz sentido – declara ele.

– Eu sei que você é, mas e eu?

Ele rosna daquele jeito que dá a impressão de que o meu corpo é feito de borboletas.

– Millicent, se você vai citar o Pee-Wee, pelo menos deveria...

Eu encaro aqueles olhos diferentes um do outro e dou um sorriso ousado.

– Eu sei que você é. Mas. E. Eu?

– Vai ser jogada no mar como aquele maldito caderno – diz ele, me levantando.

Minha risada vira um guincho vergonhoso enquanto ele se move como se fosse mesmo me jogar no meio das ondas. Mas, em vez disso, ele me abraça mais forte e me beija em todas as partes que não estão debaixo d'água. E tem uma coisa que eu sei desde já: irritá-lo para sempre vai ser muito divertido.

Washington, Distrito de Colúmbia
Janeiro de 2021

A CANÇÃO ENTRANDO PELA SALA DE ESTAR de Rose a levou de volta para 1973. Quando ela ouviu os primeiros versos de "She's Gone", de Hall & Oates, a lembrança foi tão forte que ela teve que se segurar para não ir ao quarto dos meninos e implorar que Walter, por favor, pelo amor de Deus, ouvisse outra coisa. É lógico que Walter não estava no apartamento, recém-chegado do Vietnã e sofrendo pelo casamento da sua namoradinha do ensino médio com outro homem; desde então o filho mais novo de Rose havia se casado com outra garota, se mudado para o subúrbio e tido seus próprios filhos – e, agora, netos. A música antiga devia estar vindo do apartamento ao lado.

Que estranho, pensou Rose. O vislumbre que ela teve dos novos vizinhos quando eles se mudaram na véspera revelou que era um casal: um jovem com movimentos rígidos e óculos estilo Buddy Holly que precisava desesperadamente de um corte de cabelo, na opinião dela; e uma ruiva baixinha com um sorriso luminoso, uma aura intrigante e uma energia caótica. Rose estimou que eles tinham 20 e poucos anos. Com certeza não tinham idade suficiente para ter nascido quando essa música fazia sucesso.

Quando outra música atravessou a parede – alguma coisa do Elton John (e, ah, ela sempre adorou aquele homem e seus óculos extravagantes) –, Rose começou a se perguntar se tinha uma viajante do tempo no apartamento ao lado.

E, de certa maneira, tinha.

Por trás do livro

Escrevi parte deste livro num estacionamento da lanchonete Taco Bell.

Por quê? Porque não era a minha casa, era relativamente silencioso e o sinal de wi-fi era forte o suficiente para eu me conectar de dentro do carro. Era inverno, quase um ano depois do início da pandemia, e todos os lugares que preenchessem esses três requisitos eram válidos quando eu ficava desesperada por uma mudança de cenário. Passei muitas noites dirigindo por shoppings em busca de uma conexão de internet confiável. Eu equilibrava o meu Chromebook entre a barriga e o volante e digitava enquanto estava estacionada diante de estabelecimentos de fast-food e cafeterias fechadas até o abrigo do meu carro não ser suficiente para o frio intenso. O fato de os meus dedos dos pés ficarem dormentes dentro das botas costumava ser o sinal de que estava na hora de voltar para casa.

Sabendo disso, não deve ser tão surpreendente eu ter escolhido escrever sobre uma viagem de carro no início do verão que termina numa praia em Key West. O mundo ensolarado e aberto de Millie e Hollis, viajando, comendo em restaurantes esquisitos e conhecendo pessoas, tornou-se ao mesmo tempo um playground para o meu cérebro e uma fonte de esperança quando eu mais precisava. Escrever este livro me permitiu praticar habilidades sociais básicas que estavam começando a atrofiar (os primeiros rascunhos das cenas no José Napoleoni tinham umas interações cliente-garçom bem bizarras). Porém, o mais importante é que ele me ajudou a continuar acreditando que um dia voltaríamos a ter um mundo mais parecido com o de Millie e Hollis. E, por um tempinho, me proporcionou uma fuga para um lugar que não fosse um estacionamento nos subúrbios de Maryland.

De maneira bem conveniente, o primeiro lampejo de ideia para *Não era pra ser uma história de amor* me veio à mente quando eu estava no meu carro. Eu dirigia para casa depois de ir a Washington, D.C. resolver uma pendência, aproveitando o teste gratuito do serviço de streaming de músicas SiriusXM – que o meu marido odeia, porque eu troco de estação a cada trinta segundos mais ou menos na tentativa ansiosa de encontrar a melhor música que está tocando naquele momento. (Além disso, eu sei que isso o irrita, então às vezes faço de propósito.) Mas, naquele dia, ele não estava comigo, e eu estava ouvindo uma única estação, The Bridge, que o SiriusXM descreve como "rock clássico suave" (ou seja, todas as preferidas de Millie). Às vezes ela também reproduz trechos curtos de entrevistas com músicos. Então, lá estava eu, dirigindo para o norte na Georgia Avenue, quando o cantor e compositor Graham Nash – sem qualquer parentesco com os personagens deste livro, só para constar! – começou a falar que, quando a mãe dele morreu, ele levou as cinzas dela durante sua turnê e as espalhou em todos os palcos em que tocou. E, fala sério, como é que você ouve um negócio desses e sua cabeça não é inundada com mil perguntas querendo mais explicação? Como é que você não pensa nisso *o tempo todo*?

Foi por esse motivo que eu estava com cinzas na minha mente quando comecei a pensar numa versão moderna de *Aconteceu naquela noite,* filme clássico de comédia romântica de 1934. Se você não o conhece, a história básica é a seguinte: uma linda socialite cujo pai a proibiu de se casar com um cara chamado King Westley tenta ir da Flórida até Nova York para encontrar o noivo, mas se apaixona pelo charmoso repórter com quem ela acaba viajando. É muito bom; o Clark Gable tira a camisa no filme. Enfim, enquanto eu pensava em como seria a minha versão, eu sabia que queria que Hollis fosse aquele com a intenção inicial de se encontrar com outra pessoa. E qual seria o lance de Millie, então? Qual seria a motivação dela para chegar ao seu destino, e rápido?

De repente todas as peças se juntaram, e Millie estava num trem segurando uma caixa cheia de restos mortais.

Desisti bem rápido do cenário do trem; não demorei muito para perceber que este livro não é sobre ir de um lugar a outro por um caminho fixo, algo que os trens fazem muito bem. Ele é sobre como as nossas jornadas com frequência são arrancadas dos trilhos. Por voos cancelados, derramamentos de azeite e cervos com impulsos suicidas, sim; mas também por outras coisas que tendem a surgir do nada e nos obrigam a recalcular as nossas rotas: amor, morte, luxúria, medo, luto. E também é sobre como às vezes os resultados dos nossos desvios podem levar a algum lugar ainda melhor do que pretendíamos originalmente.

Em resumo, este livro precisava falar da liberdade e da imprevisibilidade de uma viagem sobre quatro rodas. Ele precisava de um carro.

Então talvez seja bem apropriado que uma grande parte de *Não era pra ser uma história de amor* tenha sido escrita no meu.

Agradecimentos

Eu penso muito numa cena do filme *Roxanne*, de 1987. É um dos meus favoritos. Não vou te entediar descrevendo a coisa toda (porque você pode – e deve! – simplesmente assistir ao filme), mas tem um momento em que o personagem do Steve Martin faz um pequeno monólogo sobre a inadequação das palavras ao tentar expressar sentimentos importantes.

"Todas elas foram desperdiçadas nos comerciais, nos anúncios e nos aromas de xampu", ele diz (embora eu esteja parafraseando um pouco, porque o contexto da cena é meio caótico). "Palavras vazias e lindas. Quero dizer, como é que alguém pode amar uma cera para piso? Como é que pode amar uma fralda? Como é que eu posso usar a mesma palavra para falar de você que outra pessoa usa para falar de um recheio?"

E é mais ou menos assim que eu me sinto quando me sento para escrever estes agradecimentos. Como transmitir a enormidade da minha gratidão usando as mesmas palavras que são impressas em sacolas e cartazes de supermercado na esperança de que o cliente volte logo?

Mas a questão com "amar" e "obrigada" é que, embora talvez sejam palavras triviais e insuficientes, elas também são *concisas*. Então, apesar de não conseguirem expressar tudo que eu sinto, vou adotá-las para maximizar o espaço disponível. Sendo assim…

Obrigada à minha agente, Taylor Haggerty, por fazer os meus sonhos se tornarem realidade. Por sua causa, minha vida mudou de maneiras inacreditáveis, e sou eternamente grata por isso. Agradeço também a Jasmine Brown, à minha agente de direitos internacionais, Heather Baror-Shapiro, e à minha agente cinematográfica, Alice Lawson.

Não era pra ser uma história de amor literalmente não existiria como livro sem a minha equipe maravilhosa na Berkley, especialmente a minha editora incrível, Sareer Khader. Sareer, a lista de coisas pelas quais lhe sou grata talvez seja infinita, mas o seu entusiasmo incansável está no centro de tudo. Obrigada por amar este livro e por guiá-lo com tanta delicadeza até a melhor versão dele. Um enorme agradecimento também a: Jessica Mangicaro, Kim I, Kristin Cipolla e Stephanie Felty, sem as quais apenas umas dez pessoas – todas da minha família – leriam este livro; Erica Horisk, pela brilhante edição de texto; George Towne, por deixar este livro lindo por dentro; e Anthony Ramondo e Vikki Chu, por deixarem este livro lindo por fora. Também tenho que agradecer a Ivan Held, Christine Ball, Jeanne-Marie Hudson, Claire Zion, Craig Burke, Cindy Hwang, Christine Legon, Megha Jain, Jessica McDonnell, Emilie Mills, Tawanna Sullivan e toda a equipe da Penguin Random House, cujo trabalho árduo nos bastidores ajudou a levar esta história às mãos dos leitores.

Minhas parceiras críticas, Amber Roberts e Regine Darius, conhecem o meu processo melhor que eu a esta altura e continuam sendo minhas amigas mesmo quando me encontro nos estágios mais insuportáveis dele. Obrigada por animarem a mim e a este livro a cada passo, por me fazerem rir tanto que chego a roncar e pelo privilégio de ler todas as suas palavras maravilhosas ao longo dos anos.

Minha imensa gratidão também a Sarah T. Dubb, Nikki Hodum, Alexandra Kiley, Ambriel McIntyre, Elissa Petruzzi, Stephanie Ronkier, Jenn Roush, Angelina Teutonico e Amanda Wilson pelo feedback nos rascunhos iniciais. Mais agradecimentos a: Meredith Schorr, que leu o primeiro capítulo antes de todo mundo e me incentivou a continuar; Stephanie McKellop, por responder a todas as minhas perguntas sobre asilos e legislação; Sarah Hogle, por sua sabedoria; India Holton, por ser uma alma adorável; O. Dada e Melissa Scholes Young, por me darem conselhos sábios quando comecei esta jornada; Jessica Joyce, por compartilhar o estranhamento da estreia comigo; Jessica Payne, Sara Read e todo o #MomsWritersClub (Clube de Mães Escritoras), pelo apoio; às Berkletes, que compartilharam generosamente seu conhecimento e suas experiências; e aos membros do SF2.0, por estarem disponíveis sempre que precisei de ajuda para determinar se eu estava escrevendo algo sexy ou apenas esquisito.

Não era pra ser uma história de amor é meu romance de estreia, mas é meu terceiro manuscrito completo. Para aqueles que leram ou fizeram oficinas com minhas histórias agora engavetadas e para todo mundo que respondeu às minhas perguntas ao longo dos anos sobre coisas extremamente aleatórias que nunca vão chegar a um livro publicado (por exemplo, traduções do galês, loteamentos da cavalaria da Guerra Civil Americana, como cometer um crime de colarinho-branco, se um truque de mágica que eu inventei é possível): saibam que também sou muito grata a vocês!

Livreiros, bibliotecários e todas as pessoas que dedicam seu tempo e seu esforço a compartilhar o amor pelos livros em blogs e redes sociais: sou imensamente grata pela paixão e pelo apoio de vocês. Obrigada!

Listar todos ia consumir muitas páginas e repetir alguns nomes já mencionados, então não vou fazer isso, mas devo um grande agradecimento aos outros escritores – especialmente de romances – cujo trabalho (publicado ou não) me inspirou e aprimorou as minhas habilidades de contadora de histórias.

Sou extremamente afortunada por ter pais maravilhosos e que sempre me apoiaram, e eu realmente não teria conseguido lidar com os últimos anos sem a ajuda deles. Um obrigada especial à minha mãe, por sempre demonstrar interesse pela minha vida e pelo meu trabalho, e por passar inúmeras horas mantendo a minha filha ocupada para que eu pudesse escrever. Agradeço muito também a Chuck e Joyce, Nan, Ariel (que me falou, em 2019, para "simplesmente começar a escrever e ver o que acontece", embora agora ela diga que não se lembra disso), Madeline, Meganana e aos outros amigos e parentes que me incentivaram desde o início.

Meu caminho para me tornar escritora é muito interligado ao meu papel de mãe, e ver a minha filha crescer e conhecer o mundo me tornou uma pessoa melhor e uma escritora melhor. Hazel, acima de tudo, agradeço muito por ter a oportunidade de ser sua mãe.

Houston, eu não poderia ter pedido um parceiro de vida melhor, e nada disso seria possível sem você. Você foi meu primeiro leitor e tábua de salvação desde o primeiro dia e ajudou a moldar este livro desde as etapas iniciais (incluindo a criação do título original!). Obrigada por me apoiar, proteger meu tempo de escrita, me dizer quando as ideias são ruins, conversar sobre problemas da trama no carro e sempre acreditar em mim a cada passo. Você me deu o meu "felizes para sempre", e sou imensamente grata por tudo que construímos juntos.

Se você é uma pessoa à qual eu deveria ter agradecido mas esqueci, porque meu cérebro não passa de um camarãozinho se debatendo no meu crânio atualmente, por favor, aceite meu pedido de desculpas e saiba que você também tem a minha gratidão.

E, aos meus leitores: sem vocês, nada disso teria sentido. Não consigo expressar a minha gratidão e a minha estupefação por vocês terem decidido gastar um pouco do seu tempo precioso e da sua energia mental lendo as minhas palavras. Obrigada, obrigada, obrigada. ♥

Livros que Sarah gosta de ler no banco do passageiro (embora sempre fique enjoada)

Uma semana para se perder, de Tessa Dare

Esse é pra casar, de Alexis Hall

Vê se cresce, Eve Brown, de Talia Hibbert

Até que o inferno nos separe, de Sarah Hogle

Um cavalheiro em Moscou, de Amor Towles

Welcome to Temptation, de Jennifer Crusie

Cold Comfort Farm, de Stella Gibbons

Temporary, de Hilary Leichter

How the Marquess Was Won, de Julie Anne Long

The Duke Who Didn't, de Courtney Milan

CONHEÇA OUTROS LIVROS DA EDITORA ARQUEIRO

A hipótese do amor
Ali Hazelwood

Olive Smith, aluna do doutorado em Biologia da Universidade Stanford, acredita na ciência – não em algo incontrolável como o amor.

Depois de sair algumas vezes com Jeremy, ela percebe que sua melhor amiga gosta dele e decide juntá-los. Para mostrar que está feliz com essa escolha, Olive precisa ser convincente: afinal, cientistas exigem provas.

Sem muitas opções, ela resolve inventar um namoro de mentira e, num momento de pânico, beija o primeiro homem que vê pela frente.

O problema é que esse homem é Adam Carlsen, um jovem professor de prestígio – conhecido por levar os alunos às lágrimas. Por isso, Olive fica chocada quando o tirano dos laboratórios concorda em levar adiante a farsa e fingir ser seu namorado.

De repente, seu pequeno experimento parece perigosamente próximo da combustão e aquela pequena possibilidade científica, que era apenas uma hipótese sobre o amor, transforma-se em algo totalmente inesperado.

O rascunho do amor
Emily Wibberley e Austin Siegemund-Broka

Há três anos, Katrina Freeling e Nathan Van Huysen eram estrelas literárias e o romance que escreveram juntos estava no topo da lista de mais vendidos. Porém, a parceria deles terminou mal, sem nenhuma explicação ou comunicado oficial.

Os dois planejavam não se falar mais, só que há um grande problema: eles têm um contrato exigindo que elaborem mais um livro conjunto.

Enfrentando questões pessoais e profissionais delicadas, Katrina e Nathan são obrigados a se reencontrar e precisam voltar à casa onde escreveram o último livro para tentar criar um novo manuscrito.

Não será nada fácil ter que reviver as razões que os levaram a se odiarem, especialmente enquanto constroem uma história romântica.

À medida que a paixão e a prosa os aproximam em meio ao calor da Flórida, os dois aprendem que os relacionamentos – assim como os livros – às vezes exigem alguns rascunhos antes de chegarem a sua melhor versão.

65,90

Para saber mais sobre os títulos e autores da Editora Arqueiro,
visite o nosso site e siga as nossas redes sociais.
Além de informações sobre os próximos lançamentos,
você terá acesso a conteúdos exclusivos
e poderá participar de promoções e sorteios.

editoraarqueiro.com.br